广东省"211工程"三期重点学科建设项目

U0783636

主编 徐真华

全球化背景下的外国语言文学研究丛书

张保红 著

中外诗人共灵犀

英汉诗歌比读与翻译研究

POETIC MINDS THINK ALIKE

A COMPARATIVE STUDY OF ENGLISH AND CHINESE POEMS AND POETRY TRANSLATION STUDIES

上海外语教育出版社
外教社 SHANGHAI FOREIGN LANGUAGE EDUCATION PRESS

图书在版编目（CIP）数据

中外诗人共灵犀：英汉诗歌比读与翻译研究 / 张保红著.
—上海：上海外语教育出版社，2012（2013重印）
（全球化背景下的外国语言文学研究丛书）
ISBN 978-7-5446-2541-8

Ⅰ.①中… Ⅱ.①张… Ⅲ.①诗歌研究－对比研究－中国、国外
Ⅳ.①I207.22②I106.2

中国版本图书馆CIP数据核字（2011）第226384号

出版发行： 上海外语教育出版社
        （上海外国语大学内） 邮编：200083
电　　话：021-65425300（总机）
电子邮箱：bookinfo@sflep.com.cn
网　　址：http://www.sflep.com.cn http://www.sflep.com
责任编辑：许进兴

印　　刷：上海叶大印务发展有限公司
开　　本：890×1240 1/32 印张6.75 字数207千字
版　　次：2012年8月第1版 2013年8月第2次印刷
印　　数：1 100 册

书　　号：ISBN 978-7-5446-2541-8 / I · 0197
定　　价：26.00 元
        本版图书如有印装质量问题，可向本社调换

全球化背景下的外国语言文学研究丛书

编委会名单

主编：徐真华

编委：（以姓氏笔画为序）

王初明　韦立新　平　洪　刘　岩

刘建达　杨　可　李敬平　余　东

陈开举　陈多友　林秀梅　郑　超

郑立华　章宜华　董燕萍　曾用强

戴桂玉

总　序

　　外国语言文学学科的发展是与国运衰微、西学东渐、现代大学勃兴紧密联系在一起的。随着 1840 年鸦片战争的爆发,东西方文明在古老中国不断冲突、碰撞、磨合以及融汇,其剧烈之程度在中国对外交往史中前所未见。西方列强的坚船利炮,使东方老大帝国的羸弱暴露无遗。清政府内洋务派为了挽救清廷的统治危机,主张引进、仿造西方的武器装备和学习西方的科学技术,兴办洋务,创设近代企业,将发展重点放在"器物"层面,"师夷长技以制夷"。1894 年,中国在甲午海战中惨败,民族危机空前深重,引起思想文化教育界强烈震动,"中学为体,西学为用"受到空前挑战,"制度"革新摆上核心日程,变法维新运动持续高涨。

　　此时,时代需要中国与西方之间的"翻译者",从一开始,外语就承担了读懂历史变迁、推动民族奋起自强的重任。中国一批最早接受西方思想的知识分子,如魏源、郑观应等,为译介西书,传播西方的政治体制、科学知识,发挥了很大的作用。1862 年,被誉为近代第一所国立外国语学院的京师同文馆应运而生,恭亲王奕䜣等人在给清政府的奏折上阐明了建馆的意图:"欲悉各国情景,必先谙其言语文字,方不受人欺蒙。"作为清代最早培养译员的洋务学堂和从事翻译出版的机构,同文馆为推动中国近代化作出了积极而重要的尝试。此后,得益于外语的译介作用,西学在中国的发展步伐不断加快。曾负笈海外的严复翻译了一批重要的西方著作,他的译著亚当·斯密的《原富》、斯宾塞的《群学肄言》、孟德斯鸠的《法意》,尤其是赫胥黎的《天演论》,以"物竞天择"、"适者生存"、"优胜劣汰"的生物进化理论阐发其救亡图存的观点,启蒙与教育了一代国人,产生了振聋发聩的影响。戊戌变法之年,中国第一所国立综合性大学——京师大学堂创立伊始,即开设英、法、德、俄、日 5 个语种的课程。1902 年,京师大学堂复学,且随即合并了京师同文馆,次年更名为译学馆。随着现代高等教育在中国的兴起,外语专业作为一门独立学科在我国建基和逐步发展。揭橥"民主"和"科学"两面旗帜的"五四"新文化运动,为外语学科增添了发展动力和活力。

　　适值"三千年未有之大变局",以促进中国近代化为宗旨的海外留学热潮激情涌动。1872 年到 1875 年间,由近代中国留美第一人容闳提议,清政府先后派出四批共 120 名幼童赴美国留学。这些留美幼童是中国历史上最早的官派留学生。此后,旨在寻求真知的官派和自费留学逐波激荡。这些留学生归国后分布在政界、军界、实业界、教育文化界等各个领域,不少人成为中国近代历史上的知名人物。及至民国时期,一批既饱览西学又具有深厚国学根底的"海归"执掌大学外文系或者从事外文教学研究工作。作为"睁眼看世界"的文化精英,他们学习和借鉴西方先进的理念、模式和方法,制订学术范式,建立课程体系,名师俊彦辈出,学术声誉远播。从当年北京大学、清华大学、西南联大等高校外文系的一流学术阵容可见一斑。在外文界,前辈不懈开拓进取,后学奋力继承创新,学术薪火相传为外语学科在短短数十年内奠定了较为厚实的基础。1949 年以后,由于国内国际形势的嬗变,外语学科的持续发展受到很大干扰和破坏。1978 年中国实行改革开放政策,长期以来对外封闭的坚冰开始消融,外语学科又受到重视,得以焕发新的生机和活力。

　　近 30 多年来,科学技术迅猛发展,社会思潮与思想观念更趋丰富多元,学科既深度分化又高度综合,这些变化既拓展了外国语言文学的外延,又深化了其内涵。尤其是 20 世纪 90 年代后,全球化趋势深入发展,国与国之间的相互依存明显增强,对人类社会的影响涉及经济、政治、教育、社会及文化等各个领域,为外国语言文学创设了新的发展环境和条件。在这个进程中,我国外语界就全球化背景下外国语言文学的使命和责任、外语教育规划、外语学科发展路径、外语人才培养模式等理论和实践问题进行了积极的探索,为推动我国经济社会发展、促进中外文化交流、培养高素质国际化人才作出了重要贡献。在全球化背景下,我们面临进一步提升高等教育国际化水平、繁荣发展哲学社会科学、扩大中国学术的国际影响力和话语权、增强国家文化软实力、增进国际理解的艰巨任务。哲学社会科学要繁荣发展,既要"请进来",也要"走出去",对本国传统文化精髓,既不狂傲自大,也不妄自菲薄;对外国优秀文明成果,既不全盘照搬,也不一概否定。在纵横捭阖的大时代面前,我国学术发展更需要世界眼光、国际视野和"海纳百川、有容乃大"的广阔胸怀。面对新形势、新任务,外语院校和外语系学科有独特和不可替代的优势,有责任、有义务、有能力推进内涵发展、质量提升、品牌建设,服务于整个国家学术的发展,服务于国家外交战略能力的大幅提升。

国学大师、清华研究院"四大导师"之一的陈寅恪先生曾经说,"读书必先识字",他自己就精通梵语、英语、法语、德语、巴利语、波斯语、突厥语、西夏语,还修习过中亚古文字和蒙古语。时至今天,要了解古希腊、古埃及、古印度、古巴比伦文明的历史,要感受罗马帝国的辉煌和文艺复兴的灿烂,要领略工业革命和西方哲学的魅力,要把握当前国际社会发展的律动和人类进步的脉搏,外国语言文学仍然是一种十分重要而必不可少的工具、载体和媒介。在全球化背景下,普世价值往往能更易超越民族、文化、宗教、局域认知等,通过外语这座桥梁得以交流和沟通、发扬和传播,从而提升人类社会的福祉。

高等学校的根本任务是培养人才。为适应全球化和高等教育国际化的需要,外语院校和外语学科一项很重要的使命和责任,就是要践行"立足平凡、追求卓越"的教育理念,创新人才培养模式,着眼于培养全球化高素质公民。这种人才,具有较高的公民素养,"不能仅仅是语言翻译方面的专家,更要在此基础上成为对象国研究和区域研究的专家,成为外语精湛、专业突出、高素质的复合型、复语型的国际化人才"(教育部副部长郝平)。简而言之,全球化高素质公民的内涵可以用"中国灵魂、世界胸怀、现代意识"十二个字来表述,它包含了人与自我、人与国家、人与世界三个命题。首先,大学生要追求自我完善,务求"格物、致知、诚意、正心",修身自持,赋予个体生命实际意义。第二,大学生要理性爱国,正确理解与认同传统文化,自觉参与现代中国社会——文化转型进程。第三,大学生要用全人类而非单一国家民族的眼光关注诸如气候变化、核扩散、大规模传染病等国际性难题,不断提高跨文化交际能力,对外具有独立的品格和开放的心态。

在全球化语境下,外国语言文学需要遵循学科发展规律,顺应国家政策安排,不断加强自身建设,逐步提升学科的影响力和话语权。推进外国语言文学基础理论研究,密切追踪国外学术前沿,注意学习和借鉴,但不能满足于"跟随"和"阐释",要力争取得突破性、具有国际影响的原创性外文理论成果。充分发挥外语学科优势,整合相关学科资源,开展全球问题、国际区域和国别问题的长期跟踪研究,为国家外交战略服务。积极主动对接国家和地方战略需求,就外语教育教学和对外交往的重大理论和实践问题,既鼓励个人自由探索又支持学科集体攻关,为党和政府提供高水平决策咨询服务。比如,广东外语外贸大学在广东省政府鼎力支持下组建的广东国际战略研究院,近年来就国际金融危机、中国—东盟自贸区成立、日本地震海啸等重大问题对广东的影响及对策,组织外语专家和相关学科学者进行专题研究,向有关方面提交了高质量的调研报告,对政府施政和企业决策产生了积极的影响。"走出去",是繁荣发展我国哲学社会科学的重要环节。外语院校和外语学科可充分发挥自身独特优势,健全高端国际型人才培养体系,重点培育一批高水平、专业化的翻译团队,培养造就一批造诣高深的翻译名家,翻译并向海外推介一批中国文化经典和学术精品。要适应学科分化与综合的趋势,加强外语与经济、管理、法律、文化、军事、信息技术等学科的交叉和融合,在保持传统语言文学学科优势的基础上,努力催生出一批能与国际学术界直接对话、具备学术话语权的新型特色交叉学科。加强与港澳台外语界的交流与合作,积极参与国际学术活动和学术组织,积极参与和推动国际学术组织有关政策、规则、标准的研究和制定。

以"工程"、"项目"和"课题"等名义对高等学校发展实行管理和调控,是我国高等教育体制的重要特色。目前,少数外语院校进入国家"211 工程"建设高校行列,外国语言文学学科也拥有一批国家级重点学科、教育部人文社科重点研究基地、教育部特色专业建设点、国家精品课程、国家教学名师等,这些总体上构成了外语学科领域的学术制高点。2008 年,广东外语外贸大学"全球化背景下的外国语言文学研究"入选广东省"211 工程"三期重点学科建设项目,其系列专著凝聚了"语言·文学·文化"、现代技术与语言教学评估、跨文化交际与管理、翻译研究与实践等研究方向,来自政府的支持为广外外语学科的创新发展提供了新的机会和平台。出版"全球化背景下的外国语言文学研究丛书",一来可作项目成果的初步展示,二来以此就教于同行专家学者。

慢工出细活,厚积才能薄发。全球化背景下外国语言文学学科的发展,与中国改革开放与现代化建设事业一样,依然任重而道远。

是为序。

徐真华[①]

2011 年 6 月

---

① 徐真华,广东外语外贸大学教授,博士生导师,广东省人民政府文史研究馆馆员,文史馆文学院名誉院长。

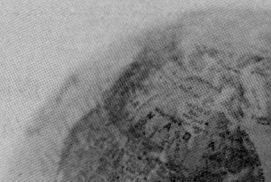

目录

序

　　摆在我们眼前这部《中外诗人共灵犀——英汉诗歌比读与翻译研究》是广东外语外贸大学张保红教授继《汉英诗歌翻译与比较研究》（2003）之后又一新作。

　　保红早在负笈求学南开之时，便已博闻强记，满腹诗章。多年来浸淫于中西诗歌的对比和翻译，惟日孜孜，吟绎不厌，未尝旁骛。面对物欲横流，十年二十年他痴心不改，吟诵古今名篇，徜徉于中西诗的花园。登山情满于山，观海意溢于海，以满腔的诗情，执著追求和探索中西诗歌的艺术境界，用性情诠释诗歌的内涵，撰写了一篇篇专论，硕果累累。在这部专著里，作者的眼光投向西域，捕捉中西诗韵的和鸣，感悟中西诗歌意境的融合。全书行文流利圆美，恣意率性，情真意笃，启迪和引领着读者领略中西诗篇的魅力。

　　"诗有别趣，非关理也。"保红灵心慧眼，深谙诗道，不拘"言理"，拈花"品人生真味"，诗心悟世界。在他眼里，"山非山，海非海"，从"一叶落而知天下秋"，诗绪从"That the lowest boughs and the brushwood sheaf/Round the elm-tree are in tiny leaf,/While the chaffinch sings on the orchard bough"（Robert Browning）跳跃到"昔我往矣，杨柳依依。今我来思，雨雪霏霏"；一颗童心"充满了对自然的虔敬"，为"天边的彩虹"而欢跳。

　　这是诗的境界，没有理性的羁绊。诗人迷狂方出诗。悟诗和解诗又何尝不是如此呢？灵性通诗性，身无彩凤双飞翼，心存灵犀方能通。如果说凭"强烈感情的自然流露"，借"情绪的自然消涨"，诗人方能吟出心灵的诗句来，解诗和悟诗既需要激情的飞翼，更追求明心见性，澄澈的心境。世俗之心是很难近窥诗之堂奥的。要问其缘由，却没理可言，无法可循。东海西海，心里攸同，众妙之门，玄之又玄。笔者以为，在这本中西诗歌灵犀的对话中，保红为我们揭示了悟诗的"三心二意"。

　　"三心"者，一为诗心。诗心源自激情、热血。品诗需要倾注真情，以诗眼看世界。己心妩媚，世间妩媚。心中无诗，万物龌龊；二曰匠心。悟诗者须如痴如醉，持之以恒，求索不辍，惨淡经营，一片匠心，方能开辟蹊径，修成正果。正所谓"非多读书，多穷理，不能极其至"；三曰童心。有童心的人，不资狡狯，超尘脱俗，纯净无染，能从蝈蝈和蟋蟀鸣声里听出生机、欢乐、美好和力量。诗是有灵性的，菩提般纯净。大凡蝇营狗苟、心胸促狭、品藻低劣、锱铢必较者，心负重载，断无可能穿透红尘走近诗性。"二意"者，一为意境；二为意味。这也都属高山流水，随心逐意，心骛八极，神游四方的境界，意会可以，难落言筌，全在修为。保红的悟心独特，灵通诗意，且能妙解玄奥，实属难能可贵。

　　现代科技日新月异，给人类带来了诸多便利和丰厚的物质。可惜，曾为人类诗意的栖居之地，已然废气弥漫，满目污染。人们追逐物质，几近疯狂。怀着一颗空寂真心悟诗者日渐稀少，"The world is getting too much with us"（William Wordsworth）。所以，今天这部专著的意义，远不限于作者为我们释放了他对中西诗歌的理解和感悟，描绘了一幅幅优美的中西诗文画卷，更珍贵的是给我们干涸的心田带来了诗的滋润。

余　东

2010 年冬月于广州

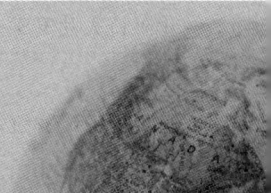

　　酝酿此书的写作已有好些年头了,其主要原因有四点:一是平时教学与生活中,经常听到大家说诗歌离今天的现实生活较远,学习它没有多大价值与意义;二是大家往往觉得英语诗歌较为晦涩,不太好懂,而且诗味也不浓,远不像古典汉语诗词那样读起来摇头晃脑,朗朗上口,音韵铿锵,意境幽远,让人沉浸其中,陶醉不已;三是笔者自己学习、诵读英汉诗歌多年,颇有感触,遂有情不自禁写出自己研读心得以就教于方家的冲动;四是目前国内中西诗歌比较研究的文献并不多见,已有的研究(比如,丰华瞻的《中西诗歌比较》(1987),茅于美的《中西诗歌比较研究》(1987),许渊冲的《中诗英韵探胜——从〈诗经〉到〈西厢记〉》(1992)等)偏于诗歌主题类型粗线条的宏观对比归结与梳理,对中西具体诗作的诗艺、诗美之异同及其成因探讨不多,也欠深入。因此,如何看待英汉诗歌的价值与意义? 如何分析其诗艺、诗美,领略其诗味? 笔者自己又是如何来研读英汉诗歌的? 这便成为笔者长期以来一直在思考与探索的问题。正是这些外因与内因的相互作用,彼此促进,共同推动着笔者教学之余写就了这部书稿。

　　今天的确不是一个读诗的时代,但是任何一个接触人类文明史的人又都会无一例外地发现,无论是西方,还是东方,无论是原始部落,还是文明群体,诗歌在其文化起源、演进与发展中总是占据着极为重要的位置。西方的《圣经》是诗的,东方的《诗经》也是诗的,它们分别记载着中西初民社会、风俗、历史、文化与生活的方方面面,它们各自遣词造句,谋篇布局的语言艺术及其结构特征、风格特色、致思方式、民族心理、审美情趣、文化蕴涵等等已俨然化为道道伏流潜涌在各自民族文化与生活的血脉里。英国大诗人华兹华斯(William Wordsworth,1770—1850)说:“诗是一切知识的开始和终结”(Poetry is the breath and finer spirit of all knowledge),将诗的功用与价值提升到了承载整个人类文明的高度;而德国哲学家卡西尔(Ernst

Cassirer，1874—1945)云："诗是人类的母语"(Poetry is the mother tongue of the human race)，德国哲学家海德格尔(Martin Heidegger，1889—1976)则强调说："每个人都总是诗意地栖居"(Poetically man dwells)，一方面阐明了诗语在人类语言使用中所具有的原初意义与本根价值，另一方面也揭示出其具有诗性文化濡染的莫大功用。因此，研习诗歌便是研习不同民族诗意地表情抒怀之"源"与"流"的生动演绎图景，探求不同民族诗性文化流播真谛的绝好途径，这对生活在今天经济全球化中的我们来说，无论是学习、传承民族文化，还是较为深入地进行不同民族间的文学、文化对话与交流，以便相互借鉴与补充，共同提高与发展，其意义是尤为重大的。从这一意义上，我们可以说，今天诗歌离我们并不远，而是很近很近，甚至可以说是"零距离"。套用某位先哲的话说，生活从来都不缺少诗，只是缺少感悟诗的心灵。

　　如何解读和感悟诗歌，一直是影响着读者读与不读诗歌的重要因素。长久以来，我们学习诗歌的基本方式是面对一首诗歌，先查找作者生平与诗作相关背景资料，后从词典中查出所遇到的生词短语，再分析诗句语法语义结构、修辞手段与基本韵律特点等，最后归结出较为明确的诗作大意，阐发其显的或潜在的道德蕴义，这样这首诗作的学习就算基本告一段落。毫无疑问，这样做对诗歌解读是非常必要的，但是通常以追寻诗歌文本大意与道德蕴义为旨归的读诗策略，往往只会使我们得到光秃秃的"树枝"，而错失其沁人心脾的"花叶清香与芬芳"，更为重要的是会错失在"枝繁叶茂"的浸染与烘托下诗意想象的腾涌以及更趋生动、繁富而深刻的理性感悟。诗歌虽然会表达一定的信息意义或道德蕴义，但表达一定的信息或道德意义却并不是诗歌的主要职能与最终目的。诗歌，尤其是抒情诗，最为关注的是生活经验的传递与人生情感的激发，目的是让读者在经验的感知与分享中情感得以激发，在情感的激发与体味中经验得到进一步扩展、深化以至升华。这是我们读诗过程中需要明确的方向性问题。否则，读诗过程中常常碰到难以从诗作中找寻出微言大义的情形(这也许是受"诗言志"、"文以载道"诗学观影响的惯常研习方法)，其挫败感与失落感便会让人裹足不前，渐渐远离诗歌，最终让诗歌彻底淡出我们的视野与生活。20世纪美国著名诗人弗罗斯特(Robert Frost，1874—1963)的经典名诗《生命历程》("The Span of Life")只有这样两行："The old dog barks backwards without getting up. /I can remember when he was a pup."解读时若只是追寻文本的大意：这条老狗回转头叫了叫，没起身。/我清楚记得他小时的样子。我们得到的便只会是对客观外物事实的信息描述与评说而已。若想再在其中找出道德蕴义，势必让人茫茫然而不知所终。然而，结合我们生活中已有的经验感知与感受，将老狗的老态龙钟、小狗的活脱机警与我们人生的不同阶段（比如老年与童年）联系起来看，我们从诗中读到的切肤之感——人生的不同阶段有着不同的遭遇或境况——就会变得尤为强烈，人生的兴衰沉浮、变化多端在情感上会激发出无尽的感怀与深思。之所以这样解读与感悟，首先是诗行的音韵节奏带来的启示：首行需重读的单词较多（比如，old、dog、barks、backwards、without、getting、up 等），读起来语流迟滞顿挫，颇为费力的经验感知，暗示着老狗行动的不便与迟缓，第二行需重读的单词较少（仅有 remember、pup），读来语流平滑畅达、毫不费力的经验感知，表征着小狗的行动轻巧灵活、活蹦乱跳，如此这般，在大大丰富了诗行的字面语义蕴涵之时，还将一曲浓缩版的人生戏剧展现在读者"心眼"之前。其次是诗作意象的对比昭示。现在老狗老态龙钟，行将朽木（比如，英语谚语有：You can't teach an old dog new tricks.），过去小狗活泼可爱，敏捷机警，比照之下，作者熔铸其间的情感色调不言自明，在激荡起我们的情感之时，让人生出良多感慨。作者运笔曲达其意，譬喻鲜活、通俗，又多出几分深味生活后的诙谐与轻松。再次是诗作"有意味的形式"（significant form）。从第一行到第二行的跨行（enjambment）留下的"空白"，暂时切断了我们通常阅读作品进行语义逻辑的演算，这一方面引发我们继续往下阅读的兴趣，也让我们感知到第一行徐缓顿挫的节奏与第二行轻快畅达的节奏所形成的强烈"张力"（tension），另一方面为我们提供了静思默想的时间与空间，经过沉思后"我/I"的态度遂从首行对老狗观察的相对客观转为老狗与其小时比照后的深沉愁思。最后联系该诗的题目"The Span of Life"来看，"我"思索的不只是"狗"的生命历程与境况，而是所有生命的历程与境况。而且从西方文化视角来看，以狗喻人，以狗写人，人狗合一几成致思言说的经验常式（比如，英语谚语有：Love me, love my dog. / Every dog has his own day.）。如此这般，我们得到的诗意感兴与启迪遂变得悠远而绵长,让人回味,难以忘怀。

　　从上可见,解读和感悟诗作中的经验与情感,绝不是机械印认、客观释义与理性逻辑演算所能直接奏效的,而是需要读者充分发挥读诗的想象——尽力通过诗中言语的音、形、义的描述或其间形象的示意,对所述人情物事进行由过程及结果或由因及果、由实而虚等多途径、多层次、多侧面的"完形式"(gestalt)想象,遵循"想象力的逻辑"或"情感的逻辑",超越生活真实的樊篱,去开掘艺术真实的胜景。读诗缺乏想象,就像鸟儿折断了翅膀,难以飞翔,其所得只能在原文的字面意义上兜圈子,既难以横向展开,更难以纵向深入,认知上受到的局限可想而知。"没有想象就没有诗"(艾青语)、"想象就是深度"(Imagination is depth)(雨果语)应是中的之论。反之,发挥着读诗的想象并遵循着"想象力的逻辑"或"情感的逻辑",既能让我们跟上作者剪裁生活的艺术运思与表情时的情感律动,又能让我们在作品营构的诗意时空中感性地自由驰骋、兴发与知性地省悟与归结。读唐代大诗人李白的诗作《山中问答》:"问余何意栖碧山,笑而不答心自闲。桃花流水窅然去,别有天地非人间。"我们想象到的是:①诗中的诗人/"余"经过长途跋涉或飞行,不断地寻找与选择栖身之地,最后在高高的、远离尘嚣的碧山之间找到了理想的栖息之地或安身之所。这里"栖"字的行为、情态让人"完形式地"想象出一个从飞行到终止与停歇于高处的时空过程。诗人追求理想所付出的努力与艰辛在字里行间可谓不言自明,诗人当时所面临的人生窘境也隐约其间。②诗人/"余"为何选"栖碧山"? 他没有直接回答,只有溢于言表的心满意足。这里"笑"与"碧山"、"桃花流水"、"别有天地"组合构成的"完形式整体"让人想象出一个远离尘嚣、"空谷足音"的广阔而悠远的时空情境,昭示出诗人飘逸的诗风,也暗合诗人"仰天大笑出门去,我辈岂是蓬蒿人";(《南陵别儿童入京》)"我本楚狂人,风歌笑孔丘"(《庐山谣寄卢侍御虚舟》)的豪迈与奔放。③诗人/"余"对他人的问话虽未正面作答,但他却通过文字"桃花流水"不断流向远方所营造出宛如世外桃源的广阔天地或空间作了间接而深刻的回答。诗作中没有"桃花流水"营造的广阔空间与持久的时间,就没有诗人/"余"无拘无束,志得意满,优游自如,游目骋怀的广阔舞台,也就没有诗人/"余"所找到的永恒的理想归宿。④诗人/"余"选"栖碧山"之举浸润着汉诗传统中的"隐士模式",也映射着"达则兼济天下,穷则独善其身"的传统士子情怀。合而观之,通过"想象力的逻辑"的运思,我们看到了诗人/"余"不懈的努力与追求、豪迈达观的情怀、高洁如玉的品格、理想的安身之所或人生目标,如此等等,不一而足。这一切均在诗作中得到了含而不露的艺术呈现,因此唯有诉诸想象,我们才有望一步一步接近诗人火热的诗心与精湛的诗艺。当然,想象的前提是依据诗作文字及其所透露的消息来进行的。

　　文学是语言的艺术,诗歌是语言艺术中的艺术。诗歌无论表达怎样的经验与情感,无论诉诸怎样的想象,无论展现怎样的艺术创构与意境,无论涵蕴着怎样的生活情趣、道德蕴义、人生哲理,其最终均需通过语言文字及其组构形式这个媒介表现出来。因而,在这一意义上,诗歌则常被看做一种语言文字的艺术言说方式。18 世纪英国诗人蒲柏(Alexandre Pope,1688—1744)有关诗的形式的论述颇具代表性:"思想内容是大家熟悉的,语言表达形式却是空前绝后的"(What oft was thought, but ne'er so well express'd)。基于此,英诗学者何功杰(2002)说:"只有知道了诗人在诗中说了些什么,并且知道了诗人是怎样说的或用什么方式表达的,这样才算真正达到了彻底理解、完全欣赏一首诗的目的。"不言而喻,这既是对诗作中局部诗句的表达方式而言的,也是对诗作整体结构的呈现方式而言的。那么,诗歌独到的言说方式又表现在何处呢? 狭义而言,表现在诗作语言的音韵节奏、选词造句、分行分节、诗形诗体、意象修辞、标点停顿(caesura)、字体印刷等颇为"实"的方面;广义而言,则表现在声调口吻、运思谋篇、审美情趣、时代诗学、历史语境、文化底蕴等颇为"虚"的方面。两大方面相互联接,互为表里,彼此推演转化,共同建构着诗作文本丰沛的诗意蕴涵。因此,解读诗歌我们应以其语言表现形式为触媒,遵循着由表及里,表里如一,由"实"及"虚",虚实共生的学习与研究路径。同时也应清晰地看到,这些构成诗歌文本的要素,无论是广义的,还是狭义的,无论是显在的,还是隐在的,虽然会在一定程度上彰显出各自独特的功能与个性,但其最终是共同服务于诗作文本系统整体的。也就是说,探讨诗作中任何一个构成要素的作用、功能与价值,均需从诗作整体的角度来审视、观照与分析。因为"艺术要通过一种完整体向世界说话"(The artist would speak to the world through an entirety)(歌德语)。当然所需指出的是,不同体裁或主题的诗作,其文本构成中往往有着各自突出而独到的主要特征,研习过程中有针对性地抓住其突出特点来研讨,便可做到有的放矢、纲举目张的审读功效。

本书的写作正是秉承上述思路,利用文学、语言学、文体学、诗学与美学的相关理论知识,以具体诗作为例,从下至上,见微知著,回环往复地进行细致分析、推演与归结的。全书共 15 章,各章基本内容包括:注释、鉴赏与比读、翻译与解析、跟进阅读、点评。具体而言,为了便于读者较为充分地了解英汉诗作的诗艺、诗美,各章的编写均立足于选取主题、创作手法或风格相近的英汉具体诗作各一首为主要研究对象,以英汉诗作的对比研究来展开论述。各章中既有英汉诗歌在横向上多角度、多侧面、多层次的细致比较,也有在纵向上跨越时空的简要勾勒。有比较才有鉴别,有鉴别才会知己知彼,才会彼此理解得更深刻、更全面,才会更为清晰地看到彼此的价值与意义,才会更为充分地感知与领略各自的诗艺、诗美与诗味之所在。不言而喻,较为充分的鉴赏与比较研读为翻译的进行打下了良好的基础,于是在各章中以所研讨的英诗为例,作者进行了翻译试笔,所译英诗遵循着"以诗译诗"、"再现原诗的形式与韵律、以顿代步控制字数"的基本原则,与此同时对翻译的过程作了自我解剖与分析,其目的旨在彰显自身研究的个性化理解与翻译特色之时,将译诗过程中的取舍曲直、得失成败较为明晰地呈示出来,从而为探寻翻译过程中译者主体性的审美价值取向之运演,从更广阔的意义上为解读与研习中西文学、文化的对话与交流提供参考与借鉴。

为了增强各章所涉及英诗的丰富性与多样性,笔者在每一章中撰写了"跟进品读"与"点评"这两部分。"跟进品读"旨在进一步扩展阅读的视野,磨炼审美的判断力,增强读者对英诗的主题及其诗艺、诗美更为深入而广泛的体味与感悟。对所选诗作笔者均进行了"品读"解析,在诗意地解读作品的内容之时,重点揭示了诗作"情感逻辑"的运演脉络与诗艺、诗美特色;"点评"部分则对各章所涉及例诗的特点进行了对照式的、各有侧重的扼要归纳与评述,意在践行前文的评赏思路之时,将学习与鉴赏英诗旨趣的"钥匙"交给读者,让读者自己去开启英诗诗艺与诗美的大门,并通过以点带面的引导,期望能在一定程度上达到揭示英汉诗作解读方法论意义的效果。对各章中所涉及的英诗,笔者在书稿末尾附录中提供了名家名译,便于读者翻译试笔后的比读与研习。

"诗歌始于乐趣,终于智慧"(A poem begins in delight and ends in wisdom)(弗罗斯特语)。现在就让我们徐徐拉开帷幕,在英汉诗作的比较中去亲自领悟其间诗艺与诗美之异同及其成因带来的思考与乐趣,在英汉诗歌的翻译中去亲自体味其间转换与创造带来的挑战与喜悦,通过自己经验、情感、想象与知性的参与,来欣赏英汉诗作以及翻译转换中熠熠闪烁的历史、文化与智慧之折光!

张保红

2008 年 8 月初稿　广州

2011 年 7 月修订稿　广州

玫瑰花传痴情,红管草结同心

——本·琼森《致西莉亚》与
《诗经·邶风·静女》比读与翻译研究

本·琼森(Ben Johnson, 1572—1637)英国 16 世纪末至 17 世纪初剧作家、诗人、评论家,生于伦敦一个牧师家庭,幼年时做过砖瓦工,后当过兵、打过仗、杀过人、蹲过大牢,浪迹江湖之余,走上了文学创作的道路。琼森一生写了不少悲剧、喜剧和娱乐舞剧(masques),其中颇为知名的有《伏尔蓬尼》("Volpone")、《炼金术士》("The Alchemist")等,还写过大量短小的抒情诗、颂歌、挽歌、格言诗、社交诗等,曾为英国文坛盟主,获桂冠诗人称号。琼森的抒情诗中最为有名的恐怕要数《致西莉亚》("Song:To Celia"),该诗后来被谱成歌曲,广为传唱。其全文如下:

Song: To Celia

Ben Johnson

Drink to me only with thine eyes,
　　And I will pledge with mine;
Or leave a kiss but in the cup
　　And I'll not look for wine.
The thirst that from the soul doth rise
　　Doth ask a drink divine;
But might I of Jove's nectar sup,
　　I would not change for thine.

I sent thee late a rosy wreath,
　　Not so much honouring thee
As giving it a hope, that there
　　It could not wither'd be;

But thou thereon didst only breathe

And sent'st it back to me;

Since when it grows, and smells, I swear,

Not of itself but thee!①

　　据说该诗是受到公元二三世纪希腊诡辩家菲洛斯特拉托斯（Philostratus）书信中的某些句子启发而写成的。② 全诗讲的是诗人或抒情主人公"我"的精神之恋（Platonic love）。诗人在首节先写"心中恋人"若用"眼神"向"我"祝酒而"我"定会以"眼神"予以回敬的美好想象与感受，接着以退为进，宕开一笔，写"心中恋人"若不能用"眼神"敬酒，就在酒杯边上留下个吻也行，那么这个吻就会胜过杯中美酒的香甜，赛过天神所饮玉液琼浆的甘醇。酒能醉人，但"心中恋人"的眼神与吻却能醉"心"，诗笔以此为基点，一波三折，层层推进，从眼神、酒杯、吻到仙酿、天神的琼浆，境界愈来愈开阔，愈来愈神奇，爱恋情意也因之愈趋愈浓烈，从而将"心中恋人"之美与魅推到了无以复加的地步，不禁令人情摇意夺，心荡神驰。

　　如果把首节看做诗人对拟追求"心中恋人"的无边臆想还不曾付诸行动，是"虚写"，那么第二节则可看做转"虚"为"实"——"我"切切实实地行动起来了。情之所至，诉诸行动，自然而然，诗人写诗遵循着这样的经验逻

---

① 注释：1. drink to：向……祝酒。2. pledge：干杯。3. but in the cup：only in the cup。4. doth rise：rises。原词语形式有强调之意，又补足了诗行音节，表现了韵律。下文中 Doth ask (asks)，didst only breathe (only breathed) 功能与作用相同。5. a drink divine：a divine drink。因押韵而倒装。下文中 of Jove's nectar sup (sup of Jove's nectar)，could not wither'd be (could not be withered) 形式类似。6. might I of Jove's nectar sup：为虚拟语气句式之变体，可理解为 if I might sup of Jove's nectar。sup of：啜饮。Jove：罗马神话中主神 Jupiter 的别称。nectar：神饮的酒，可永葆青春。7. late：最近。8. not so much ... as：与其……倒不如。9. honouring ... , giving ... ：两个分词短语的逻辑主语均为 I。10. that there/It could not wither'd be：that 从句为 a hope 的同位语从句。11. thereon：on it。12. smell of：有……的气味。13. not ... but：不是……而是。

② 其书信第 XXIV 节中写道："Drink to me with thine eyes only. Or, if thou wilt, putting the cup to thy lips, fill it with kisses, and so bestow it upon me."；第 XXX 节中写道："I sent thee a rosy wreath, not so much honouring thee (though this also is in my thoughts) as bestowing favour upon the roses, that so they might not be withered."；第 XXXI 节中写道："If thou wouldst do a kindness to thy lover, send back the reliques of the roses I gave thee, no longer smelling of themselves only, but of thee."（参见 https://tspace. library. utoronto. ca/html/1807/4350/poem1115. html）

辑或情感逻辑,前后诗节意脉贯通,浑然一体。"我"向"恋人"送去象征爱意的玫瑰花环,但花环再美,又怎能比得上"恋人"的美与魅?!(类似地,在首节中我们不难感知到:美酒、仙酿再甘醇,又怎能比得上心中恋人的眼神与吻?!)所以"我"只是希望"恋人"能收下并呵护这爱的花环,进而使爱的花环生机常在,永不凋萎。然而"恋人"只是嗅了嗅花香,就将花环送还于"我",婉拒了"我"的一片至情。我沮丧、沉沦、绝望吗? 不!"我"的思绪又宕开一笔,"我"的心又绝地逢生了:沐浴过"你"如兰气息的玫瑰花环,自此之后就潜滋暗长,芬芳四溢了,它简直幻化成"我"心中的恋人"你"了!真可谓"此爱不关风与月,此情绵绵无绝期"。

清代东方树在其《昭昧詹言》中说:"诗文无顿挫,只是说白话",便"无复行文之妙"。[①]今人杨振纲在《诗品解》中说得更为直接、形象:"……文章之妙全在转者。转则不板,转则不穷,如游名山,到山穷水尽处,忽又峰回路转,另有一种洞天,使人应接不暇,则耳目大快。"[②]琼森之诗分上下两节,节节一波三折,跌宕起伏,诗情也因之摇曳顿挫,极富戏剧性与感染力。在汉文化中与此诗颇为类似的诗篇是《诗经·邶风·静女》,其全文为:

> 静女其姝,
> 俟我于城隅。
> 爱而不见,
> 搔首踟蹰。
>
> 静女其娈,
> 贻我彤管。
> 彤管有炜,
> 说怿女美。
>
> 自牧归荑,
> 洵美且异。
> 匪女之为美,

---

① 欧阳代发等. 珠吟玉韵——诗词曲比较审美. 武汉:武汉大学出版社,2009:312.
② 林东海. 诗法举隅. 上海:上海文艺出版社,2004:90.

美人之贻。①

今人金启华先生的白话译文可为理解原诗大意提供帮助,兹录如下:

> 好姑娘呀多美丽,
> 等候我在城角里。
> 躲躲藏藏的不见面,
> 我搔头徘徊没主意。
>
> 好姑娘呀多俊俏,
> 送我一把红管草。
> 红管草呀红又光,
> 我真喜爱你漂亮。
>
> 从野地里采回那茅荑,
> 真是美丽又稀奇。
> 不是你草儿多美丽,
> 是漂亮的人儿赠我的。

英汉诗作两相比照,从诗题表述来看,两者均是以"恋爱"中的女方为题作为情感倾诉对象。所不同的是英诗中的女方具体到个人,有名有姓(Celia);而汉诗中的女方,在诗作中虽也具体到某一女性,但无名无姓,显得模糊,成为某一类型女性的代称。诗题表述的同中有异其渊源可追溯到中西不同的文化精神,西方文化基本上是以个人为中心的文化,追求个性的解放、个人的存在价值。反映在文学形象上往往着重表现独特的个性人物或独异的个体,小说、戏剧如此,诗歌亦然。在英诗中,表现恋情或爱情的诗作以抒情对象个人之名为题的可谓俯拾即是。比如,罗伯特·赫里克(Robert Herrick, 1591—1674)的《听朱莉娅之音》("Upon Julia's Voice")、《朱莉娅的衣裳》("Upon Julia's Clothes")、《致爱莱克特拉》("To Electra");理查德·勒夫莱斯(Richard Lovelace, 1618—1567)的《出征致露卡斯塔》("To Lucasta, Going to the Wars")、《狱中致爱尔西娅》("To Althea from Prison");罗伯特·彭斯(Robert Burns, 1757—1796)的《安德

---

① 姝(shū):美。爱:隐。踟蹰(chí chú):徘徊不定。娈(luán):美丽。彤管:红管草。炜(wěi):光彩。说(悦)怿(yì):喜悦。牧:野外。荑(tí):初生的茅。洵(xún):实在。

生,我的爱》("John Anderson, My Jo"),等等。而中国儒家文化造成的中国人重群体关系、轻个体自我的文化心态反映在文学中则往往倾向于写一群或一组人物或类型化的群像,而不是集中笔墨去写孤立的个别主人公。也就是说,个人成为完整意义上的个体常常是以其他个人构成的整体背景为参照的。汉诗中众多以《闺怨》、《宫怨》、《春怨》等为诗题的作品可谓显例。

从体裁来看,英汉诗作均采用歌谣体。英诗首行四音步,第二行三音步,以下诸行依次交错呈现构成诗作整体,只有双行押韵。语言简洁清新,节奏明快,诗分前后两节,各节均一韵到底,两节之间颇富跳跃性,但各节句法逻辑环环相扣(行文中可见到诸多如"but"、"and"之类的逻辑连接词),诗情一波三折。《静女》诗分为三节,首节与末节尾韵有别,但均一韵到底,第二节头两行与后两行均有韵脚,但彼此不同。整体看来,诗作各句均为二顿,节奏均齐,诗情轻快,诗句复沓回环,语义逻辑清晰,三次转换的尾韵演绎着一唱三叹的诗情。

从情节编排来看,两首诗作在赠送爱情信物环节上也颇有相近之处。《静女》中先写"我"与"静女"在城角约会,后写"静女"赠我红管草,再写"我"把红管草当作手心里的宝的想象与感受,予人你有情来、我有意的两情相悦之感,诗作的结局是圆满闭合式的。《致西莉亚》先写"我"对约会见面时想象的情景(若将首节理解为"我们"约会中相互对酌时"我"说的一番话,情理上则颇显牵强而做作,与下一诗节也难以绾合),后写"我们"见面时"我"赠对方玫瑰花环,遭对方婉拒后,"我"仍痴情不改的想象与感受,予人我有痴情,而你的真心还在摇摆不定之感,诗作的结局是开放式的。有趣的是,《静女》中是女方向男方赠送红管草,女方考验男方所采取的方式是约会时女方躲藏着不出来见面,以考验"我"是否真心诚意。而在《致西莉亚》中是男方向女方赠送玫瑰花环,女方考验男方所采取的方式是嗅一嗅花环就将其送还给"我",以考验"我"是否真心与执着。虽然方式有别,但情理是相通的,比照读来,中西恋爱中都少不了"考验对方"这一环,可谓有异曲同工之妙。

从诗作的叙事视角来看,《静女》偏于第三人称的客观叙事,从相约见面,到赠送礼物,到分别回家,整个过程较为完备地记录下来了。而英诗则偏于第二人称的对话抒情，像是诗人从生活中攫取的两个难忘而又颇具诗情包孕性的片段对接而成，诗中的情景仿佛是因诗人主观表情的需要而设立的，或者说是幻想出来的。

从作为爱情象征或信物的意象选取来看，英诗与汉诗所选取的"物象"虽有不同，但它们在诗作中所发挥的功能是相同的。《静女》中的"红管草"，与《诗经》中十五国国风专写普通劳动人民生活中的人情物事的现实语境颇为协调，显得朴拙而美好。但随着社会生产力的发展与人们生活水平的提高，后世诗文中恋人之间以"红管草"作为情爱信物的较为少见，而颇为常见的信物则有：

1）戒指：何以道殷勤？约指一双银。
2）簪：何以结相于？金薄画搔头。
3）手镯：何以致契阔？绕腕双跳脱。
4）缠臂金：何以致拳拳？绾臂双金环。
5）香囊：何以致叩叩？香囊系肘后。
6）耳环：何以致区区？耳中双明珠。
7）玉佩：何以结恩情？美玉缀罗缨。
8）钗：何以慰别离？耳后玳瑁钗。
9）同心结：何以结中心？素缕连双针。
10）裙：何以答欢忻？纨素三条裙。①

而在《致西莉亚》中，作为爱情或恋人象征的"玫瑰（花环）"可谓是西方文学中的一贯传统，自古至今，虽然其内涵随语境的不同有所变化或增益，但其基本功能却未曾衰退或变更。单以玫瑰为题表达恋情的诗作，我们较为常见的有诗人罗伯特·赫里克的《玫瑰怎么红了》（"How Roses Came Red"）、理查德·勒夫莱斯的《玫瑰》（"Roses"）、埃德蒙·沃勒（Edmund Waller，1606—1687）的《去吧，可爱的玫瑰》（"Go，Lovely Rose"）、罗伯特·彭斯的《一朵红红的玫瑰》（"A Red，Red Rose"）、约翰·波亦尔·奥雷利（John Boyle O'Reilly，1844—1890）的《白玫瑰》（"A White Rose"）、罗伯特·弗罗斯特（Robert Frost，1874—1963）的《玫瑰谱系》（"The Rose Family"）等。而以玫瑰之色喻指女性之美与媚的词句则更

---

① 参见魏晋人繁钦的《定情诗》（http://baike.baidu.com/view/916119.htm）。

是数不胜数。

从人物形象的勾画来看,《静女》中的"静女"之美,多通过直抒胸臆的概念陈述来展现(如姝、娈、美等),显得偏于抽象,当然"静女"的活泼、可爱与机灵也可通过"爱而不见"、"彤管有炜"来衬托,但终嫌直白有余,含蓄不足。而英诗中的西莉亚之美则通过其传情的"眼神"(eyes)、诱人的"吻"(a kiss)与迷人的"嗅"(breathe)以及玫瑰花环的衬托就再现无遗了,显得简练含蓄,颇具汉诗"人面桃花相映红"的艺术神韵。类似地,汉诗中"我"的"搔首踟蹰"显得憨态可掬,天真质朴,颇易传神写照,故较"显在"。而英诗中"我"的外在形象仅可借助敬酒时"我"回敬的眼神来想象或勾画,显得迷离飘忽,难以把握,故较"隐在"。

综而言之,从《静女》中我们可以想见《诗经》时代先民纯朴而自由的婚恋方式与风习以及社会语境;从《致西莉亚》中我们可以窥见西方诗人长于玄思与想象,婚恋中长于赞慕女方的活性因子。想象还是现实,浪漫还是朴拙,单相思还是两情相悦……,一切的一切均可分别见证于芳香的玫瑰花与鲜艳的红管草。

参照前文鉴赏中琼森之诗语言简明质朴、生动形象,诗情一波三折且富戏剧性的特点,试将该诗翻译如下,并对其译文略作说明:

致西莉亚

本·琼森

你若用眼神向我祝酒,
　　我也用眼神与你相酬;
要不在酒杯上留个吻
　　我就不会向杯中寻酒。
心灵深处升起的渴慕
　　确需饮仙酿才能祛除;
但即使天帝给我琼浆,
　　我也不把你这杯换走。

最近我送你一环玫瑰,
　　说不上给你增光添魅
只是企盼它在你身边

能生机勃勃,永不枯萎;

但你只是嗅了嗅花环

就把这玫瑰给我送回;

从此花环生长吐芬芳,

我断言,全靠你的香味!

（张保红译）

　　该诗是一首男子追求女子的爱情诗,从诗作中句式多转折,语义表达多选择,且有虚拟语气的句子杂糅其间,以及选词用字传递爱意多美好质地与意味来看,诗文中"我或男主人公"所体现出的口吻是谦恭、真诚、热烈而执着的。鉴于此,译文在首节选用了"你若用……""要不……""但即使……"等句式,以表现"我"语气轻柔,谦恭而又诚挚的情态;在第二节通过"说不上……""只是企盼……""但你只是……""我断言……"等句式,在承继首节的谦恭而诚挚的语气之时,再现了"我"谦卑的要求被拒绝后,"我"仍然热烈而坚定执着的意态。

　　在字词或形象的翻译上,译文将"eyes"处理为"眼神",而不是"眼睛",选择的是"眼睛"这个"被再现客体"(represented object)的一个侧面,旨在突出"你"的情意与眉目传情的神采。"眼睛"这个被再现客体是以图式化方面(schematized aspects)出现的,作者未曾具体描绘眼睛的大小,呈现的状态、性质、特点等等,所以译者也可译为"眼波"或"明眸"之类的语汇。

　　将"the thirst"译为"渴慕",而未处理为"干渴"或"焦渴"之类,意在将身体与精神之"渴"合二为一。第六行增译了"祛除",除了押韵及平衡句子结构,意在暗示言外之"我"正害着热烈的相思病(lovesickness)。此外,还使下文"我"的情感运演更富感染力与戏剧性。

　　将"honouring"译为"增光添魅",而未译为"向你表示敬意或献媚"之类的意思,一方面旨在平衡该译句句子节奏并取得与下文押韵的效果,另一方面更为重要的是对表现"你之美"推波助澜——玫瑰虽美,但"你"比玫瑰更美,这样也符合全诗内在诗情的层层叠进——"你的眼神或吻"胜过美酒,胜过仙酿,甚至是天帝的琼浆;"你的美"胜过玫瑰,超凡脱俗以至具有神奇的魅力与魔力。

　　将"breathe"译为"嗅了嗅",而未译为"呼吸"或"亲吻呼吸",旨在勾画出"你"羞涩(coy)、闲逸(leisurely)与雅致(graceful)的情态,增强些许诗意效果,汉诗里不是有"无奈美人闲把嗅,直疑檀口印中心"(张祜《黄蜀葵花》)、"和羞走,倚门回首,却把青梅嗅"(李清照《点绛唇》)、"归来笑拈梅花嗅,春在枝头已十分"(南宋某尼姑悟道诗)"等女性闲逸、羞涩、优雅姿态的描绘吗? 当然,译诗中所选字词"品质"之所以均较为积极而美好,目的是要构建出"你"是一个美人的形象。这是符合原作精神的。

在情感运演的传译上,原诗两节,节节诗情一波三折,将"我"的痴情表现得无以复加。译文把握这一情感节律进行了传译。尤其对"But thou thereon didst only breathe,/And sent'st it back to me;/Since when it grows,and smells, I swear,/Not of itself but thee"的翻译,表现了"我"被婉拒后仍颇为执着的情形,而未解读为"我"幸运地与"你"取得了两情相悦的结果(比如,有人将此句译为:蒙你对它亲吻呼吸,/又把花环给我送回;/从此它永久鲜艳、芳香,/只因你赐给它无比光辉!),如此一来,令译文显得更富戏剧性,也更能突出"我"不变的痴情。

原诗为歌谣体,奇数行与偶数行分别为四音步与三音步,依次交错,构成整首诗作,其主导步格为抑扬格。比如,And I will pledge with mine;/Or leave a kiss but in the cup. 可标注为 ˉ ´ | ˉ ´ | ˉ ´ | | ˉ ´ | ˉ ´ | ˉ ´ | ˉ ´ |(ˉ为抑,´为扬;|标注音步,||标注行与行之间的停顿,下同)。其基本韵式为 abcbabcb defedefe。译诗各行大体以四顿来对应原诗各行(比如,你若用|眼神|向我|祝酒,||我也用|眼神|与你|相酬;||),每顿以双音节词为主要音节单位,而且整体上实现了音顿长度的彼此均匀与上下呼应,这有利于在汉语语境中形成歌谣节奏的特点,译诗的韵式(即,酬——酒——除——走 魅——萎——回——味)基本再现了原诗韵式的特点。

爱情是人间的至情,是中西诗歌中永恒的主题之一。将爱情的表达写得一波三折,跌宕生姿,引人入胜,既是中西诗歌中的创作常式,也是"文似看山不喜平"的共同审美追求。在英诗中不难读到表达方式颇为相近的同题之作。例如:

1) To Lucasta, Going to the Wars

Richard Lovelace

Tell me not, Sweet, I am unkind,

That from the nunnery
　Of thy chaste breast and quiet mind
　　To war and arms I fly.

True, a new mistress now I chase,
　The first foe in the field;
And with a stronger faith embrace
　A sword, a horse, a shield.

Yet this inconstancy is such
　As you too shall adore;
I could not love thee, Dear, so much,
　Loved I not Honor more.

　　谈情说爱，拿什么向对方表白自己的真情与忠贞？拿玫瑰、手镯，金钱、美酒，还是海誓山盟？在勒夫莱斯（Richard Lovelace, 1618—1658）的诗作"To Lucasta, Going to the Wars"中，"我"选择了精忠报国，奔赴沙场，迎击敌人，以博取荣耀与功名来向恋人表白自己的爱意与忠贞，以赢得恋人的崇敬与芳心。宕开一笔，颇为新颖！

　　据说该诗是诗人在英国内战期间（1642—1645）受命出征之前写给妻子的。诗中"我"选择了精忠报国，奔赴沙场，迎击敌人，以博取荣誉与功名来向爱人表白自己的爱意与忠贞，以赢得爱人的崇敬与倾心。诗中将个人的恋情与报效祖国相提并论，境界开阔，蕴涵深厚，意味深长！

　　全诗以悖论（paradox）（指表面上自相矛盾而实际上包含了真理的陈述）写成，既在诗作局部形成语义上的叠进、曲折，也在诗作整体上构成诗情的回旋、顿挫。具体来讲，说"我"离开圣洁、忠贞、温柔（the nunnery/Of thy chaste breast）、文静（quiet mind）的"你"无情无义（I am unkind），说"我"飞向沙场（To war and arms I fly），拥抱刀枪（And with a stronger faith embrace/A sword, a horse, a shield.），追逐新欢（a new mistress now I chase）不近情理；说"我"负心薄情（this inconstancy），爱恋荣名远胜过爱"你"（I could not love thee, Dear, so much,/Loved I not Honor more）……一切的一切，并非果真如此，恰恰是正话反说，曲折回旋，以使其爱恋之情愈转愈深。

　　"nunnery"启示出"圣洁"、"忠贞"、"平和"、"宁静"的意味,这一方面有效地表征着 Lucasta 的美德与品行,另一方面象征着"我"放弃安逸、平静的日子(转而投身激烈火热的战斗生活)。"arms"既可解读为"武器",又可解读为"怀抱"。类似地,"chase"既可理解为"追求",又可理解为"驱赶"。词义的含混(ambiguity)使行文简洁凝练,也使诗句内涵丰沛,意蕴深邃。

2) To Althea, From Prison

Richard Lovelace

When Love with unconfined wings
Hovers within my gates,
And my divine Althea brings
To whisper at the grates;
When I lie tangled in her hair
And fettered to her eye,
The birds that wanton in the air
Know no such liberty.

When flowing cups run swiftly round,
With no allaying Thames,
Our careless heads with roses bound,
Our hearts with loyal flames;
When thirsty grief in wine we steep,
When healths and draughts go free,
Fishes, that tipple in the deep,
Know no such liberty.

When, like committed linnets, I
With shriller throat shall sing
The sweetness, mercy, majesty,
And glories of my King;
When I shall voice aloud how good
He is, how great should be,
Enlarged winds, that curl the flood,

Know no such liberty.

Stone walls do not a prison make,

Nor iron bars a cage;

Minds innocent and quiet take

That for a hermitage.

If I have freedom in my love,

And in my soul am free,

Angels alone, that soar above,

Enjoy such liberty.

从诗题来看,此诗写于狱中。据记载,勒夫莱斯因同情保皇党而被监禁入狱。他的妻子来探监,他分外欣喜,沉浸在弥笃、温馨爱情中的他写下了这一经典名篇。从创作构思来看,选择监狱为背景来抒写恋人间的爱情,显得张力(tension)十足——血肉之躯虽可被束缚,但忠贞的恋情却带来了超越一切牢笼的永恒自由,诗情顿生波澜,意味幽远。

全诗分四节,节节表达了真挚的爱情给狱中之"我"带来的无比欢欣与自由。

首节写我圣洁的妻子爱尔西娅(my divine Althea)在自由爱神(Love with unconfined wings)或爱的力量指引下来到"我"面前倾诉衷肠(whisper)的情景。她散乱的(tangled)发丝见证着别离后几多的思念与悲苦,她的明眸又让深情的我(fettered to her eye)读到了几多的爱意与幸福,两情相悦带来的欢愉与自由,即便是逍遥天外的飞鸟也难以比拟。

第二节写尽情畅饮醇香美酒(flowing cups),尽情享受头戴玫瑰花冠的高贵与荣耀(Our careless heads with roses bound),尽情抒发心中忠诚不二的仕子豪情,彻底涤荡心中焦渴的悲愁。身体虽陷囹圄,但回味从前出入宫廷美好生活的想象却是自由的,这样一份自由与喜悦连大海(the deep)中任意"浅斟低酌"(tipple)的鱼儿也难以体味、品尝。

第三节写我虽是困于笼中的红雀(committed linnet),但我会自由地高声歌唱(with shriller throat),歌唱国王的伟大、威严、仁德与荣光(The sweetness, mercy, majesty,／And glories of my King),连掀起汹涌波涛的狂风(curl the flood)都不及我的声音嘹亮、高亢。

最后一节写监狱与牢笼能锁住我的躯体,却锁不住我清白无辜的思想(minds innocent and quiet)。相反,它却会成为我思想的栖隐之地(hermitage)。我爱情的自由、心灵的自由,只有翱翔长空的天使才能享受。总之,天上的飞鸟、水中的游鱼、海上的狂风,无论是有机界的生灵,还是无机界的自然物,都抵不上真挚爱情带给我的自由与欢欣,这种美妙无比的感受唯有超越凡尘、翱翔天地之间的天使才可比拟。

诗义节节在对比中转折、深化,诗情层层叠进、延展,境界不断开拓,"自由"的空间越来越宽广,爱情的力量也越来越超凡脱俗。

表达真挚的爱情选择在什么样的场所?以什么样的方式进行?表现的诗情又有何风格特点?颇值得细腻玩味:谈情说爱时选择的场所与表达方式不同,诗作表现出的艺术"张力"也会大不相同。

综而观之,琼森之诗选择的场所可想象为在酒馆或咖啡馆,表情的方式是共同进餐时的敬酒与昔日赠送的玫瑰花环,诗情浪漫、典雅;《诗经·邶风·静女》的场所选择在城角,表情的方式是"欲擒故纵"(躲藏着不及时出来见面)与赠送红管草,诗情真淳、古朴;勒夫莱斯首篇的场所选定在战场,表情的方式是奔赴疆场,冲锋陷阵,杀敌保国,博取荣名以赢得爱人的青睐与欢心,将个人生死与爱情表达相联结,升华了爱情之于人生的价值与意义,诗情激昂、豪迈;其第二篇场所设置在牢房,表情的方式是赞颂真挚的爱情带来了超越一切藩篱的力量,带来了无与伦比的自由与欢欣,既具有现实语境意义,又富于生活象征蕴涵,诗情洒脱、超越。

诗人基于各自的诗学旨趣,选择表达爱情的场所与传递恋情的手段各不相同,演绎出真挚爱情的具体内涵或侧面也各不相同,给人纷繁多样的想象与启示,但其间相同的是爱情中真挚的情怀、永恒的信念、不懈的追求。

生死幽隔恩爱如一，
绝望、希望真情不二

——约翰·弥尔顿《梦亡妻》与苏轼
《江城子·乙卯正月二十日记梦》比读与翻译研究

约翰·弥尔顿（John Milton，1608—1674），17 世纪英国伟大诗人，生于伦敦一个公证人家庭。剑桥大学硕士毕业，善用拉丁文与英文写诗。英国资产阶级革命时期（1640—1660），任克伦威尔（Oliver Cromwell）政府拉丁文秘书，为捍卫革命政权与欧洲大陆反动派笔战，经常读书、写文至深夜，积劳成疾，卒致双目失明。著有史诗《失落园》（*Paradise Lost*）、《复乐园》（*Paradise Regained*）和悲剧《力士参孙》（*Samson Agonistes*）。弥尔顿一共写了 23 首十四行诗，其诗体呈现形式多遵循意大利十四行诗体，基本韵式为 abba、abba、cdcdcd（或 cdecde），诗作《梦亡妻》（"On His Deceased Wife"）即为其中之一。

On His Deceased Wife

John Milton

Methought I saw my late espoused saint
　　Brought to me like Alcestis from the grave,
　　Whom Jove's great son to her glad husband gave,
Rescued from Death by force, though pale and faint.
Mine, as whom washed from spot of child-bed taint,
　　Purification in the Old Law did save,
　　And such as yet once more I trust to have
　　Full sight of her in Heaven without restraint,
Came vested all in white, pure as her mind.

Her face was veiled; yet to my fancied sight

Love, sweetness, goodness, in her person shined

So clear as in no face with more delight,

But, O! as to embrace me she inclined,

I waked, she fled, and day brought back my night. ①

该诗是一首悼亡诗,诉说的是弥尔顿生活中的丧妻之痛。据评论家们研究,此诗可能创作于 1658 年,为的是追怀生下女儿三个月后去世的第二任妻子凯瑟琳·伍德科克(Katherine Woodcock)。诗人以记梦的形式回味了夫妻间相濡以沫、情感笃厚的美好生活,赞颂了妻子的仁爱、贞洁、善良、贤淑与温柔,幻化出一个在天堂与妻子相见的浪漫情景,归结了失去妻子的悲切与感怀。

其具体内容表现为,先将妻子与希腊神话中舍身救夫的阿尔塞斯蒂(Alcestis)进行类比,以曲写妻子对自己的挚爱与忠贞,同时也表达了诗人渴望能有天神的助力将他深爱的妻子从死神那里救赎回来,长相厮守,互相关爱,共度人生的情愫。有关阿尔塞斯蒂的典故大意是:忒萨吕王阿德墨托斯(Admetus)在与阿尔塞斯蒂结婚的当天,忘记向女神祭献,因此要被女神处死,除非他的父母或妻子中有一人愿替他死。阿尔塞斯蒂为救丈夫,甘愿牺牲自己。她刚死不久,备受感动的主神朱庇特(Jupiter)之子赫拉克勒斯(Heracles)便赶来营救,与死神搏斗,终于将她从冥府带回了阳间。②

接着诗人又借用圣经典故将夫妻间的生死幽隔类比为现实中妻子因刚生下女儿需恪守三个月的洁净礼而与自己暂且的"分离"(据《圣经·利

---

① 注释:1. methought:it seemed to me。2. late:去世不久的。3. espoused saint:圣洁的妻子,对妻子的敬称。4. Alcestis:阿尔塞斯蒂,希腊神话中舍身救夫的女性。5. Jove's great son:指罗马神话中主神 Jove(又称 Jupiter)之子 Heracles。6. mine:my wife,是下文中以 came 开头诗行的主语。7. as whom:as one whom。8. washed from spot of child-bed taint:cleansed from the blood of child-birth,修饰 whom 的分词短语。9. Purification in the Old Law:古律法中,妇女生育后需单独隔离行净身礼。10. And such as yet once more I trust to have/Full sight of her in Heaven without restraint:I trust to have full sight of such a one yet once more in heaven without restraint。as 作关系代词,是介词 of 的宾语,her 在语法上似显多余。11. fancied sight:Milton 已失明,这里指梦中想象的视力。12. as in no face with more delight:with more delight in her face than in any other。

② 胡家峦. 英语诗歌精品. 北京:北京大学出版社,1996:117.

末计》(12：2—5)所载，妇人生育子女要单独隔离，以行洁净礼，生子要经过33天，生女要经过66天①)；紧承"分离"而来，写我们别后在天堂的重逢，写妻子的可爱、贞洁、善良、贤淑、温柔与"脸漫笑盈盈，相看无限情"的意态。

最后又以古希腊神话中音乐家俄耳浦斯(Orpheus)丧失妻子欧律狄克(Eurydice)的悲剧故事来影射诗人梦醒而妻子消逝后更为深沉的痛楚。有关俄耳浦斯的故事大意是，俄耳浦斯的妻子被毒蛇咬后中毒而死，他守着妻子的坟墓终日以泪洗面，后用琴弦弹奏出哀痛欲绝的曲调感动了冥王和王后。他们决定把他的妻子送还给他，但条件是俄耳浦斯带她回阳间的路上不许回头看，由于妻子被蛇咬伤的脚在崎岖的道路上行走不便，慢慢地落在俄耳浦斯的身后越来越远，俄耳浦斯忽然听不到妻子行走中不时前后呼喊、彼此应答的声音，就回过头去看了看。啊，眼前的妻子忽然变成一团淡淡的白影子，一下子消失于黑暗之中，又回到冥府去了。又一次失去妻子的俄耳浦斯更加痛不欲生。②

结合原诗结构具体来看，该诗头四行组成的第一诗节点明了诗作的主题，即梦亡妻；第5—8行为第二诗节，承接主题，将生死幽隔类比为人间的"小别"；第9—12行为第三诗节，尽情描写相见时妻子的音容笑貌、仁惠贤德；最后两行为整首诗的点睛之笔，梦中醒来，美梦变为现实中深深的痛楚。

悼亡诗是中西诗歌共有的主题，各自的文学中均有诸多传世名作，深深地感染与打动着一代又一代读者。在西方，除了上列悼亡之作外，读者还可读到的名篇有托马斯·哈代(Thomas Hardy, 1840—1928)的《身后》("Afterwards")、《散步》("The Going")，罗伯特·布朗宁(Robert Browning, 1812—1889)的《向前看》("Prospice")，艾伦·坡(Edgar Allan Poe, 1809—1849)的《安娜贝尔·李》("Annabel Lee")等等。在中国，自西晋潘岳首创悲悼亡妻的"悼亡诗三首"以来，历代悼亡诗作绵延不绝，且名作辈出，其代表人物有唐代的韦应物、元稹、李商隐，宋代的苏轼、贺铸、

---

① 胡家峦. 英语诗歌精品. 北京：北京大学出版社，1996：117.

② 茅于美. 中西诗歌比较研究. 北京：中国人民大学出版社，1987：72—73.

陆游,元代的傅若金,明代的于谦,清代的纳兰性德等等。罗列至此,读者不禁会问:中西悼亡诗的具体情形又是怎样的呢? 且引苏轼之作《江城子·乙卯正月二十日记梦》为例,略作比对解说,以窥一斑。其全文为:

> 十年生死两茫茫,
> 不思量,
> 自难忘。
> 千里孤坟,
> 无处话凄凉。
> 纵使相逢应不识:
> 尘满面,
> 鬓如霜。
>
> 夜来幽梦忽还乡。
> 小轩窗,
> 正梳妆。
> 相顾无言,
> 惟有泪千行。
> 料得年年肠断处,
> 明月夜,
> 短松冈。

不难看出,中西诗人的悼亡之作均采用了记梦的形式,写作手法上均遵循着寄情于梦、寄情于生活中的实景以及梦中相见、梦后悲慨的写作思路,而且都采用了从现在写到过去兼及未来的写作视点(从时态上看,英诗则是从过去的现在写到过去的过去及将来的),均写到夫妻梦中重逢,均写到妻子在生活中的典型情景(英诗写妻子经受的产褥热,汉诗写妻子的梳妆打扮),均写到夫妻间曾有的两情相洽的美好,均写到丈夫对逝去妻子刻骨铭心的相思与梦醒后的痛楚与凄苦。

所不同的是,在写作风格上,汉诗词从身边事写起,所用意象多为日常生活中的现实性意象(比如"孤坟"、"轩窗"等),全文偏于记实再现,现实主义色彩深厚;英诗从想象或幻想出发,所用意象多为文学传统中的神话意象并映射着鲜明的宗教色彩,全文偏于想象表现,浪漫主义色彩浓郁。

从抒情方式来看,汉诗词以情写景,作者将自己的感情融入到生活中的实有景象之中，从而做到了物我统一，情景交融。比如"千里孤坟"、"小轩窗"、"明月夜"、"短松冈"等均浸润与表现着诗人深沉的悲痛情感；英诗中呈现出的是以情造景，根据感情表达的需要，创造出一系列生活中不曾有的神话意象，且对所涉及之物或景予以了逻辑的理性串接，"景"充当的背景或陪衬作用较为明显。比如"the grave"、"child-bed"等。

从写作视角来看，汉诗词回忆过去，主要以我为中心，写我而今因深沉的思念与悲伤，因仕途坎坷、身世飘零的凄苦而导致容貌与心情的变化偏多，而写对方只是点到即止（如"小轩窗，正梳妆"），妻子的音容笑貌、美丽、善良与贤惠全在"虚"处，留给读者丰富的想象空间；而英诗则以对方为中心，极写了妻子的音容笑貌之美，细腻而深入，我而今的容貌或生活境况几乎只字未提，全凭读者的推想。

从诗作者主体的情感推演来说，汉诗词写沉溺于回忆的苦涩沉痛而难以自拔，而且以"亲心为己心"，双方均泪如雨下，肝肠寸断，纵然梦中可能重逢，但生死幽隔难以逾越。英诗也写回忆的苦涩沉痛，但只见一方的悲苦，而且悲苦中含有一份安慰、宁静、期盼与愉悦，显得清新而轻松，双方相逢在幸福与美好中，梦中重逢跨越了生死的界限。

诸如此类的差异，究其原因可从以下两大方面见出：

首先，汉诗词未曾直接抒写对方的容貌，而是通过粗笔点染，让人思而得之，但突出了对方善解人意之品性（相顾无言/惟有泪千行/料得年年肠断处），折射出汉文化传统对女性最强调"立德"的一面，有道是"女子无才便是德"可为明证。英诗极写对方的外貌美（也有内在美的概括），彰显着自古希腊以来"貌美"一直得到尊崇的传统以及在创作中西人赞慕女性貌美的"集体无意识"（collective unconsciousness）。

其次，汉诗词将生死之别写得柔肠寸裂，悲情难抑，其主要根源在于汉文化中儒家传统更重现世生活，更重死亡的伦理价值，对超验的和超人间的事物所作思考不多（"思无邪"、"子不语怪力乱神"可为佐证）。换句话说，汉文化传统中人们并不信仰上帝天国，并不追求超验本体，也并不关心死后的归宿。英诗对此写得清新轻松，哀而不伤，大抵受基督精神的影响，认为死亡与生存具有连续性，死亡只是告别了短暂的人生，一跃而跨入了永恒的新生，即死是生的延续，人死后灵魂会脱离肉体的束缚而升入乐土天堂，"看到了天国的光辉"。不仅如此，相信还有来生彼世，对彼岸世界充满着永恒的追求与向往。

结合前文鉴赏与分析中英诗体现出的梦中相逢的美好、梦醒后的悲怀等特点，试将该诗翻译如下，并对译文略作说明：

梦亡妻

约翰·弥尔顿

我仿佛看见不久前去世的圣洁之妻
　　回到我身边，像阿尔塞斯蒂从坟墓，
　　被天帝伟大的儿子从死神手中夺出，
　　交还他欣喜的丈夫，虽然她苍白无力。
我的妻，像是洗清产褥上的斑斑血迹，
　　在隔离中恪守古法中净身礼的戒律，
　　戒律期满，我相信会又一次与她相聚
　　在天堂，尽情端详她的芳颜，别无禁忌，
她走来，袭一身心灵一样洁白的衣裳：
　　脸上蒙着薄薄的纱幔，我仿佛又看到
　　仁爱、温存与善良在她身上闪闪发光
她脸上那清纯的微笑世上谁也比不了，
　　可是，哦！正当她俯身把我抱在身上，
　　我醒了，她走了，白昼带去了我的梦宵。

（张保红译）

该诗中诗人驰骋想象，所用文学典故较多，这一方面使诗作变得意蕴丰厚，留给读者广阔的想象空间，但另一方面又给汉文化语境中的读者解读与理解诗作带来了某些困难，影响着诗意效果的充分传递。因而，译者在译文中对典故意象作了简要阐释。比如，结合西方女性生产后需行净身礼的相关信息，将诗句"as whom washed from spot of child-bed taint,/ Purification in the Old Law did save,/And such as yet once more I trust to have/Full sight of her in Heaven without restraint"译为"仿佛洗清产褥上的斑斑血迹，/在隔离中恪守古法中净身礼的戒律，/戒律期满，我相信会又一次与她相聚/在天堂，尽情端详她的芳颜，别无禁忌"，读者一眼便能看出

"在隔离中"、"戒律"、"戒律期满"，这些语汇不曾出现在文本的字面上，是从诗文的字里行间或文外提升出来的。当然，提升的结果不是淡化了原作的诗意，而是使文本的诗意逻辑更显贯通——将夫妻间的永诀写成重逢前现实中妻子需行净身礼的暂时隔离，给读者传递出一个在现实与想象之间来回腾跃的诗意胜景。同时也使诗作的起承转合合情合理，自然浑成。

从翻译中的视点转换来看，原文"Purification in the Old Law did save"（古法中的净身礼拯救了我的妻子）中的主语是物称，有凸显宗教力量之伟力与神奇的意味，译文的主语是人称——我的妻，……在隔离中恪守古法中净身礼的戒律，在彰显宗教的制肘之时，显现出"我的妻"贞节的德操之美。

将诗文最后一行中的"and day brought back my night"译为"白昼带去了我的梦宵"，而未处理为"白昼带来我的黑夜"，一方面受文学典故的启示（见上文赏析部分），另一方面是从"她—白昼"是动作主体的视点来经营词句的。不难看出，视点转换后，译文中的诗意与感情逻辑也显得前后贯通，语义上也实现了前后遥相呼应。

就诗作的韵律而言，原诗为意大利十四行诗，每行十个音节，基本格律为五音步抑扬格，比如 Methought I saw my late espouséd saint 可标注为 ˉ ˊ ｜ ˉ ˊ ｜ ˊ ｜ ˉ ˊ ｜ ˊ ｜。其韵式为 abba、abba、cdcdcd。译文以每行五顿对应原诗各行五音步，如第一行的译文可划分为：我仿佛｜看见｜不久前｜去世的｜圣洁之妻｜。译文整体上再现了原诗的韵式，如妻——墓——出——力迹——律——聚——忌 裳——到——光——了——上——宵。

悼亡诗中起承转合的表现方式将悼亡的诗情演绎得曲折回环，鞭辟入里。这一表情模式也为中西悼亡诗作，不论是长篇还是短制，一再采用。不妨再读读埃德加·艾伦·坡的悼亡名篇《安娜贝尔·李》与威廉·华兹华斯（William Wordsworth, 1770—1850）的《露西》（"Lucy"）以窥一斑。

1) Annabel Lee

Edgar Allan Poe

It was many and many a year ago,
  In a kingdom by the sea
That a maiden there lived whom you may know

By the name of Annable Lee;
And this maiden she lived with no other thought
    Than to love and be loved by me.

I was a child and she was a child,
    In this kingdom by the sea;
But we loved with a love that was more than love —
    I and my Annabel Lee —
With a love that the winged seraphs of heaven
    Coveted her and me.

And this was the reason that, long ago,
    In this kingdom by the sea,
A wind blew out of a cloud, chilling
    My beautiful Annabel Lee;
So that her highborn kinsmen came
    And bore her away from me,
To shut her up in a sepulchre
    In this kingdom by the sea.

The angels, not half so happy in heaven,
    Went envying her and me —
Yes! — that was the reason (as all men know,
    In this kingdom by the sea)
That the wind came out of the cloud by night,
    Chilling and killing my Annabel Lee.

But our love was stronger by far than the love
    Of those who were older than we —
    Of many far wiser than we —
And neither the angels in heaven above,
    Nor the demons down under the sea,
Can ever dissever my soul from the soul
    Of the beautiful Annabel Lee.

For the moon never beams without bringing me dreams

> Of the beautiful Annabel Lee;
> And the stars never rise, but I feel the bright eyes
> Of the beautiful Annabel Lee;
> And so, all the night-tide, I lie down by the side
> Of my darling — my darling — my life and my bride,
> In her sepulchre there by the sea —
> In her tomb by the sounding sea.

埃德加·爱伦·坡 1836 年与其表妹薇琴尼亚·克莱姆（Virginia Clemm）结婚，1847 年克莱姆因肺病故去。为纪念亡妻，诗人写下了《安娜贝尔·李》这首经典之作，这也成为诗人的绝笔之作。1849 年诗人也随之离世。诗作中 Annabel Lee 这个悦耳动听，诗人反复亲昵呼唤的名字的原型应是诗人的爱妻克莱姆。

诗人以叙事诗的形式向我们讲述了一个两情相悦，长相厮守，梦幻般的爱情故事。

首节以童话般的口吻把我们带到一个古老遥远的海边国度（a kingdom by the sea），让我们见到了那个"我深爱着她，她也深爱着我"（And this maiden she lived with no other thought/Than to love and be loved by me.），纯真而痴情的美丽姑娘安娜贝尔·李。其意境古朴、幽远、神秘、清丽，不禁让人哼唱起我们的情歌：在那遥远的地方，有位好姑娘……

第二、三、四节先回顾了年少时我们"同住长干里，两小无嫌猜"的纯朴、真挚情感，后讲述了"我们"遭遇的不测厄运。我们的恋情之切、爱意之真令自由飞翔的天神羡慕，甚至妒忌（the winged seraphs of heaven/coveted her and me）。正是这些天神的妒忌（her highborn kinsmen），他们从"我"身边夺走了我心爱的、美若天使的安娜贝尔·李（bore her away from me），让"我们"从此生死幽隔，天各一方（shut her up in a sepulchre）。诗人对安娜贝尔·李离去的原因在三、四两节往复倾诉，折射出无尽的愤恨、伤悲与强烈的控诉。

第五节笔锋一转，纵然蛮横的、妒忌的天神（the angels in heaven above），甚至海中的魔怪（the demons down under the sea）能使"我们"阴阳殊隔，彼此永诀，但他们永远阻断不了"我们"真心相爱的炽热之情。他们剥夺了"我们"生时的相守，但梦中的重逢则永远为"我们"所有。诗人心底的郁愤,激情的表白,喷薄而出,在这一节达到高潮。

最后一节诗情哀婉、低迴。昏黄的月色(the moon never beams)、凄清的夜景(all the night-tide)、海边的墓地(In her sepulchre there by the sea——/In her tomb by the sounding sea)、呜咽的海涛(the sounding sea),意象上应和着诗文首节,音韵上回环往复,余音袅袅,不绝如缕。

此诗哀婉、低迴的诗情,一方面外在地表现在诗作中的主导步格——抑抑扬格(anapaestic)与抑扬格(iambic)——彼此交错,回环往复,推延流转所形成的悠悠音韵上;另一方面内在地表现在悠悠回荡的韵律可启示出海潮与心潮起伏消长的"异质同构"上。此外,还有贯穿全篇一韵到底的尾韵(end rhyme)[iː]以及诸多头韵(alliteration)、行内韵(internal rhyme)等彼此前后映照,衬托所共同营造的舒缓的格调与深沉的诗情。

此诗的场景设置在古老遥远的海边王国,那里住着一位美丽的安娜贝尔·李,首先给人一种古朴与神秘之感,接着作者聚焦于天神的妒忌、天边冻风飞云的劫杀、安娜贝尔·李的离去、海边的墓地、凄凉的夜色、呜咽的海涛,一幅幅幽暗的画面相继跌现,营构出神秘、恐怖的哥特式氛围(Gothic atmosphere),给人一种"灯光幽暗下,依旧桃花面"的惊异美感与油然而生的悚惧。

全诗读来,意境古朴、幽远、神奇、空濛,音韵谐美,低迴哀婉,情感缠绵悱恻,如泣如诉。

2) Lucy

William Wordsworth

She dwelt among the untrodden ways
　　Beside the springs of Dove,
A Maid whom there was none to praise
　　And very few to love:

A violet by a mossy stone
　　Half hidden from the eyes!
Fair as a star, when only one
　　Is shining in the sky.

She lived unknown, and few could know

When Lucy ceased to be;

But she is in her grave, and oh,

The difference to me!

她住在人迹罕至的地方(the untrodden ways)，住在鸽泉(the spring of Dove)的近旁，无人赞赏她，也无人喜爱她。她是谁？她长得怎样？她怎么啦？作者一概不说，而是接着写她像依身石后的紫罗兰(violet)，美如天上那颗唯一闪耀的星星，直到诗文末节：她在世时默默无闻，无人知晓，而今她——Lucy——已离去，长眠地下，对我来说可是天地变样！我们才知道"我"或作者在悲悼其深爱之人——Lucy——的离去。

针对前文的提问，其实作者在诗作中均作出了回答，而且是极具艺术审美意味的回答。"她"叫"Lucy"，直到诗文末尾才首次出现，这种后指照应(cataphoric reference)一方面使读者产生欲知究竟的阅读悬念(suspense)，另一方面揭示出诗人失去"她"的痛楚，逐渐积累到最后不得不呼喊出"Lucy"的名字才能释怀的情态。

诗中写到的"the untrodden ways"、"the spring of Dove"，在表明"她"的生活环境之时，起到了衬托"她"远离尘俗、文静、质朴、温柔的个性特征的作用。"依身石后的紫罗兰"(A violet by a mossy stone)更是映射出"她"的谦卑、淡雅与幽艳；"美如天上唯一闪耀的星星"(Fair as a star, when only one/Is shining in the sky.)一方面暗示出"她"的美艳光彩照人，另一方面表明在作者的眼中或天空中，"她"是唯一闪亮的那颗星。如此这般，为强化与深化"The difference to me!"的意味做好了充分铺垫。

以上所涉诗篇均为悼亡之作，其所悼对象均为女性，均对所悼女性容貌美与品行美予以了直接或间接的赞颂，均将所悼对象设置在时空上遥远或遥不可及的地方——弥尔顿选在天堂；苏轼选在十年后的千里之外；爱伦·坡选在古老遥远的海边王国；华兹华斯则选在人迹罕至的地方。这既是悼亡者目前生活现实的写照，也是诗作加强诗的容量，增多诗的层次，拓展诗的艺术意境的要求。悼亡者也均无比悲痛，难以释怀。

所不同的是，弥尔顿以记梦的形式娓娓道来，寓悲痛于期望；苏轼也以记梦的形式表达心曲，但寓悲痛于绝望；爱伦·坡以讲童话故事的形式告白，寓悲痛于幽凄；华兹华斯以今夕比对的形式抒怀，寓悲痛于反思。

不在听"音"与"筝"，
而在曲笔传深情
——罗伯特·赫里克《听朱莉娅之音》
与李端《听筝》比读与翻译研究

　　罗伯特·赫里克（Robert Herrick，1591—1674），17 世纪英国抒情诗人，幼年学过金匠手艺，后去剑桥大学求学，担任过高级教职。他是以本·琼森为首的骑士派诗人（the Cavalier Poets）中的重要人物，尤擅长写田园抒情诗和爱情抒情诗，他的早期诗作常常描写性爱、女性的身体，后期诗作多倾向于对精神世界与哲理的探讨。赫里克终身未娶，其诗作中提到的许多女性的名字往往是虚构的，下列诗文中的朱莉娅（Julia）即为其中一例。

Upon Julia's Voice

Robert Herrick

So smooth, so sweet, so silv'ry is thy voice,
As, could they hear, the Damned would make no noise,
But listen to thee (walking in thy chamber)
Melting melodious words to Lutes of Amber. ①

　　该诗含蓄凝练，意境幽远，韵味无穷。其文字之音响美、语义美，表情达意之艺术美值得鉴赏、玩味。

　　朱莉娅的声音圆润、甜美，如银铃一般，让人摸得着（smooth）、尝得到

---

① 注释：1. So smooth, so sweet, so silv'ry is thy voice：thy voice is so smooth, so sweet, so silv'ry。原诗句为倒装句，一为取得突出强调的效果，二为押韵与韵律之需。2. could they hear, the Damned would make no noise 为虚拟语气句式，全句可改为 if they could hear, the Damned would make no noise。3. Melting melodious words：轻盈流转，荡人心魄的歌曲。

(sweet)、看得见(silv'ry)，多角度的描述使人产生强烈的同向审美感受，真可谓"此'声'只应天上有，人间难得几回闻"！即便阴曹地府喧闹不已的亡魂、鬼魅听闻此声，也会默不作声，凝神静听。而倾听朱莉娅在闺中妙曼的步履，则宛如聆听高贵、雅致的琥珀琴弦上弹奏着轻盈流转、悦耳动听的乐曲。此情此景，不禁让人想起现代诗人余光中之诗《等你，在雨中》对其"恋人"步履仪态的描绘：

> 忽然你走来
> 步雨后的红莲，翩翩，你走来
> 像一首小令
> 从一则爱情的典故里，你走来
> 从姜白石的词里，有韵地，你走来。

中西诗人空间上相距万里，时间上也殊隔数百年，可他们对其爱恋之人步履仪态的情韵描绘何其相似乃尔。

从诗文的写作手法来看，诗文前两行通过亡魂、鬼魅凝神静听从反面着笔来写朱莉娅的声音之美，后两行从正面抒写，以华丽的居室(chamber)、贵重精美的弹奏乐器(Lutes of Amber)以及弹奏的悠扬悦耳的乐曲(melting melodious words)来写朱莉娅的步履仪态之美，一反一正，相辅相成，不断地拓展与深化着朱莉娅的体貌美，也共同暗示着朱莉娅的心灵美。诚如俄国文学评论家别林斯基(1811—1848)所言："人的外表的优美和纯洁，应当是其内在心灵的优美和纯洁的表现。"[1]外在的体貌美悦耳、感目，而由外在的体貌美启示出的内在品质美则感人心智，沁人心脾，让人久久难以忘怀，也由此可见，"听者"对朱莉娅的倾心与迷恋。

不难看出，该诗能给读者诸多的启示与想象，主要归功于作者曲笔传情之妙。清代刘熙载在《艺概》中论及诗文的创作时说："取径贵深曲，盖意不可尽，以不尽尽之。正面不写写反面，本面不写写对面、旁面，须知睹影知竿乃妙。"[2]德国诗人莱辛则说："诗人啊，替我们把美所引起的欢欣、喜爱和迷恋描绘出来吧，做到这一点，你就已经把美本身描绘出来了！"[3]细按赫

---

① 陈立华. 经典诗歌欣赏. 武汉：武汉测绘科技大学出版社,1997:90.
② 刘熙载. 艺概. 上海：上海古籍出版社,1978:74.
③ 莱辛. 拉奥孔. 朱光潜译. 北京：人民文学出版社,1979:120.

里克之诗,刘氏、莱氏之言可谓是对其创作技艺的最好概括了。无独有偶,在汉诗中尽显曲笔传情之妙的诗文也不乏其例。且看唐代诗人李端之诗《听筝》:

> 鸣筝金粟柱,
> 素手玉房前。
> 欲得周郎顾,
> 时时误拂弦。

在这首诗中,弹筝女精湛的弹筝技艺,弹奏出的美妙旋律,其姣好的容貌、高洁的品行、含蓄而蕴藉的传情方式等诸如此类的意味均蕴涵于"金粟柱(精美的缠筝弦的轴柱)"、"素手(白皙的手)"、"玉房(女子居室的美称)"、"周郎(英俊潇洒,精通音乐的青年男子)"等相互影响、相互作用、共同建构的结果之中。也就是说,诗人通过描写弹奏器具的精致华美、弹奏环境的高雅华贵、弹奏者与听者优美的体貌特征等来曲折表现出以上的诸种意味。所不同的是,这首诗写的是弹筝女为博取她所钟爱男子的相顾,故意频频出错,希望男子专注于自己,别只陶醉在琴声中的现世之情;而赫氏之诗则偏于写"听者"或诗人钟情于朱莉娅的精神之恋(platonic love)。同是抒写人世恋情,英诗是男对女说,而汉诗是女对男言,虽表白的路径正好相反,但表白恋情所用曲达其情的艺术手法则同出一辙,予人几多别样的感兴与思索。

结合上文诗歌写作正反相承,曲笔传情的特点,试将这首小诗翻译如下,并略作说明:

听朱莉娅之音
罗伯特·赫里克

> 你的声音圆润、甜美,如银铃,
> 聒噪的鬼魅听见,会悄然凝神,
> 而倾听你(闺中的步履)
> 像琥珀琴上奏着轻盈流转、荡人心魄的乐曲。

(张保红译。选自《英语世界》2010 年第 12 期)

诗名译为"听……",乃效法"听筝"而来。"听"字在汉诗中具有的别样情味,也可从如下诗题中见出一斑:听蜀僧濬弹琴(李白);听琴秋夜赠寇尊师(常建);听弹琴(刘长卿);听张立本女吟(高适);夜听步虚(方干)。未将诗名"Upon Julia's Voice"译为"听朱莉娅之声音或声",而译为"听朱莉娅之音",旨在避开质实,而取其清空,一则传达"我"听话听音之意,再则表现"我"心醉神迷之情。

诗文首行中清辅音[s]不断连缀,既形成头韵之美,也予人平滑流动、轻柔舒畅之感,译句中以近于叠韵的"圆润"、"银铃"等来再现,其整体效果庶几近之。"鬼魅"之前增译"聒噪的",一是为取得汉语行文前后贯通,二是将原诗第二行中听起来粗糙的语音[d][z][k](As, could they hear, the Damned would make no noise)可共同启示出的喧闹之义提升到译文的表体。同样地,将"melting melodious words"译为"轻盈流转、荡人心魄的乐音"既旨在译出各个语词的涵义,又旨在再现原诗第四行中占主导地位的流音(liquid consonants)[m][l][r](Melting melodious words to Lutes of Amber)所共同启示出的流转不已的效果。

从音律来看,原诗各行为五音步,其基本步格是抑扬格,如 So smooth, so sweet, so silv'ry is thy voice, 可标注为 ˘ ˊ | ˊ | ˘ ˊ | ˘ ˊ | ˘ ˊ |。韵式为 aabb,译诗基本上以汉语的五"顿"对应原诗行的五音步(如:你的|声音|圆润、|甜美、|如银铃|),基本再现了原诗的韵式(如铃——神——履——曲)。

朱光潜在其著作《诗论》中说:"西诗以直率胜,中诗以委婉胜。"[1]指出了中西诗作不同的审美情趣。但在表达不同审美情趣的方式上,中西诗作均具有婉转曲达的思维路径。如果说中诗的婉转曲达是为了追求诗作的"深文隐蔚,余味曲包"(刘勰语),那么西诗的婉转曲达则是为了追求将直率的诗情演绎得更为深刻与细腻。这从以下英诗中可再见端倪。

1) To Electra

Robert Herrick

I dare not ask a kiss,

I dare not beg a smile,

---

① 朱光潜. 诗论. 合肥:安徽教育出版社,1997:65.

Lest having that, or this,
  I might grow proud the while.

No, no, the utmost share
  Of my desire shall be
Only to kiss that air
  That lately kisséd you.

不敢希求你给我一吻,也不敢祈求你向我微微一笑,怕只怕万一得到了,我会变得过于骄傲。不敢这样或那样,如果这样或那样了会如何如何,用弗洛伊德精神分析学的词汇来说,这是"我"意识层次的心理活动状况,而在"我"的潜意识当中,又是多么希望能得到 Electra 那醉人的香吻与甜蜜的微笑! 正是"我"的潜意识心理活动才逗引出下文诗情的延展。不求这,不求那,但"才下眉头,却又计上心头",让人欲罢不能。

在心理呈现上,"我"节节后退,但又步步以退为进,最终迸发出的心灵强音——愿只愿亲吻带有你芳香的空气(No, no, the utmost share/Of my desire shall be/Only to kiss that air/That lately kissed you.),仅此一句通过跨行不断顿歇,貌似左顾右盼,"欲说还休",实则心无旁骛,直奔心中的"主题"。

短短两个诗节,将"我"对"Electra"深情的情感变化刻画得细腻微妙,入木三分,也将"我"谦卑、迷恋、痴情乃至狂热的形象,Electra 美艳绝伦、魅力无限的形象婉曲地凸现在读者面前。

2) Upon Julia's Clothes

Robert Herrick

Whenas in silks my Julia goes
Then, then, methinks, how sweetly flows
That liquefaction of her clothes.

Next, when I cast mine eyes, and see
That brave vibration each way free,
O, how that glittering taketh me!

朱莉娅(Julia)身着绸衣(in silks)款款走来,曹衣带水(liquefaction),罗衣生香(sweetly),一位绝世佳人飘然来到眼前——这是"我"先"远而望之"之景。接着"我""迫而察之",定睛凝神之间,只见那飘飘的罗衣,亮闪闪(vibration),光灿灿(brave),芳华四射(glittering),令人情摇意夺,神魂颠倒! 德国美学家莱辛说,"媚是动态中的美",并认为诗显示美的一个重要途径是"化美为媚"。以此观之,赫里克(Robert Herrick)之诗可谓充分实践了这一美学准则。

清代毛宗岗评点小说时说:"善写妙人者,不于有处写,正于无处写。"① 也就是说,不直接写人物本身,而是写与人物相关的外在事物或因素。如此这般,其意蕴便会丰赡而深远,让人回味无穷。在创作技艺上,赫里克与毛宗岗之论则又颇为吻合。赫氏明写的是"我"对朱莉娅飘逸而光华四射衣裳的观感,暗表的是"我"对朱莉娅光彩照人美貌与品德的崇敬与倾心。言在此而意在彼,韵味醇厚。

3) Jenny Kiss'd Me

James Henry Hunt

Jenny kiss'd me when we met,
　Jumping from the chair she sat in;
Time, you thief, who loves to get
　Sweets into your list, put that in!
Say I'm weary, say I'm sad,
　Say that health and wealth have miss'd me,
Say I'm growing old, but add,
　Jenny kiss'd me.

曾经幽会中的一个吻,让我思念到如今! 对我而言,"这一吻"意味着太多太多:是甜蜜,是浪漫,是激情,是回忆,是力量,是信念,是骄傲,是自豪……

时光如盗贼(you thief),盗去了世间的一切,盗去了我的青春,盗去了我的活力,盗去了我的欢乐、健康与万贯的家财……;时光又见证着一切,

---

① 曾祖荫. 中国古代美学范畴. 武汉:华中工学院出版社,1986:167.

见证了我美好而甜蜜的一切（sweets），也见证了我而今疲惫的身躯（weary）、忧愁的心曲（sad）、垂垂的暮年（growing old）……。但所有这一切若与我心爱的珍妮（Jenny）之吻相比，又显得那么细微渺小而不值一提！

珍妮对我的百般柔情、万般蜜意通过"jumping"一词形象而生动地表现出来了，可谓"着一字而境界全出"。而我对珍妮之爱的至诚与激情，则通过文中排比句式（Say … , Say … ,）蓄时累势的铺叙之后，浓缩于口吻坚定、掷地有声的最后一句"Jenny kiss'd me"之中。

"Jenny kiss'd me"开启全篇，有感而发，引领诗情先波澜后洪涛，最后绾结全篇，卒章显志。前有低声吟咏，后有高声唱和，回环映照，意味深长。

4) I Do Not Love Thee

Caroline E. S. Norton

I do not love thee! — no! I do not love thee!
And yet when thou art absent I am sad;
　And envy even the bright blue sky above thee,
Whose quiet stars may see thee and be glad.

　I do not love thee! — yet, I know not why,
Whate'er thou dost seems still well done, to me：
　And often in my solitude I sigh
That those I do love are not more like thee!

　I do not love thee! — yet, when thou art gone,
I hate the sound (though those who speak be dear)
　Which breaks the lingering echo of the tone
Thy voice of music leaves upon my ear.

　I do not love thee! — yet thy speaking eyes,
With their deep, bright, and most expressive blue,
　Between me and the midnight heaven arise,
Oftener than any eyes I ever knew.

　I know I do not love thee! Yet, alas!
Others will scarcely trust my candid heart;
　And oft I catch them smiling as they pass,

Because they see me gazing where thou art.

若问我爱你不爱?不爱。但若你不在,我又望着你在时头顶上的那片天空发呆。我不爱你,但在我心中,你却比我所爱的一切都珍贵而美丽。我不爱你,但你银铃般的声音却常在我耳边响起。我不爱你,但你那会说话的明亮大眼睛,却总在我的眼前闪现,总出现在我午夜的梦里。我真的不爱你,但我周围的人没人相信我的真心与诚意,他们常常一个个微笑着从我身边走过,只因他们看见我总朝你所在的方向傻傻地望着。情到深处,真可谓"剪不断","欲说还休",却又"休即未能休"。

诗意回环复沓,一唱三叹,诗情摇曳多姿,既突出地勾勒了对方的情影丽质、明眸善睐、悦耳的声音,又巧妙地"摄入"了生活中揭示"我"痴情不改最具审美包孕性的片段。诗句(I do not love thee!)正话反说,节节传承,推波助澜,语气决绝,近乎极致。但整体观照,又收到了痴语之极、情意最切的表情艺术功效。

综而观之,恋爱中一切痴语皆情语。欲达言情之目的,正话反说,以退为进,一唱三叹,左顾右盼而言说心中的"她",几成这组诗作的言说模式。英诗中意象"eyes"、"kiss"、"voice"等则是这类柏拉图式爱情(Platonic love)诗作中言说恋人的必有或核心成分。又如:

1) She is not fair to outward view

   As many maidens be;

Her loveliness I never knew

   Until she smiled on me.

O then I saw her eye was bright,

   A well of love, a spring of light.

   (*Hartley Coleridge*:**She Is Not Fair to Outward View**)

2) When we two parted

   In silence and tears,

Half broken-hearted,

   To sever for years,

Pale grew thy cheek and cold,

   Colder thy kiss;

Truly that hour foretold

Sorrow to this!

（*George Gordon Byron*：**When We Two Parted**）

3）Music，when <u>soft voices</u> die，

Vibrates in the memory ——

Odours，when sweet violets sicken，

Live within the sense they quicken.

（*Percy Bysshe Shelley*：**Music，When Soft Voices Die**）

相比之下，汉诗中意象"手、手臂、手指、手腕"则成为言说恋人及其美貌和人品的主要对象。又如：

1）肤如凝脂，<u>手</u>如柔荑。（《诗·卫风·硕人》）；

2）娥娥红粉妆，纤纤出<u>素手</u>。（《古诗十九首》）；

3）绿条映<u>素手</u>，采桑向城隅。（李白《陌上桑》）；

4）美人金梯出，<u>素手</u>自提筐。（常建《陌上桑》）；

5）<u>指</u>如削葱根，口如含珠丹。（《孔雀东南飞》）；

6）朱口发艳歌，<u>玉指</u>弄娇弦。（陆龟蒙《子夜警歌二首》）；

7）挥<u>玉指</u>，拂罗裳，为君一奏楚明光。（阎朝隐《明月歌》）；

8）香雾云鬟湿，清辉<u>玉臂</u>寒。（杜甫《月夜》）；

9）微收<u>皓腕</u>缠红袖，深遏朱弦低翠眉。（卢纶《宴席赋得姚美人拍筝歌》）；

10）垆边人似月，<u>皓腕</u>凝霜雪。（韦庄《菩萨蛮》）；

11）妆成<u>皓腕</u>洗凝脂，背接红巾掬水时。（赵光远《咏手》）。

时不我待，绽放青春

——罗伯特·赫里克《致妙龄少女，珍惜时光》
与杜秋娘《金缕衣》比读与翻译研究

　　罗伯特·赫里克，17世纪英国抒情诗人，终生以牧师为职，是个虔诚的基督教徒。但从其诸多诗作所涉主题及其所体现出的人生哲学来看，他却又是一个主张追求现世生活，享受现世爱情的"及时行乐"（Carpe Diem）的倡导者，这与基督教所信奉的节欲修行、退隐现世、专修来世的精神可谓大相径庭。在这一意义上，他可算是一个不折不扣的异教徒，也因之成为17世纪英国当时社会语境下反宗教、张人性社会思潮的有力代言人。赫里克的诗作（比如"Upon Julia's Clothes"、"Upon Julia's Voice"等）在我国读者中间流传颇广，但鲜明地体现着提倡入世，消费人生，寻求爱情享乐主义的诗篇，则非诗作《致妙龄少女，珍惜时光》（"To the Virgins, to Make Much of Time"）莫属。其诗全文如下：

To the Virgins, to Make Much of Time

Robert Herrick

Gather ye rosebuds while ye may,
　　Old time is still a-flying：
And this same flower that smiles today
　　Tomorrow will be dying.

The glorious lamp of heaven, the sun,
　　The higher he's a-getting,
The sooner will his race be run,
　　And nearer he's to setting.

That age is best which is the first,

> When youth and blood are warmer;
> But being spent, the worse, and worst
> Times still succeed the former.
>
> Then be not coy, but use your time,
> And, while ye may, go marry;
> For, having lost but once your prime,
> You may forever tarry. ①

该诗主要讲述的是时光飞驰,人生短暂,青春易逝,奉劝妙龄少女要珍惜青春,尽快嫁个意中人的"及时行乐"的思想。为表达这一主题思想,诗人循循善诱,极尽曲折劝谕之能事。先以鲜艳的玫瑰花朵花期短暂,其美转瞬即逝来类比人生短暂,岁月匆匆,从而奉劝少女要抓住时机,及时享受人生;后以"空中华灯"太阳也来去匆匆,辉煌难常在做类比,进一步暗示出岁月如梭、盛年易逝的局促,予人"太阳犹此,人何以堪?"的强烈扣问;接着再以人们青春一旦逝去后,现实生活的情形定会变得每况愈下为警示,从反面着笔来劝谕少女要有珍惜青春、消费青春的紧迫感;最后联系到人生中的婚姻大事来劝谕妙龄少女赶快采取行动,尽早婚嫁,享受现世爱情与人生,以免蹉跎岁月,坐失时机,饮恨终生。为达劝谕之目的,诗笔一唱三叹,环环相扣,层层叠进,在形象类比及感性经验的陈述背后,潜藏着理性的逻辑推演,一步一步将要珍惜时光并享受青春人生的紧迫感推向高潮,劝谕之真切而有力,确有让人时不我待,跃跃欲试之功效。

前文有述,该诗表现的是"及时行乐"的主题。"及时行乐"的大意是:一种主题,在抒情诗中特别普遍,强调生命短暂,时光飞逝,人应该最注重现实生活的乐趣。这一主题在西方文学中由来已久,据吴笛先生研究,"Carpe Diem"一语最早出现在古罗马诗人贺拉斯的《颂歌·卷一·十一》

---

① 注释:1. make much of:重视。2. while ye may:while you may。3. Old time:时间老人,将时间拟人化。4. still a-flying:always flying,原词语形式可补足音节,便于实现韵律。下文a-getting 为getting,其作用与功能相同。5. The glorious lamp of heaven:指the sun,与其构成同位关系。6. race:(太阳一天的)行程,兼具(人生)历程或(速度)竞赛、比赛之义。7. but once:only once。8. prime:青春。9. tarry:耽搁。

（"Odes 1 XI"）中，但"及时行乐"思想的出现却比贺拉斯的《颂歌》还要早得多，只是难以确切查考。在西方，"及时行乐"思想对后世诗歌创作产生过重大影响，而所受影响中最大的则是文艺复兴时期的诗歌及 17 世纪的玄学派诗歌。①以玄学派诗人为例，除了前文的赫里克之外，我们在平常的英国文学学习中常能见到的有安德鲁·马维尔（Andrew Marvell，1621—1678）的《致羞怯的恋人》（"To His Coy Mistress"）、埃德蒙·沃勒（Edmund Waller，1606—1687）的《去吧，可爱的玫瑰》（"Go，Lovely Rose"）等。这些诗作不仅主题相同，而且其写作技艺也颇为相似，均是通过象喻类比的演绎推理结构模式，一层一层地揭示出时不我待，把握时机享受人生的紧迫性与重要性。

无独有偶，"及时行乐"的思想在我国的文学传统中也是古已有之。读到《诗经·召南·摽有梅》，②我们也会有时不待我，妙龄女子欲尽快婚嫁的紧迫感；读到古诗十九首《回车驾言迈》中的"所遇无故物，焉得不速老。盛衰各有时，立身苦不早"；《生年不满百》中的"生年不满百，常怀千岁忧。昼短苦夜长，何不秉烛游"；《冉冉孤生竹》中的"伤彼蕙兰花，含英扬光辉。过时而不采，将随秋草萎"，我们分别感到的是人生短促，要及时立身获取荣名；人生苦短，要及时享受现世以及青春易逝，要珍惜把握。读到李白的诗句"人生在世不称意，不如明早散发弄扁舟"（《宣州谢朓楼饯别校书叔云》）；杜甫的诗句"勋业频看镜，行藏独倚楼"（《江上》），我们感到的是功业难成或所成不多的苦闷、彷徨与急切。而读到据传是唐代杜秋娘所作的《金缕衣》时，我们便会情不自禁地将其主题思想和创作技法与赫里克的《致妙龄少女，珍惜时光》直接联系起来。《金缕衣》的全文为：

　　　　劝君莫惜金缕衣，

---

① 吴笛. 论东西方诗歌中的"及时行乐"主题. 外国文学研究. 2002（4）：103—107.
② 《摽有梅》原文：摽有梅，其实七兮，求我庶士，迨其吉兮。//摽有梅，其实三兮，求我庶士，迨其今兮。//摽有梅，顷筐塈之，求我庶士，迨其谓之。现代汉语译文：梅儿坠地纷纷，/树上只剩七分，/寄语求爱情郎，/切莫误了良辰！//梅儿坠地纷纷，/树上只剩三分，/寄语求爱情郎，/今朝莫教空等！//梅儿坠地纷纷，/要用筐儿来畚，/求爱郎呀休傻，/开口便可成亲。（黄龙译. 黄龙. 翻译艺术教程. 南京：南京大学出版社，1988：93—94）

劝君须惜少年时。
花开堪折直须折，
莫待无花空折枝。①

中英诗作比读，我们看到为表现时不我待，青春易逝，要"及时行乐"的主题，中西诗人所选取的表现视角及其类比象喻何其相似乃尔。对其间的异同试分析如下。

从诗文中意象选取的角度来看，中英诗作均选取了"（采摘）花朵"来做类比象喻，以揭示青春易逝，劝人"行乐须及春"的观点。所不同的是，英诗以玫瑰花蕾设喻，其蕴义直指青春与爱情，昭示着其时社会文化语境下"及时行乐"的思想；而汉诗则以花设喻，其蕴义模糊而宽泛，今天看来，既可关涉谈婚论嫁，也可关涉人生励志，但若从汉诗"诗言志"的传统来看，关乎后者似更为人们所普遍认同与接受。汉诗选取的意象均为身边之物（如金缕衣、花等），生活经验感知色彩浓厚，表情时的直觉思维色彩明显；英诗选取的意象既有近在身边之物（如 rosebud、flower 等），也有远在天边之物（如 the sun），有生活经验感知的一面，整体而言更有理性逻辑推演的内在联结的一面。

从诗文的抒情方式来看，中英诗作使用的均是对白语气，表意殷切真挚。在句式的选用上，均用有从正面劝导与反面助推的祈使句式。具体地说，汉诗共四句，一二对句与三四对句均为先正说，后反议，诗意回环往复，彼此生发，而且一二对句与三四对句又互为映衬，相互促进，大大强化了诗作的艺术感染力。英诗首节首句从正面劝导着笔，诗意逐层铺开，且言说对象不断聚焦，末节首句则从反面助推，再辅以正面劝导，予人欲罢不能之感。

从诗作的艺术表现手法来看，英汉诗作起笔均有叙物以言情的"赋法"（敷陈其事而直言之）意味。所不同的是，英诗围绕着时光易逝，由物及人展开铺成，环环相扣逐层叠进，逻辑演绎特色鲜明，而汉诗以诗题"金缕衣"为起点，起笔赋中有兴，进而赋后再比，诗文简洁凝练，各诗句通过"想象力逻辑"联为一体。

---

① 注释：1. 金缕衣：以金线制成的华丽衣裳。2. 堪：可以。3. 直须：不必犹豫。

从抒情对象来看，英诗是劝导女子珍惜青春，早日婚嫁，这是西方自古希腊罗马以来"及时行乐"主题下的一贯模式。比如，古罗马诗人卡图卢斯（Caius Valerius Catullus, 84—54 B. C.）的诗作《我的至爱莱斯比亚》（"My Sweetest Lesbia"）、17世纪诗人本·琼森的诗作"Come, my Celia, let us prove"（出自《伏尔蓬尼》（"Volpone"））以及安德鲁·马维尔的诗作《致羞涩的恋人》等均使用着这一抒情模式，也均表现出要抓紧时间来消费青春人生的理念。汉诗是劝导男子珍惜青春年少，抓住时机，积极进取，这则是汉诗中要求男子尽早实现功名事业的主导文化心理。

从诗文写作结构来看，汉诗开头两句句式相同，语意重复中有变化，形成一个诗意单元；后两句构成同一诗意的第二次反复与咏叹，也是重复中含有变化，形成又一个诗意单元，两个诗意单元虽表现手法不一样，但其功能与作用是一样的，两者形成彼此并置依存的情态。相比之下，英诗四节中首节为"起"，提出时光飞驰，美景难常在的命题；第二节为"承"，将这一命题从有机界延伸到无机界，拓展了诗意的空间，强化了命题的蕴涵，增强着劝谕的效率；第三节诗人笔锋一转，从自然界直接转到社会人生的主题上，进一步扩展着诗意的空间，也大大深化了前文命题的蕴涵；最后一节为"合"，将劝谕的对象更为明确地聚焦到"少女"身上，从而在诗文的结穴处与诗题相呼应。起承转合，环环紧扣，得体而自然。

综而观之，中英诗作虽主题相近，但因源出于不同的历史文化语境，其价值指向与时代意义各异。汉诗在"诗言志"的文化传统烛照下，内容上显示出"继承性"的诗学意味；英诗在"反神权，张人性"的时代语境映衬下，内容上显示出"革命性"的诗学意味。

中英诗作观物取象，表情达意的方式颇为相近，但其思维运演的特色有别。汉诗彰显出中国哲学偏好主观联系的直觉思维，劝谕他人珍惜青春或享受青春，看不到思维前后的逻辑过程，但却能让人感而契之，思而得之；英诗则显在地昭示出西方哲学长于细剖精析的逻辑思维，劝谕他人"行乐须及时"，思维的逻辑过程——从花朵到太阳到青春年华再到妙龄少女——步步推演，一目了然。

中英诗作传情的艺术效果彼此相当，但其诗作的风格美学则又多有不同。整体而言，汉诗简隽疏朗，蕴藉空灵、深邃；英诗铺成细腻，意蕴质实、深刻。

结合英诗体现出的时不待我、青春易逝、及时行乐等特点,试将该诗翻译如下,并对其译文略作说明:

致妙龄少女,珍惜时光

罗伯特·赫里克

采摘玫瑰要及时,
　时光飞逝催人老:
此花今日笑微微,
　明朝一到便枯凋。

空中华灯太阳升,
　愈升愈高近中天,
渐行渐快终旅程,
　转瞬已落西山边。

人生最美数年少,
　青春热血闪光辉;
韶华逝去境况糟,
　岁月更迭永不回。

珍惜光阴别害羞,
　把握时机早婚嫁;
青春妙龄一朝休,
　终日长叹难成家。

(张保红译)

原诗的显在特点之一是使用了多种修辞格。对这些修辞格的翻译,译文中有的直接转存了原文中的修辞格。比如:"此花今日笑微微"(And this same flower that smiles today),"空中华灯太阳升"(The glorious lamp of heaven, the sun)。

有的对原文修辞格中的"意象"做了"象下之意"的引申或转述。比如,将诗句"Old Time is still a-flying"译为"时光飞逝催人老",未将其转存为"时光老人在飞跑",原因是"老人"与"飞跑"语义搭配不大协调,译文略去了原文"意象"有所失，但强化了时间的紧迫感则又有所得。将拟人辞格的诗句"（And this same flower that smiles today，）/Tomorrow will be dying"译为"明朝一到便枯凋"，译文为求押韵，进行了语义的转述，偏于客观写实，但不及原文"dying"那样具有强劲的冲击力与震撼力，更加让人触目惊心，而且还与"smiles"搭配使用，前后贯通，语义对比有利于形成两重天的戏剧性艺术效果。

有的对原文修辞格中的"意象"进行了"视点转换"（shift of perspective）。如诗句"When youth and blood are warmer"为隐喻修辞格，其语法结构类似于英文句子"Old friends and old wine are the best"（陈酒味醇，老友情真），"Noble deeds and hot baths are the best cures for depression"（高尚的行为犹同洗热水澡，是消除心情抑郁的最佳疗法），因而该诗句可解读为：青春犹如热血周身流淌，腾涌不息，意指青春之时，年富力强。原诗句中呈现的是"肤觉意象"（warmer），译文则转换为"动觉兼视觉意象"（闪光辉）。

联系诗作青春美好，但容易消逝的意旨，将诗句"But being spent, the worse, and worst/Times, still succeed the former"中既充当逻辑主语，又用作真实主语的"Times"，分别具体化译为"韶华"、"岁月"，旨在启示出时光美好的品质及令人留恋的意味。

为了强化汉文化读者对时光飞逝的感知，译文中第二节末句增添了"西山"意象（如，孟浩然诗句"山光忽西落"）。同样地，为了强化汉文化读者对虚度青春年华、遗恨终生的切肤之痛，译文中第四节末句增添了"难成家"，而且将原诗句中的意觉兼动觉意象"tarry"，转换为听觉兼动觉意象"长叹"。如此处理乃借鉴曹植《美女篇》中诗句"佳人慕高义，求贤良独难。众人徒嗷嗷，安知彼所观？盛年处房室，中夜起长叹"而来。虽然曹氏之诗旨在以美女盛年不嫁来喻托志士怀才不遇，但诗文表层意蕴美女盛年不嫁的尴尬处境，中西诗作是颇为相近的。

原诗是抒情歌谣体，奇数行与偶数行分别为四音步与三音步，其主导步格为抑扬格，比如 And this same flower that smiles today，/Old Time is still a-flying：可标注为 ˉ ´ | ˉ ´ | ˉ ´ | ˉ ´ | | ´ ´ | ˉ ´ | ˉ ´ |。其基本韵式为 abab caca dede fgfg。译诗各行大体以三顿来对应（如，采摘 | 玫瑰 |

要及时，｜），音顿长度彼此均匀，而且诗行上下与前后相互呼应，形成几近恒定的节奏，这不仅有利于再现歌谣节奏的特点，而且有利于传递时不待我的局促诗情。译诗的韵式（时——老——微——凋　升——天——程——边　少——辉——糟——回　羞——嫁——休——家）基本再现了原诗韵式的特点。

　　规劝他人珍惜时光，早日婚嫁，以理寓情，由外而内，逐一比附阐说，逐层不断推进，予人身临其境之感。这种论说方法俨然已成为英诗中表情达意的一种基本模式，且看以下诸例：

1) To His Coy Mistress

Andrew Marvell

　　Had we but world enough, and time,
This coyness, lady, were no crime.
We would sit down and think which way
To walk, and pass our long love's day;
Thou by the Indian Ganges' side
Shouldst rubies find; I by the tide
Of Humber would complain. I would
Love you ten years before the Flood,
And you should, if you please, refuse
Till the conversion of the Jews.
My vegetable love should grow
Vaster than empires, and more slow.
An hundred years should go to praise
Thine eyes, and on thy forehead gaze;
Two hundred to adore each breast;
But thirty thousand to the rest;
An age at least to every part,
And the last age should show your heart.
For, lady, you deserve this state,
Nor would I love at lower rate.
　　But at my back I always hear
Time's winged chariot hurrying near;

And yonder all before us lie

Deserts of vast eternity.

Thy beauty shall no more be found,

Nor, in thy marble vault, shall sound

My echoing song; then worms shall try

That long preserved virginity,

And your quaint honour turn to dust,

And into ashes all my lust:

The grave's a fine and private place,

But none, I think, do there embrace.

　Now therefore, while the youthful hue

Sits on thy skin like morning dew,

And while thy willing soul transpires

At every pore with instant fires,

Now let us sport us while we may,

And now, like amorous birds of prey,

Rather at once our time devour

Than languish in his slow-chapped power.

Let us roll all our strength and all

Our sweetness, up into one ball;

And tear our pleasures with rough strife

Thorough the iron gates of life.

Thus, though we cannot make our sun

Stand still, yet we will make him run.

　　恋人羞怯，要赢得她的芳心，该怎样劝导她呢？马维尔在《致羞怯的恋人》一诗中给我们绘制了诗意的蓝图，提供了艺术的指导。

　　恋人若是羞怯，就让她羞怯吧！我们只要有足够的时间与空间（Had we but world enough, and time），就可以坐下来尽情畅想或畅谈我们的恋爱时光，就可以让漫长的时间与遥远的空间来检验我执着的信念、爱恋的真心。我可以在遥远的英格兰等着身在印度的你，我可以在大洪水泛滥前十年就爱上你，也可以等到犹太人改变宗教信仰的那一天（即世界末日）；我可以用一个世纪来赞美你的眼神、你的面庞,用两个世纪来端详你的酥胸,用三十个世纪来欣赏你身躯的其他地方。因为你配得上这样,也值得我这样倾心。劝导思路之开阔、奇特、浪漫,令人动容。

但是,时光飞驰,青春美貌难驻,错失了现在,你的美貌、贞洁、荣名,我赞美的歌声、炽热的情怀,一切的一切都将随之化为尘埃,为坟墓所掩埋。但坟墓再好,有谁会在那里幽会、拥抱。劝导之务实、恳切、理性,撼人心动。

因此,应趁青春红颜、热血沸腾之际,尽情享乐,切莫错失良机,我们应积极主动,抢在时光的前头,而不该消极被动,任凭时光将我们的一切慢慢吞噬、带走。我们应相爱在我们的世界里,将我的力量与你的温存融汇成一个共生体,冲破生活中的种种藩篱或禁忌(比如坚守贞洁),尽情分享与之斗争攫取来的欢乐。太阳虽不会为我们停下,但会因要照耀抢在时间前头的我们消费青春人生而在我们身后奔忙不停。劝导方法、目的之明确,足以催人跃跃欲试。

全诗分为三节,节节题旨鲜明,三节合一,又自成一个连贯的整体,其行文的结构编排有似于逻辑推理的三段论法。

首节以虚拟句式开头(Had we but world enough, and time,),由此定下该节虚拟假设的基调。作者引入一系列非真实的事件,放纵笔墨进行夸张,语气较为轻松、徐缓,这从该节中占主导的悠长尾韵以及众多单词含有长元音的共同营构中可以明显见出。

第二节首句笔锋一转直指现在(But at my back I always hear/Time's winged chariot hurrying near),整节各句均为一般现在时,细致分析眼前现实及"好景不常在"的境况,含短元音、流辅音及多音节的单词增多,语气倏忽变得严肃而急促。

第三节(Now therefore, while the youthful hue/Sits on thy skin like morning dew)要求抓住时机,采取行动,绽放生命的激情,尽情享乐,成为三段论法中的结论一环,语气迫切而激越。

2) Why So Pale and Wan

John Suckling

Why so pale and wan, fond lover?

Prithee, Why so pale?
Will, when looking well can't move her,
Looking ill prevail?
Prithee, why so pale?

Why so dull and mute, young sinner?
Prithee, Why so mute?
Will, when speaking well can't win her,
Saying nothing do't?
Prithee, why so mute?

Quit, quit, for shame; this will not move,
This cannot take her.
If of herself she will not love,
Nothing can make her:
The devil take her!

失恋的痛苦，莫过于大病一场。精神萎靡，神情恍惚，脸颊苍白泛青（so pale and wan），眼睛暗淡无光，……如何劝导失恋的一方走出这样的爱情苦境？萨克林（John Suckling，1609—1642）如是说：痴情的人啊，脸色为何白里泛青？既然容光焕发（looking well）都不能使她动心，愁眉苦脸（looking ill）又怎能成？精神萎靡像罪人（sinner）的人啊，为何要神情呆滞，默不作声？既然甜言蜜语（speaking well）都征服不了她，一声不吭（saying nothing）又怎能成？算了，算了吧，别再作践自己，这样打动不了她，那样也赢得不了她的心，她若本身都没有爱的细胞，任凭你怎样都难成，那就让魔鬼去赢得她的心吧！

全诗劝导语气轻柔，言辞关切，浅吟低唱，动之以情，晓之以理，推心置腹，娓娓道来，一步一步抚慰着我受伤的心灵，抚平着我历乱的愁绪，直至将我拽出爱的苦境。

总而言之，本章所涉及的诗作均可视为恋爱中的劝导之作，均采用了类似逻辑推理的方法来创作，均演绎出起承转合的思维路径。

所不同的是，赫里克与马维尔同为劝导女方要珍惜青春，抓住时机，及时婚嫁，享受青春，重在剖析爱情的前奏与过程；但马维尔的诗作意象更繁富、奇诡、幽玄。萨克林则直抒胸臆,劝导失恋的男方要振作起来,走出那没有爱意的恋情所造设的苦境,重在演绎爱情失利后的困境;而杜秋娘之诗则旨在励志,更重劝导男方要抓住时机,努力奋斗获取功名的社会文化意义。

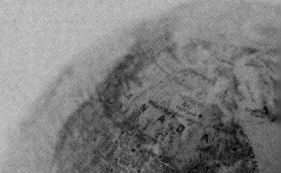

五

海誓山盟，爱情永恒

——罗伯特·彭斯《一朵红红的玫瑰》
与无名氏《敦煌曲子词·菩萨蛮》比读与翻译研究

罗伯特·彭斯（Robert Burns, 1759—1796），18 世纪苏格兰伟大的农民诗人，他是个诗歌多面手，既擅长写爱情诗，又擅长写抒情诗、政治诗、讽刺诗、叙事诗等。其诗大部分是用苏格兰本土方言写成，著有《苏格兰方言诗集》（*Poems, Chiefly in the Scottish Dialect*）。他虽所受正规教育很少，但却从苏格兰民谣中改写出了不少流传久远、家喻户晓的诗作，比如《一朵红红的玫瑰》（"A Red, Red Rose"）、《往昔的时光》（"Auld Lang Syne"）等。彭斯的诗作中最早被译介到我国来的要数《一朵红红的玫瑰》，早在 1909年便出现了苏曼殊的汉诗译文《颎颎赤墙靡》。①自此至今百年以来，该诗不断被行家里手一译再译，其译文多达数十种，在今天的读者中间广为传播。该诗全文如下：

A Red, Red Rose

Robert Burns

O, my luve is like a red, red rose,

　　That's newly sprung in June;

O, my luve is like the melodie

　　That's sweetly played in tune.

As fair art thou, my bonie lass,

---

① 颎颎赤墙靡，/首夏初发苞。/恻恻清商曲，/眇音何远姚。//予美谅夭绍，/幽情申自持。/仓海会流枯，/相爱无绝期。//仓海会流枯，/顽石烂炎熹。/微命属如缕，/相爱无绝期。//掺袪别予美，/离隔在须臾。/阿阳早日归，/万里莫踟蹰！

So deep in luve am I；

And I will luve thee still, my dear,

 Till a' the seas gang dry.

Till a' the seas gang dry, my dear,

 And the rocks melt wi' the sun；

And I will luve thee still, my dear,

 While the sands o' life shall run.

And fare thee weel, my only luve！

 And fare thee weel, a while！

And I will come again, my luve,

 Tho' it were ten thousand mile. ①

  该诗是诗人根据苏格兰民谣改编而成,第一诗节改编自《楼门的荡妇》,第二诗节改编自《青年向情人告别》,第三诗节改编自《忠实情人的告别》。来自于三首不同歌曲的歌词,经彭斯之手熔铸与创造,产生出了这首精致完美、世代相传抒情诗。②

  该诗主要表现了劳动人民真挚热烈的爱情。爱情中男方向女方进行了深情的表白:首先赞慕自己的爱人像春天里刚刚绽放的红玫瑰,娇艳动人,芳华无限;接着赞慕她像轻柔的乐曲,旋律轻盈流转,美妙悠扬。读者心中不难勾画出一个青春靓丽、娇艳柔美、楚楚动人的美女形象。为了向爱人表达自己爱情之真挚,诗人更进一步由首节颇为含蓄而间接的赞美转为直接的赞美,并向爱人海誓山盟,以沧海变桑田、岩石化为齑粉所需的漫长时间来佐证他对爱人天长地久的深情与忠贞。最后通过与爱人别离的方式,让拉开悠远阔大的时间与空间距离来检验自己爱情是真心还是假意。全诗读来,诗境愈来愈开阔,诗情也随之愈来愈豪迈而执着。

---

① 注释：1. luve：苏格兰方言,即 love。2. melodie：melody。3. in tune：harmoniously。4. art：are。5. thou：you,主格,句中作主语。6. thee：you,宾格,句中作宾语。7. bonie lass：pretty girl。8. still：always。9. a'：all。10. gang：苏格兰方言,即 go。11. wi'：with。11. the sands o' life：the sands of life,古时用沙漏中的沙流动计时。12. fare thee weel：fare you well,再见,告别。13. Tho'：though。

② 袁可嘉. 现代派论 英美诗论. 北京:中国社会科学出版社, 1985:221.

写海誓山盟的爱情之作在汉诗中也颇为常见，我国自最早的诗歌总集《诗经》中首篇《关雎》以降，代代均有类似佳作涌现。仅以民歌为例，我们耳熟能详的便有汉乐府古辞《上邪》、唐代敦煌曲子词《菩萨蛮》、明代民歌《劈破玉·分离》等等。①中西文化中表现这类主题的诗作有何特色，相互间又有何异同，具体原因又是什么？兹选取唐代敦煌曲子词《菩萨蛮》为例，从构成或影响诗作的内外部要素（如意象、声律、文化语境等）试做一比较研究。其全词如下：

> 枕前发尽千般愿，
> 要休且待青山烂。
> 水面上称锤浮，
> 只待黄河彻底枯。
> 白日参辰现，
> 北斗回南面。
> 休即未能休，
> 且待三更见日头。

通读英汉诗作，不难发现，它们都是以讴歌忠贞的爱情为主题，都是以最为质朴、简练的语言表达了各自内心最为诚挚而炽热的情感，都有以天地山川和日月星辰等形体巨大、气势雄壮、空间广阔的意象来抒写对爱情的海誓山盟，忠贞不渝，因而在意境的形成上也都具有阳刚壮阔的一面。同时它们都采用了民歌的形式，都用简洁的口语叙事抒情，且语言浅近，不见雕琢，通俗流畅，其表现出的情感都具有真挚浑朴、热烈奔放、大胆率直、持久永恒等特点。文学创作中主题的相近司空见惯，而中英诗人既在空间上相距遥远，又在时间上相隔久远，却都用民歌的体裁来直抒胸臆则颇为新奇。那么，他们不约而同采用民歌这一体裁的因由是否相同呢？

就英诗而言，像许多其他民族一样，苏格兰文学是以歌谣开始的。苏格兰歌谣原有一个优秀的传统，但到16、17世纪，由于宗教斗争、党派斗争

---

① 《上邪》原文：上邪！吾欲与君相知，/长命无绝衰。/山无陵，/江水为竭，/冬雷震震，/夏雨雪，天地合，/乃敢与君绝！《劈破玉·分离》原文：要分离，除非天做了地。/要分离，除非东做了西。/要分离，除非官做了吏。/你要分时分不得我，/我要离时离不得你。/就死在黄泉，也做不得分离鬼！

等原因,苏格兰统治阶级曾设法阻止民间歌舞、讽刺歌谣的发展,①苏格兰歌谣也因之一度几近中断,甚至连苏格兰的文学语言也已消失,并为南部语言的标准形式所取代。但许多苏格兰诗人依然用他们自己的方言进行文学创作,苏格兰方言文学运动之父艾伦·兰姆绥(Allan Ramsay,1686—1785)就用苏格兰方言创作了大量的诗歌与田园剧,这一运动一直延续下来。到18世纪,由于开明宗教思想的出现削弱了教会的淫威,人们感情生活的解放以及随着苏格兰人民民主意识的觉醒和民族思想的发展,为了表达这种强烈的民主情绪,歌谣又得以新生。彭斯便是继承了这一传统,汲取民间文艺的精华把它提高到了艺术的高度。此外,彭斯是位地道的苏格兰农民诗人,他的诗从苏格兰的日常语言中汲取力量,深深植根于苏格兰的乡村生活和苏格兰的口语。②因此,他的诗写的是苏格兰的普通百姓,他写诗也就是为了这些百姓。这些便是彭斯选择民歌体裁讴歌爱情的基本因由。

而汉诗之所以也采用了民歌体裁,一方面,是因为我国古代真正的情歌大多来自民间,如《诗经》中的诸多篇什、南朝保留下来的民歌等。只有在这些民歌里,爱情才得到了自由的歌唱;另一方面,长久以来,受封建制度和礼教的压迫和束缚,封建文人始终把爱情视为创作禁区,他们不敢正视爱情,更不敢大胆表达爱情,他们虽偶有为之,或模仿民歌,或另有寄托,加之正统文学样式(如言志之诗)用来写男女之情有碍封建礼教,这样致使爱情题材难登大雅之堂,所以民歌及乐府诗歌便成为人们抒写爱情的常用形式。

从意象表述诗情的角度来看,中英诗作各自意象繁富,分别编织出表达忠贞爱情的意象网络或意象符号系统。诸意象在各自的意象系统中相互作用、相互影响与交流,共同致力于忠贞爱情的表达。若以诗中抒写爱情的主要名词意象链或系列呈现为例,英诗则有 Luve——rose——melodie——the seas——the rocks——the sun——the sands o' life——ten thousand mile,中诗则有(爱情)——千般愿——青山——水——称锤——

---

① 袁可嘉. 现代派论·英美诗论. 北京:中国社会科学出版社,1985:197.

② Charles Barber. *Poetry in English — An Introduction*. London: Macmillan, 1985:87.

黄河——白日——参辰——北斗——三更——日头。比照之下，中英诗作均有取象天地山川来表达心中炽热爱情的共同特点，天地山川的宏大意象使它们共同具有某种"崇高"的美学风格，从而表达了爱情是永恒的、崇高的主题。两首诗中意象各自相互作用与影响所表现的诗情均带有某种"天人合一"的意味，则又衬托出爱情的神圣、炽热、纯洁与质朴。

所不同的是：英诗中既有刚性美的意象（如 the seas、the sun、the rocks、ten thousand mile），又有柔性美的意象（如 rose、melodie），抒情上壮阔的阳刚与幽远的阴柔并济，传递出的诗情激越、高昂与舒徐、深远相反相成，予人荡气回肠、心旷神怡之感。其中语词意象"luve"是显性的，成为诗中的主导意象，贯穿诗文始终，统领着诗中的意象符号系统，而且不断重复，首尾映照，大大强化了诗作的主题，表现出英诗传统中言情以直率胜的鲜明特点。汉诗中则几近只有刚性美的意象（比如，青山、黄河、白日、参辰、日头等），且一以贯之，传递出的诗情昂扬、高亢，予人紧锣密鼓、心神交瘁之感，其间语词意象"爱情"是隐性的——虽是激越的言情，但语词意象"爱情"依然是潜藏在字里行间，只能旁侧见出，鲜明地体现出中诗传统中诗歌无论是写志还是言情以委婉胜的常式。诗中首尾回环映照的是与爱情相关的动词意象（即"（要）休——休（即未能）休"），将情之所至、欲罢不能的爱恋深情与坚定的决心表现得尤为充分。

从声律的角度来看，声律是情感的一种表现，是一种思想的表达，是"节奏创造的美"（the rhythmic creation of beauty）（爱伦·坡语）。诗的声律表现在诗的内在节奏与外在节奏上。内在节奏主要是指情绪的统一和变化，或是"情绪的自然消涨"[①]；外在节奏则指由语言构成的外在形式的节奏，如声调的轻重、缓急，文句的长短、整散等所构成的有规律的节奏。就内在节奏而言，英诗中的首节传递出的情绪舒缓悠扬，第二节渐次过渡到急促激越，第三节达到高潮，末节又回复到舒缓悠扬，内在节奏表现为上下起伏的波浪曲线。汉诗中传递出的情绪急促高亢，从感情的高峰上遽落，滚滚滔滔，流泻铺排。内在节奏表现为从情感的至高点突降继急促绵延的曲线。比照之下，两首诗作情感律动路径有异，折射出的诗美也

---

① 郭沫若. 论节奏. 载《中国现代诗论》（上编）. 广州：花城出版社，1985：111.

有别。

就外在节奏而言,英诗中四个诗节,每一诗节均由四行组成,形式整饬,首行四音步,第二行三音步,交错出现,第二行与第四行押韵,基本步格为抑扬格,宜于表达坚定、直率的诗情;其中的首节长元音与双元音(如 oʊ/ aɪ/ iː/ uː/ eɪ/)众多,柔软辅音如流音(r/ l/)、鼻音(m/ n/ ŋ/)、摩擦音(s/ t/ v/ ð/)等占绝大多数,还有逗号(a red, red rose)的提顿作用,且押舒缓、悠长的尾韵(uːn),有效地传递出该诗节舒缓悠扬的情绪;而在第二、三节响亮的短元音(ɪ/ ʌ/ o/ æ/)与刚硬的辅音(b/ d/ k/ g/)陡增,且押响亮短促的尾韵(ɪə/ ʌn/),大大加快了诗文行进的节奏与强烈的情绪;在末节又出现众多的长音和柔软辅音,又一次押上了舒缓悠长的尾韵(aɪ),加上三个逗号在诗行中的提顿作用,诗文的节奏又回到了从前的舒缓悠扬。汉诗中的韵脚为沉重哀痛的乌庵韵,韵母 /an/在诗文中不断联缀,回环往复,加之诗作中调性上众多短促的入声字,还有频换与绵密的韵脚,且多为仄韵,表现出迫促、凄婉的诗情。句式的长短变化也随诗情而流转,首行七字句唱出女主人翁心中爱情的最强音,随后诸行以五字句为主导,其忠贞的爱情呈流泄式铺排。由此可见,不论是英诗还是中诗,声律均表现了情感,尽管它们表现情感的方式并不尽一致,但诗中的外在节奏与内在节奏相互依存,相互作用,相互生发,有机地统一并服务于作品的整体意蕴表达。

从诗中所用修辞手段来看,两首诗作均选用了夸张修辞来表达主人翁心中炽热的爱情,虽然各自所用夸张修辞的数量有多少之分,但其有效服务于诗作题旨的功能并无高下之别,即都深化了诗作的主题,产生了撼人心动的力量。

所不同的是,夸张修辞数量的多寡予人多角度同向审美感受的过程颇不一样,不一样的审美感受过程,也就带来了不一样的或各有侧重的艺术感染力。具体地说,英诗中予人同向审美感受的角度有三个,即"the seas going dry"、"the rocks melting"和"ten thousand mile"。汉诗中有六个,即青山烂、称锤浮、黄河枯、白日参辰现、北斗回南面、三更见日头。从这里我们可以体味到两首诗作情趣上的不同或微差:夸张修辞用得愈多,情感的表现则愈浓烈、愈持久。而修辞手法运用的多样化则又揭示出情感呈示的多变性。比如英诗中还用了两个比喻修辞(like a red, red rose/like the melodie），该修辞将诗人爱人的年轻、美丽、甜美的声音等栩栩如生地展现在读者的面前。又如英诗中还运用了形式多样的复叠修辞手段。在词语层面上，"luve"一再复叠，时而用作名词，时而用作动词，时而指纯真的爱情，时而指娇美的爱人，时而指无限的爱恋，从多维层面尽显诗人爱恋深情的浓郁与强烈；在短语层面上"my dear"、"my luve"的自身复现或同义回环复现，将诗人对爱人的柔情蜜意彰显得尤为充分；在句式层面上"And I will luve thee still, my dear"、"Till a' the seas gang dry, my dear"、"And fare thee weel"的复叠，在大大强化作者的爱恋深情之时，更是将诗人对爱情的执著与坚定强化到无以复加的地步。从诗作整体看来，行文张弛有节，独具一格，这是汉诗中所没有的。相形之下，英诗在抒发心中的爱情时更显其铺陈的特色，也多了一份"慕"的胜境，而汉诗中爱情的抒发则只与"怨"紧密相连。

从诗作的创作思路来看，英诗的写法是诗人先赞慕自己的爱人，随后表白自己对爱人海誓山盟的恋情，最后与爱人别离，让拉开悠远阔大的时间与空间距离来检验自己对爱情的忠贞。汉诗的写法是以第一个"休"字引出五个夸张修辞句之后，略一顿挫，以"休即未能休"的让步句以退为进，意思是：即使以上五种假设都成为事实，要遗弃我也是办不到的。从而在更高层次上提出了"且待三更见日头"的新假设，进一步深化爱情忠贞的主题。两首诗作的写作思路同中有异，从诗作整个语篇比照来看，其具体表现是：汉诗像是对英诗中第二、三诗节的细致分解。相形之下，英诗比汉诗凝练多了，也就是说，英诗简隽了，而汉诗却铺成了。

从创作角度与爱情观的角度来看，英诗写得清新自然，怡情惬意；而汉诗却写得情调悲抑，苦涩沉痛。英诗中是男方向女方表达炽热、忠贞的恋情；而汉诗里却是女方向男方深情地倾诉。这其间的差异也许可从中英各自不同的时代与社会文化背景来进行观照。

就中国的情形而言，首先，在"男尊女卑"的封建社会，女子社会地位低下，她们的人生理想，往往以追求自由爱情和自主婚姻为目标。[①]然而她们对自由爱情的追求与封建时代男女婚姻遵从"父母之命，媒妁之言"的礼教

---

① 刘洁. 唐诗审美十论. 北京：民族出版社，2002：139.

常常并不能谋得一致,从而无数真正两情相悦的婚恋因此而被拆散。这是汉诗爱情诗苦涩悲怨的社会原因。其次,中国社会理想侧重建功立业,"随着四婆裙"在儒家看来是件耻事,①从而致使男子或为国为民,效命沙场;或仕宦羁旅,或出考游放,或商贾四方,远离家乡。这种社会现实又造成了情人间的隔绝与悲怨。再次,封建社会中,君臣关系与夫妇关系在观念上的一致性,使得中国诗中常以男女之情来譬喻君臣之谊,官场上失意的男子、怀才不遇的文人,往往借爱情上的失意来曲折抒怀。以上这些反映在诗作中便成了充满苦涩沉痛的情诗,而这苦涩沉痛的恋情也因此成为言情诗作的中心焦点。汉诗中的抒情主角多为女性,则是由于长期以来在封建礼教与儒家思想的影响之下,多数文人不敢直言自己的爱情,为了避嫌,他们往往假托女子之口,或用民歌的形式,或在题目上冠以"代"、"代人"等字眼,来表现自己爱的情思,从而出现汉诗里爱情追求中"男弱女强"的现象。②

就英诗的情形而言,在西方封建社会,由于天主教、基督教中圣母圣婴的传说,以及中世纪以来以尊重妇女为内容之一的骑士精神(chivalry)的影响,西方女子地位较高,加之男子追求荣誉,矢志建功立业并不是为了自己地位的擢升,而只是为了赢得情人的青睐,为了在恋爱中实现自己的人生,所以,西诗中男子对女性的赞慕之情比比皆是。③其次,14—16世纪以反神权、张人性为特征的文艺复兴,进一步提高了西方妇女的地位,也将爱情在个人生命中的地位抬得更高,诗歌与神权无涉,而以歌颂"凡夫俗女"为主,因此,先有文艺复兴的影响,后有18世纪民主思想的发展,上文英诗写得清新自然理应不难理解。

结合前文鉴赏中英诗所体现出诗情收放自如、怡情惬意,风格简明质朴、清新自然等特点,试将该诗翻译如下,并对其译文略作说明。

一朵红红的玫瑰

罗伯特·彭斯

啊,我爱人像朵红红的玫瑰,

---

① 朱光潜. 诗论. 合肥:安徽教育出版社,1997:64.
② 刘洁. 唐诗审美十论. 北京:民族出版社,2002:139.
③ 茅于美. 中西诗歌比较研究. 北京:中国人民大学出版社,1987:177—205.

花蕾初绽六月里；
啊，我爱人像只轻柔的乐曲，
乐声悠扬而甜蜜。

你那么娇美、俊俏的姑娘，
我深情地爱着你；
我永远深爱着你，亲爱的，
直到沧海变平地。

直到沧海变平地，亲爱的，
直到岩石化春泥；
我永远深爱着你，亲爱的，
只要生命有气息。

再见吧，我唯一的心上人，
让我们暂且别离；
我一定会回来的，亲爱的，
即使远隔千万里。

（张保红译）

原诗的突出特点之一是使用了多种表情高效的修辞手段，对这些修辞手段译文中均作了转存，但也做了相应的调整。首节里将原诗中的喻体"rose"与"melodie"在语义内容上一分为二，分别译为玫瑰/花蕾、乐曲/乐声，一方面转存了喻体，另一方面根据译文行文的需求凸显了喻体的特点，整体来看，译文比喻辞格取得了静中有动、化美为媚的效果。同时将"melodie"一词自身语音流畅悦耳的听觉意味提升到文字的表体，遂有了"轻柔的"修饰语。第二、三节里将原诗中的夸张修辞格"a' the seas gang dry"、"the rocks melt wi' the sun"分别译为"沧海变平地"、"岩石化春泥"，译文中虽分别多出了"地"与"泥"，但在转存出原文的时间跨度效果时，进一步拓展了强化的效果。对暗喻"the sands o' life shall run"（生命的沙漏流不停）做了归化处理，借助汉语"气"文化的理念译为"生命有气息"。

原诗中韵脚不断变换——首节韵脚低回，第二节昂扬，第三节快速，第四节舒缓，正好应和着不断发展变化的诗情。译文改创了原诗的韵式，选择了诗情缠绵的"一七"韵，而且一韵到底，其间的得失显而易见。

原诗主导步格为抑扬格,比如 And I will luve thee still, my dear,/Till a' the seas gang dry. 可标注为 ˉ ´ | ˉ ´ | ˉ ´ | ˉ ´ | | ´ ˊ | ˊ ´ | ˊ ´ | 。其奇数行为四音步,偶数行为三音步,全诗依序彼此交错而成。译诗分别以四顿与三顿依序相对应传译。比如,你那么 | 娇美, | 俊俏的 | 姑娘, | | 我 | 深情地 | 爱着你; | ,每顿主要以三音节词为音节单位,从而在整体上形成吟咏的主旋律。

英国浪漫主义诗人威廉·华兹华斯说:"一切好诗都是强烈感情的自然流露"(all good poetry is the spontaneous overflow of powerful feeling)。[①] 强烈感情流露与流走的轨迹便成为诗人感情的图谱,心灵的音乐。把握住诗人"感情的图谱",便可窥见诗作表情达意的堂奥。以此为鉴,再读以下诗作。

1) Sonnet 66

William Shakespeare

Tired with all these, for restful death I cry,
As to behold desert a beggar born,
And needy nothing trimmed in jollity,
And purest faith unhappily forsworn,
And gilded honour shamefully misplaced,
And maiden virtue rudely strumpeted,
And right perfection wrongfully disgraced,
And strength by limping sway disabled,
And art made tongue-tied by authority,
And folly, doctor-like controlling skill,
And simple truth miscalled simplicity,
And captive Good attending captain Ill.
　Tired with all these, from these would I be gone,
　Save that, to die, I leave my love alone.

世间的黑暗、丑恶,人间的冤屈、不平,耳闻的、目睹的、亲身经受的,实在是太多太多,郁积心中日久,让人几欲先死,又似如梗在喉,不吐不快。

---

① 刘炳善. 英国文学简史. 上海:上海外语教育出版社,1989:214.

正是在这一情势之下，诗人拟厌世而去的抑郁情绪瞬时得以总爆发，滔滔滚滚，冲泻而去——一二三四五六七八九十十一条，条条直击人间社会的倒行逆施之事。身陷如此厄境，又值"是可忍，孰不可忍"之时，我欲弃世而去已是箭在弦上，然而，在诗文末句诗人笔锋一转，将我经受的弥天大冤"一笔勾销"——我若因此离去，将"我的爱"孤身一人撇下（I leave my love alone），我又怎么放心得下，于心能忍呢？颠覆式的结尾留给读者无限的遐思与启示！

此诗语言上的突出特点是使用了大量的抽象名词来表示具体的人或物。比如，desert/贤能之人，needy nothing/缺德草包，jollity/华丽衣裳，purest faith/最纯洁的忠贞，gilded honour/光辉的荣誉，maiden virtue/贞洁的处女，right perfection/真正的完美，strength/身强力壮，limping sway/跛足的权势，art/艺术，authority/当局，folly/傻瓜，simple truth/朴素的真理，simplicity/头脑简单，captive Good/被俘的善者，captain Ill/邪恶的长官。读解之中，所涉之事，亦人亦物，人物合一，含沙射影，蕴涵层深。

在句法上，句子结构紧凑，尤其是 and 一气贯注的连用，将滔滔滚滚、紧锣密鼓似的诗情表征得恰到好处。

2) Break，Break，Break

Alfred Tennyson

Break, Break, Break,
　　On thy cold gray stones, O Sea!
And I would that my tongue could utter
　　The thoughts that arise in me.

O, well for the fisherman's boy,
　　That he shouts with his sister at play!
O, well for the sailor lad,
　　That he sings in his boat on the bay!

And the stately ships go on
　　To their haven under the hill;
But O for the touch of a vanished hand,
　　And the sound of a voice that is still!

Break，Break，Break，

    At the foot of thy crags，O Sea！

But the tender grace of a day that is dead

    Will never come back to me.

阅读诗歌,有时了解一点作者的生活经历,对我们更好地理解诗歌大有裨益。人们常将这首诗看做是诗人 1851 年为悼念亡友阿瑟·海拉姆（Arthur Hallam）而作。阿瑟·海拉姆是诗人在剑桥学习时的同窗好友,也是诗人妹妹的未婚夫,还是诗人作品的热情读者与鉴赏者,对诗人生活与创作影响很大。不幸的是,海拉姆因患脑溢血于 1833 年在维也纳去世。噩耗传来,失去生活挚友、事业知音的诗人万分悲痛,此后十数年内,诗人对失去好友总难以释怀,因而创作了多篇悼念海拉姆的诗篇。"Break，Break，Break"即为其中之一。

失去友人的痛楚不断郁积心间,天长日久,终于火山般喷发了。"Break"一词,既可指波浪冲击岩石的哗啦声,也可指心痛迸裂的破碎声,一语双关,形象生动,暗中类比也妥帖自然。在这一"景"的导引之下,诗人内心汹涌着难以言表的悲情也就冲口而出了。悲情之至难以复加,诗笔遂一转,在第二、三节写起对方从前经历过的赏心乐事——海边嬉戏（shouts with his sister at play）、海边荡舟（sings in his boat on the bay）、安然返回港湾（To their haven）,籍此收到了"以乐景写哀情,一倍增其哀"的诗意效果。然而,从前对方的音容笑貌（a vanished hand，the sound of a voice）而今已消逝、沉寂了,从前共有的美好岁月也随风而逝了。唯有抑郁的心海悲情逐浪高,汹涌澎湃,无尽无休。

全诗以历史现在时（historical present）写成,予人感同身受,历历在目之感,大大强化了诗作摧人肠断的力量。

以上所涉四首诗作相互之间题旨与意趣多有不同,但其"情感波浪"的运演轨迹却有颇多相似之处。彭斯之诗先是波浪徐缓,后渐次过渡到波峰,之后渐次过渡到波谷,再渐渐回复到徐缓。其情感运演曲线如图所示：

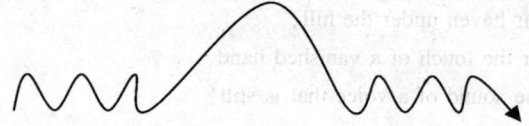

敦煌曲子词《菩萨蛮》与莎士比亚的第 66 首十四行诗则从感情的波峰上遽落，倾泻而下，后滚滚滔滔，流泻铺排。其情感运演曲线如图所示：

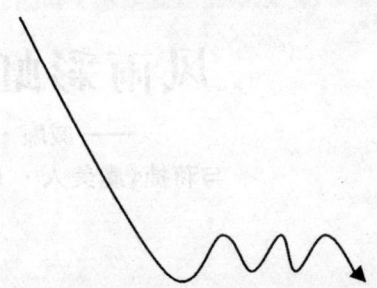

丁尼生（Alfred Tennyson）之诗先是从感情的波峰上遽落，倾泻而下，继而滚滚滔滔，流泻铺排，后又波峰骤起。其情感运演曲线如图所示：

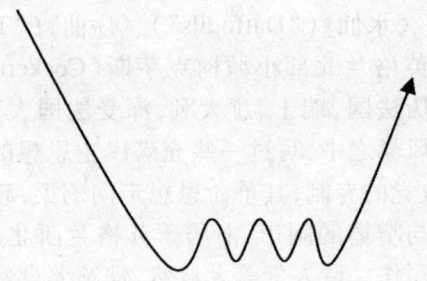

风雨彩虹，别样人生

——威廉·华兹华斯《我心欢跳》
与蒋捷《虞美人·听雨》比读与翻译研究

　　威廉·华兹华斯（William Wordsworth，1770—1850），英国浪漫主义诗歌的主要奠基人，其诗论代表作有与诗人柯勒律治（Samuel Taylor Coleridge）合作的《抒情歌谣集》（*Lyrical Ballads*），代表性诗作有《丁登寺》（"Tintern Abbey"）、《水仙》（"Daffodils"）、《序曲》（"The Prelude"）等。

　　华兹华斯生于英格兰北部小城柯克茅斯（Cockermouth），剑桥大学毕业。青年时代曾游历法国、瑞士、意大利，深受法国大革命思想的影响，并积极投身于革命的风暴之中，写过一些充满民主思想的诗作。慑于政治斗争的残酷，雅各宾政党的专制，其革命思想走向幻灭，政治立场遂趋向消极保守。后远离革命与喧嚣的闹市，卜居于苏格兰西北部的湖区，开始了诗歌创作上田园诗的写作。诗人赞美大自然，赞颂大自然光影声色对人类心灵的影响。诗人认为要革新社会，重要的是要恢复人类单纯与良善的本性，而要做到这样，返回自然，乞灵于大自然应是解决问题的办法。诗文《我心欢跳》（"My Heart Leaps Up"）可看做诗人对这一信念的有效注解。

My Heart Leaps Up

William Wordsworth

My heart leaps up when I behold
　A rainbow in the sky：
So was it when my life began，
So is it now I am a man，
So be it when I shall grow old
　Or let me die！
The Child is father of the Man：

I could wish my days to be
Bound each to each by natural piety. ①

　　该诗讲述的是天上的彩虹对诗人的心境或整个人生心境的影响，彩虹的神奇力量既撼动着诗人的躯体，使其欢跳雀跃，也开启着诗人的心智，增强着诗人积极向上的生活信念，提升着诗人的精神境界。全诗向读者传递的是人生中与生俱来的赤子之心之可贵，进一步说，传递的是人之初其真纯、良善本性之可贵，其对世界充满着新奇、美好的向往之可贵。

　　诗人深情地赞颂自然、赞颂人生，既反映在诗文字面的表层意义上，也反映在诗文文句的句式建构中。初读该诗首行，读者不禁心存疑问：是什么让我心欢跳呢？待跨行（enjambment）至第二行才恍然大悟是"天边的彩虹"，这一诗句结构在聚焦第二行的语义或意象之时，既突出了"天边彩虹"激起诗人独有的惊奇（wonder）之感，又带给读者别样的阅读感兴。紧接着的三行，是平行结构（parallelism）的诗句，旨在铺叙诗人人生历程中"每次见彩虹，心总欢跳"这一始终不渝的情怀。在诗意效果上，这一诗句结构宛如汉语的排比句式，传递出的诗情仿佛是先微澜，后波涛，最后洪波涌起——真情不变，且不断积聚，愈趋愈强，蓄势待发。及至诗文第六行时，诗人在情感的制高点上又翻进一层，迸发出心灵的最强音："否则，不如死去！"从其情感渐趋之浓烈，语气愈来愈坚定，不难感知诗人信念之执著。越过情感的制高点后，诗情——赤子之心恒在之可贵——之于整个人生的意义，在最后三行呈沉思状的流泻式铺排，从而在感性与理性的工巧融合中绾结全篇。

　　从诗文的创作视点与选词特点来看，该诗应是诗人"而今成年"时所作，这在很大程度上实践着诗人提出的诗歌理想或创作原则：诗是强烈感情的自然流露，它来自宁静的回忆。②全诗的选词用字简明质朴，明白如话，也如诗人所倡导的要用清新、质朴、自然、素净的语言来写诗③的诗学原则

---

① 注释：1. leaps up：跳跃。2. behold：看见。3. The Child is father of the Man：孩童乃成人之父。成人性格中美好的一面来自纯洁的童心。4. Bound：为 bind 的分词形式。5. natural piety：对自然的虔诚。

② 刘炳善. 英国文学简史. 上海：上海外语教育出版社，1989：214—215.

③ 杨德豫译. 华兹华斯抒情诗选. 长沙：湖南文艺出版社，1996：2.

相一致。合而观之,该诗又可看做诗人诗学理论与诗歌创作实践成功结合的范例。

从诗作中的物我关系来看,"天边的彩虹"充当的是诗人情感抒发的触媒。在"触景生情"之中,诗人更注重对"情"的思考、想象与演绎,呈现出西方诗歌中"主体与客体界限分明,而且前者凌驾于后者"①的传统。所需说明的是,该诗中常被人们视作警句的"The Child is father of the Man",乃效法英国诗人弥尔顿《复乐园》第 4 卷第 220 行"The Childhood shows the man, / As Morning shows the day"(儿童引导成人,像晨光引导白昼)而来。

华兹华斯通过"看虹"看出了人生的三重境界,看出了人生的真谛,"看出了"可以疗救现实社会的药方。而在汉文化中与该诗惊人相似的是宋代词人蒋捷的词作《虞美人·听雨》,该词则通过"听雨"听出了人生的三重境界,听出了人生的真味,"听出了"一个时代的兴衰嬗变。全词如下:

> 少年听雨歌楼上,
> 红烛昏罗帐。
> 壮年听雨客舟中,
> 江阔云低,
> 断雁叫西风。
>
> 而今听雨僧庐下,
> 鬓已星星也。
> 悲欢离合总无情,
> 一任阶前点滴到天明。

词人从"听雨"这一视角,表现了少年、壮年、老年三个人生阶段的不同境遇和不同况味的不同感受。通过时空的跳跃与剪辑,将一生的悲欢歌哭融汇于三幅"听雨"的画面之中。少年时风华正茂,血气方刚,意气风发,豪情满怀,对人生、对未来怀着无限的憧憬,……诸如此类的意味,作者未曾在字面上言明,但通过构成"少年听雨"画面的"歌楼"、"红烛"、"罗帐"等

---

① 钟玲. 美国诗与中国梦——美国现代诗里的中国文化模式. 桂林:广西师范大学出版社, 2003:108.

美好而绮艳的意象得到了有效的暗示。同样地，壮年时生活的艰辛，世事的坎坷，颠沛流离之苦，客行他乡，漂泊无依之悲，……则通过构成"壮年听雨"画面的"客舟"、"江阔"、"云低"、"断雁"、"西风"等衰飒的意象得到了充分的表征。而老年时历尽离乱后的憔悴而又枯槁的身心，心有余而力不足的无奈，生活境况的冷寂与凄苦，……，便通过构成"而今听雨"画面的"僧庐"、"鬓已星星"等冷寂、萧瑟、凄清的意象得到了有效的传达。"悲欢离合总无情"是诗人追抚一生经历得出的结论，蕴含着无限的惆怅、不尽的悲慨。"一任阶前点滴到天明"，似乎已心如止水，波澜不起，凡是一切只好逆来顺受，听之任之了，无尽的感伤与无奈尽在言外。三幅画面前后相接而又彼此映照，艺术地概括了作者从少年到老年的人生道路和情感历程，读者因之似可窥见一个历史时代由兴到衰、由衰到亡的嬗变轨迹。

两相比照，大同的创作思路或艺术下相互间的差异也是显在的。

华氏之诗表现的是诗人革命理想幻灭后，从自然之中得到"灵启"，重拾生活信心与人生方向的感怀；而蒋氏之词表现的则是词人在宋、元易代之际，历经战乱后忧患余生的自述，词中"自然"印认着词人生活信念从美好到幻灭的全过程。

华氏之诗呈现的是浪漫主义的真纯遐想，以"看虹"为契机，在英诗的语境中堪称首创，蒋氏之词传达的是现实主义的严峻拷问，以"听雨"为线索，在汉诗的语境中则是文学惯例的延续（在汉文化中"雨"往往被用作写悲情的原型意象之一）。

华氏之诗是以"成年"为视点，回味年少时的激情冲动，展望年老时的情如原初，呈现出开放型的积极进取的人生，人生中还存在着无限的变数；蒋氏之词则以"老年"为视点回溯情感的悲欢离合，揭示的是闭合型的消极颓唐的人生，人生中的一切几成定局。

华氏之诗表情达意豪情满怀，一波三折，蒋氏之词则波澜蜂起，暗流潜涌，一唱三叹。华氏之诗是触景生情的产物，但"景"只是诗的触媒，"情"是主导，体现出西诗传统中主客分离的鲜明特点；蒋氏之词也是触景生情的产物，但"景"中有"情"，"情"中有"景"，两者合二而一，体现出汉诗触景生情，情景交融，主客界限模糊的诗学传统。

鉴于前文鉴赏与分析中英诗语言简明质朴，诗情激越而坚定等特点，

试将该诗翻译如下,并就其译文略作说明:

我心欢跳

威廉·华兹华斯

> 我心欢跳,每当看见
> 　彩虹飞挂天边:
> 人生之初心如此,
> 而今成年情不变,
> 此情弥笃到老年,
> 　否则,不如死去!
> 三岁孩童百岁心:
> 但愿有生之光阴
> 天天充满着对自然的虔敬。

(张保红译。选自《英语世界》2008 年第 10 期)

　　该诗首行译为"我心欢跳,每当看见"意在复制原作句式,以求再现原诗句因跨行而潜藏的"悬念"(suspense)效果,给人以读诗的感兴。原诗第三、四、五行未曾译为"年少如此,成年如此,老年也如此"之类的句式,而改为上列译法,意在表现出诗情推波助澜,愈趋愈强,激情迸飞的效果。"不如死去"乃效法汉乐府民歌《孤儿行》中"居生不乐,不如早去,下从地下黄泉!"而来,为的是有斩钉截铁的口吻与力量。原诗第七句若模拟时谚"失败乃成功之母"译为"孩童乃成人之父",应是颇为贴近原诗句,且有警句之效的,但置于此处篇章诗情已开始转入徐缓的演进之中,颇感快捷、急促(原诗句四音步,模拟译句为三顿)。此外,"孩童乃成人之父"在语义上张力过强,不易让人在想象中找到其间的联结点,遂意译为"三岁孩童百岁心",使两个"意象"——"三岁孩童"、"百岁心"——并置,让读者发挥自由的想象,填补上其中的联结点,而且读者也易于将"百岁心"与前文"人生之初心如此"前后贯通起来,这是符合原作深层蕴涵的。

　　原诗基本步格为抑扬格,比如 My heart leaps up when I behold/A rainbow in the sky;可标注为 ˉ ˊ | ˇ ˊ | ˇ ˊ | ˉ ˊ | ˇ ˊ | ˉ ˊ | ˉ ˊ 。其各行音步数分别为 434442445,译诗各行顿数与原诗音步数基本相同,比如译诗首行划分为四顿:我心 | 欢跳, | 每当 | 看见。| 等。原诗的韵式为

abccabcdd,译诗改创的韵式为 aabaacddd。

　　清代画家沈宗骞在《取势》中说：“时有春夏秋冬之开合以成岁,画亦有起讫、先后、自然之开合以成局。”①指出了宇宙万物以有开有合、有收有放的方式运动变化的特点。诗文感人的艺术力量也莫不呈现出开合收放的节奏特色,这种开合收放既演绎出错综纷呈的情感变化,又勾画出有序展开的情感流动路径。不开不放不足以驰骋诗情,不足以渲染文势;不合不收则不知情之所至,不知文之所指。中诗如此,西诗亦然。再读以下诸例:

1) London

William Blake

I wander through each chartered street,
Near where the chartered Thames does flow,
And mark in every face I meet,
Marks of weakness, marks of woe.

In every cry of every Man,
In every Infant's cry of fear,
In every voice, in every ban,
The mind-forged manacles I hear.

How the Chimney-sweeper's cry
Every blackening Church appalls,
And the hapless Soldier's sigh
Runs in blood down Palace walls.

But most through midnight streets I hear
How the youthful Harlot's curse
Blasts the new-born Infant's tear,
And blights with plagues the Marriage-hearse.

　　布莱克(William Blake,1757—1827)笔下的伦敦曾经金碧辉煌,宛如

---

① 涂光社. 因动成势. 南昌:百花洲文艺出版社,2009:118.

人间天堂。他在其《素描诗集》中写道："golden London/And her silver Thames, throng'd with shining spires/And corded ships"（"King Edward the Third", *Poetical Sketches*, 1769—1778）。① 而继法国大革命爆发，英国政府加紧镇压国内民主运动之后，整个伦敦城笼罩在愁云惨雾之中，几成人间地狱。诗作"London"便是这一历史语境下的产物。

　　该诗聚焦于伦敦社会中的底层人群——芸芸众生，愁苦困顿，饥寒交迫，有哀号的扫烟囱的孩子（the Chimney-sweeper's cry）；有无助的伤残的士兵（the hapless Soldier）；有走投无路、沦落街头的年轻妓女（the youthful Harlot）；有疾病蛰伏嚎哭的新生儿（the new-born Infant）——展现出一幅触目惊心的人间悲惨画卷，有力地控诉了其时社会的黑暗、罪恶与不公。

　　生活在社会底层人群的惨状，通过诗人一系列的对比或衬托手法揭示得尤为深刻——在人们的脸上诗人看到的是衰弱与痛苦（Marks of weakness, marks of woe）；在人们的呼喊声中诗人听到了心灵锻造的镣铐声（The mind-forged manacles）；扫烟囱孩子的哀号使黑心无比的教士都受到心灵的震撼（Every blackening Church appalls）；不幸士兵的叹息化为血泪染红了王宫的高墙（Palace walls）。

　　诗中首字母大写的单词（如 Man、Infant、Chimney-sweeper、Soldier、Harlot 等）既醒目而突出，又极具针对性地指向了其时社会中的弱势群体。类似地，blackening Church、Palace walls、Marriage-hearse 等在指向客体物之时，也指向了其时社会机构与现实中的人们或群体——漆黑的教堂 ≈ 黑心的教士；宫墙 ≈ 国王与政府；灵柩似的婚车 ≈ 疾病蛰伏的新娘。

　　诗共四节，诗文首节节奏舒缓，第二节逐步过渡到激越昂扬，至该节末行达到最高点，随后两个诗节在波澜蜂起中呈流泄式铺排。

2) Captain! My Captain!

Walt Whitman

O Captain! My Captain! Our fearful trip is done,
The ship has weather'd every rack, the prize we sought is won,

---

① 王佐良等. 英国文学名篇选注. 北京：商务印书馆，1989：618.

The port is near, the bells I hear, the people all exulting,

While follow eyes the steady keel, the vessel grim and daring;

But O heart! heart! heart!

O the bleeding drops of red,

Where on the deck my Captain lies,

Fallen cold and dead.

O Captain! my Captain! rise up and hear the bells;

Rise up — for you the flag is flung — for you the bugle trills,

For you bouquets and ribbon'd wreaths — for you the shores crowding,

For you they call, the swaying mass, their eager faces turning;

Here, Captain! dear father!

This arm beneath your head!

It is some dream that on the deck,

You've fallen cold and dead.

My Captain does not answer, his lips are pale and still,

My father does not feel my arm, he has no pulse nor will;

The ship is anchor'd safe and sound, its voyage closed and done,

From fearful trip the victor ship comes in with object won;

Exult O shores, and ring O bells!

But I with mournful tread,

Walk the deck my captain lies,

Fallen cold and dead.

1861—1865 年美国南北矛盾激化，随之爆发南北战争。林肯（Abraham Lincoln）领导的北方最后取得了胜利，废除了奴隶制，进行了一场资产阶级民主革命。在举国欢庆的日子里，1864 年 4 月 14 日林肯被暗杀。在这样的背景下，惠特曼（Walt Whitman，1819—1892）写作此诗表达了人们失去领袖的深切悲痛。

诗人将林肯比喻为船长（captain），将战后的美国比喻为驶过危险航程的舰船（the ship），船虽已胜利抵岸，但受人爱戴的船长却倒下了。

诗分三节，首节写已经结束危险航程的舰船靠岸的情景——海港临近，乐钟敲响，人群激动，目光齐聚航船，但令人心碎的是，船长倒在血泊之中,浑身已冰凉。

第二节聚焦岸上人们腾跃欢庆的场面——钟鼓齐鸣,旌旗飘飞,号角嘹亮,花团锦簇,人头攒动,但船长躺在甲板上,宛如睡去,浑身已冰凉。

第三节写船长双唇苍白安详,脉搏停跳,思维停止,悄然离去,浑身已冰凉,身后留下的是悲悼的人群和我。

每一个诗节表现着一段积聚的悲情在至高点上的强力迸发与流泻,三个诗节演绎着情感的三次大浪,一浪未息,一浪继起,滔滔滚滚,奔涌向前。三个诗节中,叠句的一再重复,也大大强化了诗情的感染力与震撼力。

综而观之,以开合收放的诗情流动路径来看,可对以上四首诗作做如下描绘:华兹华斯看到天上的彩虹,惊异与喜悦之情迸发,浪涛汹涌,达致情感的制高点后,呈流泻式铺排。如图所示:

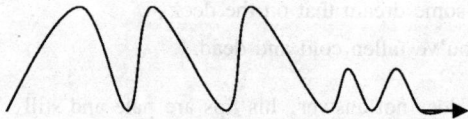

蒋捷看雨或听雨,身世之感、家国之情顿生,波澜涌起,浪涛相逐远去。如图所示:

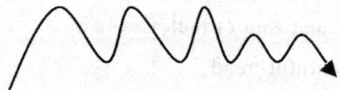

布莱克看到伦敦大街小巷中流离失所,满脸病容与悲苦的人们,愤懑之情夺腔而出,奔涌四溢。如图所示:

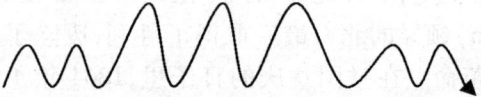

惠特曼看到船长倒在血泊之中,浑身冰凉,悲痛之情脱口而出,滚滚滔滔,回环往复,一波三浪。如图所示:

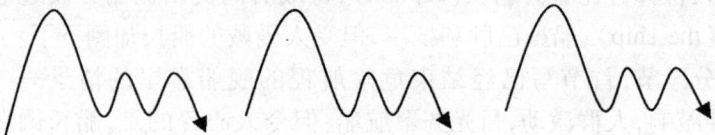

　　四首诗作主题各异，但围绕各自主题的诗情演绎方式颇为相近。相比之下，如果说华兹华斯之诗的情感运演是快镜头占主导，那么布莱克之诗可视为慢镜头占主导，而惠特曼与蒋捷之诗则可视为"三个快镜头"的特写。

七

虫声鸣唱，情调两样

——约翰·济慈《蝈蝈与蟋蟀》
与含"蝈蝈"、"蟋蟀"意象诸汉诗比读与翻译研究

济慈（John Keats，1795—1821）英国著名诗人，与拜伦、雪莱齐名，且同属积极浪漫主义流派的代表诗人，其代表性诗作有长诗《恩底弥翁》（"Endymion"）、颂诗《希腊古瓮颂》（"Ode on a Grecian Urn"）、《夜莺颂》（"Ode to a Nightingale"）、《秋颂》（"To Autumn"）等等。

济慈出身卑微，家境贫寒，早年丧亲，历经艰辛与磨难。曾做过医生的学徒，因酷爱自然、艺术、诗歌，后弃医，专门从事诗歌创作。初入诗坛，与当时的激进文人利·亨特（Leigh Hunt）交情甚笃，也因之常参加以亨特为首的文艺活动。诗作《蝈蝈与蟋蟀》（"On the Grasshopper and the Cricket"）是济慈在亨特家中参加赛诗会，谈话间说到"壁炉边欢乐的小蟋蟀"时，由亨特提议以此为题写一首十四行诗的赛诗成果。济慈赋就此诗，亨特读到开头第一行就说："一起便不凡"，读到十行和十一行时说"妙绝，妙绝！"①该诗全文如下：

On the Grasshopper and the Cricket

John Keats

The poetry of earth is never dead：
    When all the birds are faint with the hot sun,
    And hide in cooling trees, a voice will run
From hedge to hedge about the new-mown mead；
That is the Grasshopper's — he takes the lead

---

① 王佐良等. 英国文学名篇选注. 北京：商务印书馆，1989：849.

In summer luxury, he has never done

With his delights; for when tired out with fun

He rests at ease beneath some pleasant weed.

The poetry of earth is ceasing never:

On a lone winter evening, when the frost

Has wrought a silence, from the stove there shrills

The Cricket's song, in warmth increasing ever,

And seems to one in drowsiness half lost,

The Grasshopper's among some grassy hills.①

该诗何以"不凡"，又何以"妙绝"？试作如下鉴赏与研习。

蝈蝈与蟋蟀本是自然界中很常见的两类小昆虫，并无什么独特或特别之处，但诗人将其放在宇宙人生的大背景中来抒写，就给人一种小中见大，气势不凡，意境阔大而幽远之感。而将蝈蝈与蟋蟀的鸣叫声提升至大地诗歌的高度，则更显得意义不同凡响，别有情韵与洞天。

炎炎夏日，酷热难挡，百鸟其喑，万籁无声，整个大地了无生机，一片死寂，而在此时此刻能冲破大地死寂，给大地带无限生机的是蝈蝈，他的声音在树篱之间飞鸣，在草坪之上回荡，他享受着夏日的盛筵，歌唱着他无尽的欢欣。他的声音，是不屈服于太阳"炎威"的生命之音，是唤醒沉寂的大地之音，是"天籁"之音；他的欢歌是力量之歌，是生命之歌，大地之歌。欢悦而富有活力的生命，气势雄壮而响彻宇宙大地的高唱，予人"蝈蝈叫声冲云上，便引诗情到碧霄"的繁富联想。

大地的诗情绵绵不息，蝈蝈方才唱罢，蟋蟀便来登场。严霜封锁的世界，一片寂寥，满目凄清，死气沉沉，而能冲破这个世界酷寒、寂寥、死寂禁

① 注释：1. faint with the hot sun：因烈日而昏昏沉沉。2. cooling trees：凉爽的树荫。3. new-mown mead：刚刚修剪过的草坪。mown 是 mow 的分词形式，mead 即为 meadow。4. summer luxury：夏日的奢华。luxury 常与舒适、享受、欢娱相联系。5. has never done with：从来做不完。6. tired out with：因……筋疲力尽。7. ceasing never：即为 never ceasing 的倒置，以便与下文 ever 押韵。8. wrought：为 work 的分词形式，比之 worked，在音响上显得刚健有力。9. in warmth increasing ever：为 in ever increasing warmth 的倒置，以便与上文 never 押韵。10. one in drowsiness half lost：可改写为 one who is half lost in drowsiness。be lost in 意为沉浸在……之中。

锢的则是小小蟋蟀的嘹亮歌声。他的歌,嘹亮高亢,唱一声,人们心里就觉得暖一分,声声唱来,心心暖,人间从此无"冰寒",置身暖意融融的世界,人们似被送入梦境,仿佛间又回到了蝈蝈欢唱的远山青青的夏日盛景之中。诗文至此,戛然而止,诗笔从夏季的室外写到冬季的室内,然后又回到了夏季的室外,时空腾挪、延展,境界开阔,诗意浓郁,前后缀合巧妙,浑然一体。其言已尽,而意犹行之神韵,令人击节叹服。全诗读来予人"四两拨千斤"的艺术美感与享受。

从上文的赏析中,我们可以看到蝈蝈与蟋蟀已不再完全是自然界中的蝈蝈与蟋蟀,它们已分明成为了"生命"、"欢乐"、"力量"等的象征,成为了诗人笔下独具特色的意象,这一特色意象紧紧地联系着英美文学文化传统,有人将其归结为"文化继承型意象"。① 以"蟋蟀"为例,生于济慈前后的诗人或文人对其的描绘是:

1) Far from all resort of mirth,
   Save the cricket on the hearth,
   Or the bellman's drowsy charm
   To bless the doors from nightly harm.

   (*J. Milton*:**IL Penseroso**)

2) And I shall have some peace there,
   For peace comes dropping slow,
   Dropping from the veils of the morning
   To where the cricket sings;

   (*W. B. Yeats*:**The Lake of Innisfree**)

3) I have not had all the luck I expected; but … am as merry as a cricket.

   (*C. Kingsly*:**Two Years Ago**)

4) Where by the evening hearth contentment sits
   And hears the cricket chirp.

   (*R. Southey*:**Hymn to Penates**)

从这些诗文逐一看来:1)中"炉边的蟋蟀"给人们带来欢乐与福佑;2)

---

① 钟良弼. 从"蟋蟀"和"杜鹃"看词语的文化传统. 外语教学与研究,1991(1):7—8.

中"蟋蟀"所在之处是欢歌、平和与宁静;3)中的"蟋蟀"是欢乐的使者;
4)中的"蟋蟀"与怡情惬意连用。而以"蝈蝈"为例,在利·亨特的同题诗
"On the Grasshopper and the Cricket"中,"蝈蝈"是欢乐、健康的使者,且看
其间的诗行:

Green little vaulter in the sunny grass
Catching your heart up at the feel of June,
Sole voice that's heard amidst the lazy noon,
When ev'n the bees lag at the summoning brass
…
Both have your sunshine; both though small are strong
At your clear hearts; and both were sent on earth
To sing in thoughtful ears this natural song …
Indoors and out, summer and winter, mirth.

而在美国现代诗人卡明斯(E. E. Cummings)的笔下"蝈蝈"呈现出的
是让人"迷惑"却又趣味横生的景象:

r-p-o-p-h-e-s-s-a-g-r
             r-p-o-p-h-e-s-s-a-g-r
       who
a) sw(e loo) k
upnowgath
      PPEGORHRASS
           Eringin(to-
AThe) :l
EA
! p:
S   a
       (r
riving   . gRrEaPsPhOs)
                 to
rea(be) rran(com) gi(e) ngly
,grasshopper;

该诗的外形会有些让人如坠云雾,但仔细辨读,我们会看到该诗写的是:r-p-o-p-h-e-s-s-a-g-r who, as we look up now, gathering into (PPEGORHRASS) a/the leap(s) and arriving (gRrEaPsPhOs) to become rearrangingly grasshopper。比照之下,再反观原文,可以意会到诗人将英语单词或句子的形式打乱排列,旨在向读者生动而形象地再现现实世界中一只蝈蝈从远处我们看不太清的地方展翅飞行、跳跃来到眼前的景象,也就是说,诗人用文字符号记录下了蝈蝈行进运动的全过程,宛如电影艺术中的慢镜头,显得趣味盎然,别有情味。也由此可见,诗人对"蝈蝈"的关切之意、喜爱之情。

综而观之,在这一意义上,济慈的上列诗作可以说是在英美文学传统的基础上予以了继承、发展与创新,赋予了蝈蝈与蟋蟀全新的雄伟气象与更为丰富的文化艺术内涵,从而给英国文学增添了这一不朽的杰作。但颇为有趣的是,在英美文化中一直充当欢乐象征,美好代名词的蝈蝈、蟋蟀,在中国文化中它们的"使命"却大不一样。"蝈蝈"最早称为螽斯,出现在《诗经·周南·螽斯》里:

> 螽斯羽,①
> 诜诜兮。
> 宜尔子孙,
> 振振兮。
>
> 螽斯羽,
> 薨薨兮。
> 宜尔子孙,
> 绳绳兮。
>
> 螽斯羽,
> 揖揖兮。
> 宜尔子孙,
> 蛰蛰兮。

---

① 注释:1. 螽(zhōng):蝗虫的一种。2. 斯:的。3. 羽:翅膀。4. 诜诜(shēnshēn):和顺的声音。5. 振振:众盛貌。6. 薨薨(hōnghōng):众多。7. 绳绳:不绝貌。8. 揖揖:聚集。9. 蛰蛰(zhízhí):和集。

今人周振甫先生的白话译文为：

> 螽儿的翅膀，
> 发出沙沙响。
> 应该您的子孙，
> 多得无限量。
>
> 螽儿的翅膀，
> 飞得嗡嗡响。
> 应该您的子孙，
> 相继无可量。
>
> 螽儿的羽翼，
> 发出响唧唧。
> 应该您的子孙，
> 多得称密集。

自此在汉文化中"螽斯"便具有了，也奠定了多子多孙的文化内涵，且为后世的文人雅士所习用。比如，条蔓纵横输葛藟，子孙蕃育羡螽斯（李群玉《哭小女痴儿》）。但以"蝈蝈"之名入诗的现象颇为少见。而"螽斯"与"蟋蟀"相比，在后世的文本中出现的几率远远不敌"蟋蟀"。"蟋蟀"最早出现于《诗经》，《唐风·蟋蟀》中曰：蟋蟀在堂，岁聿其莫。今我不乐，日月其除。（蟋蟀堂前叫，一年将终了。行乐不趁今，岁月就去了。）《豳风·七月》中曰：五月斯螽动股，六月莎鸡振羽，七月在野，八月在宇，九月在户，十月蟋蟀入我床下。（五月斯螽弹腿响，六月纺织娘震动翅膀，七月蟋蟀野地鸣，八月来到屋檐底，九月进入家门口，十月藏于我床下。）自《诗经》以降，"蟋蟀"就与"时光流逝"、"秋"、"孤寂凄清"等意蕴内涵相关联。例如：

1）东城高且长，逶迤自相属。
   回风动地起，秋草萋已绿。
   四时更变化，岁暮一何速！
   晨风怀苦心，蟋蟀伤局促。（《古诗十九首·东城高且长》）
2）蟋蟀暮啾啾，光阴不少留。（白居易《新秋夜雨》）
3）蟋蟀秋风起，兼葭晚露深。（苏味道《始背洛城秋郊瞩目奉怀台中诸侍御》）

　4）眼底朱甍画栋,往往人非物是,**蟋蟀**自鸣秋。(吴潜《水调歌头》)

　　在后世文人墨客的诗文中"蟋蟀"更是成为了"凄清、忧伤的吟唱者"。例如:

　5）独申旦而不寐兮,哀**蟋蟀**之宵征。(宋玉《九辨》)
　6）秋风袅袅入曲房,罗帐含月思心伤。
　　　蟋蟀夜鸣断人肠,长夜思君心飞扬。(汤惠休《秋风》)
　7）虫声竟夜引乡泪,**蟋蟀**何自知人愁。(戎昱《客堂秋夕》)
　8）夜堂悲**蟋蟀**,秋水老芙蓉。(曹松《寄李处士》)

　　而且在汉文化中,为了更为鲜明地表征使用者的思想观念与情感倾向,"蟋蟀"还被分别称作蜻蛚、吟蛩、寒蛩、促织等。"蟋蟀"善于鸣叫,遂以之比附人的吟咏活动,故有"吟蛩"的叫法;为了着意表达秋意商音,则有"寒蛩"的称谓;为了指称妇女的纺织活动,便有了"促织"一说。不仅如此,千百年来在民间一直流行着将其作为善鸣之虫予以笼养赏玩,听其清越之音的风习。这恐怕是西方人士少有的生活经历与情趣。

　　从"蝈蝈"与"蟋蟀"在诗歌中的地位与功能来看,"蝈蝈"与"蟋蟀"在上列英诗中充当的是"主角",是诗人着力表现与凸显的对象,因而它们在诗中处于中心地位,其活动或演出构成了诗作的要旨或全部。相形之下,在汉诗中它们往往充当的是"配角",与诗文中的其他意象一起来共同营造出抒情主体凄清、愁苦、孤寂的情怀,这一点从前文的诸多例诗中显而易见。即便是专咏"蟋蟀"的诗作,其旨归也在通过托物来抒发诗人对社会、人生的感慨。且看下例:

蟋蟀

　　齐己

　　声异蟪蛄①声,
　　听须是正听。
　　无风来竹院,
　　有月在莎庭。
　　虽不妨调瑟,

――――――――――

①　蟪蛄(huìgū):一种蝉。

多堪伴诵经。
谁人向秋夕，
为尔欲忘形。

又如：

蟋蟀

罗隐

顽飔①毙芳，吹愁夕长。
屑戍有动，歌离吊梦。
如诉如言，绪引虚宽。
周隙伺榻，繁咽夤缘。
范睡蝉老，冠峨绥好。
不冠不绥，尔奚以悲。
蚊蚋有毒，食人肌肉。
苍蝇多端，黑白偷安。
尔也出处，物兮莫累。
坏舍啼衰，虚堂泣曙。
勿徇喧哗，鼠岂无牙。
勿学萋菲，垣亦有耳。
危条槁飞，抽恨咿咿。
别帐缸冷，柔魂不定。
美人在何，夜影流波。
与子伫立，裴回思多。

两首诗作均以"蟋蟀"之声起笔，但均言在此而意在彼，抒发了诗人孤独凄清，与之形影相吊的感怀。

从创作中的主客关系来说，英诗中诗人仿佛受到神启，从"蝈蝈"与"蟋蟀"的身上"见出一种神秘的巨大的力量"，诗作表现出一种超越现世之情的深沉哲思。而在诸汉诗中，诗人从"蝈蝈"与"蟋蟀"那里只是听到了诗人自我与其感同身受的心曲，也就是说，"蝈蝈"与"蟋蟀"往往充当的是诗人心声的代言人，它们表现的是一种现世之情，映现出人生的孤寂与沧桑，甚

① 飔(sī)：凉风；夤(yín)缘：攀附上升；绥(ruí)：帽子上的缨子；蚋(ruì)：昆虫。

至折射出社会历史的变迁——为大唐气象所笼罩的盛唐诗人鲜有以蟋蟀入诗的,而经安史之乱后的中晚唐诗人的诗作中"蟋蟀"的鸣声渐渐多了起来。①

从艺术创作手法来看,英诗以小见大,有写实的一面,更有玄想与哲思的一面;而汉诗的小中见大有写实的一面,但更重社会人事的兴衰感怀,这已成为民族的传统。再看两例,以窥一斑:

赤壁

杜牧

折戟沉沙铁未销,
自将磨洗认前朝。
东风不与周郎便,
铜雀春深锁二乔。

菊花

黄巢

待到秋来九月八,
我花开后百花杀。
冲天香阵透长安,
满城尽带黄金甲。

前者从一截短短的"折戟"中看到了历史上三国之争的大事,引人遐思;后者在一朵朵小小的"菊花"中寄寓了要出人头地,压倒当权者豪迈不屈的博大气概,发人深省。

参照前文鉴赏中"蝈蝈"与"蟋蟀"激情高歌,生命力强盛等特点,试将该诗翻译如下,并对其译文略作说明:

蝈蝈与蟋蟀

约翰·济慈

大地的诗歌永远不会消亡:
　　烈日炎炎百鸟倦飞齐暗,

---

① 姜金元.夜音谛听——中国古典诗歌中的蟋蟀意象.理论月刊,2007(5):127.

躲进凉爽林荫，一个声音飞鸣

道道树篱，回荡在新刈的草场；

那是蝈蝈的叫声——他率先高唱

夏日的华贵繁盛，不懈地歌吟

无边的欢欣。倦意袭来兴致尽

卧躺在芳草丛静静地休养。

大地的诗歌永远不会中断：

寂寥的冬夜，满天飞霜凝成

一片沉寂，炉边嘹亮地响起

蟋蟀的歌声，一声声唱暖心田，

醺醺欲睡者恍惚又听闻

蝈蝈引吭高歌在青草丛里。

(张保红译)

原诗从格律上说是意大利十四行诗体（Italian sonnet），全诗分为两个诗节，前八行为一个诗节（octave），写的是"蝈蝈"；后六行为一个诗节（sestet），写的是"蟋蟀"。两个诗节呈现为并列关系，这与一般的意大利体前八行与后六行往往是先陈述、后反陈述或先观察、后结论的结构关系有所不同。

在韵律结构上，每行诗十个音节，构成五个音步，基本步格为抑扬格，比如 When all the birds are faint with the hot sun,／And hide in cooling trees, a voice will run 可标注为 ˉ ˊ｜ˉ ˊ｜ˉ ˊ｜ ˉ ˊ｜ ˊ ˊ｜｜ ˉ ˊ｜ ˉ ˊ｜ ˉ ˊ｜ ˉ ˊ｜ ˉ ˊ｜。其基本韵式为 abbaabba cdecde，但诗文首行中的"dead"与下文中的"mead/lead/weed"构成看似相同的眼韵（eye rhyme）。译诗依原作之形，译为十四行，整体上基本再现了原诗的韵式（比如亡——沉——鸣——场——唱——尽——心——养‖断——成——起——田——闻——里，且基本上以译诗各句五"顿"对应原诗各句五音步，比如大地的｜诗歌｜永远｜不会｜消亡｜等，再现了原诗在徐缓的节奏中进行静思的意蕴氛围。

在选词用字上，将"the hot sun"与"the frost"依据语境分别译为"烈日炎炎"、"满天飞霜"，以再现自然界的严酷与炎威，为构建"蝈蝈"与"蟋蟀"

敢于冲破自然枷锁的"英雄形象"营造"背景"。将鸟儿"因烈日而昏昏沉沉"（are faint with the hot sun）具象化为"倦飞齐喑"，将"in warmth"具象化为主客互动的"暖心田"，将"（The Grasshopper's）among some grassy hills"化隐为显，译为"蝈蝈引吭高歌在青草丛里"，为的是使译文更具直感意味与官能冲击效果。原诗中"（a voice will）run"与"（from the stove there）shrills"，前者用来描绘"蝈蝈"的叫声，显得速度迅捷，刚健有力，活力十足；后者用来描绘"蟋蟀"的叫声，显得声音高亢嘹亮，激扬清越。两字置于全诗语境之中堪称"诗眼"，将"蝈蝈"与"蟋蟀"在当时语境中独特的神情意态表现得尤为充分，予人诸多的感兴联想，可谓"着一字而境界全出"。翻译中译出前者的快速，后者的高亢尤为重要，译文将此分别处理为"飞鸣"、"嘹亮地响起"，从而构建出两个充满旺盛生命力的强者形象。

就词组或句子的翻译而言，译文将"in warmth increasing ever"处理为"一声声唱暖心田"，意在再现"蟋蟀"唱得真切，诗人听得投入，两者声情互动，形成从听到叫声而顿觉心里暖和起来的通感诗意效果。此处翻译若将温暖与炉火联系起来，处理为"火焰暖人心"或"室内暖意融融"之类写实的句子，显然就消解了原诗句的艺术价值与诗人的用心。将"The Grasshopper's among some grassy hills"处理为"蝈蝈引吭高歌在青草丛里"，译文化静为动，既传译出跨越时空的美好意蕴，又昭示出"蝈蝈"替诗人代言的心声。跨行是该诗的显在特点，既突出了意象或表情的重点，也增强了诗情流动的波澜。译文悉依原诗跨行句式分别处理为："一个声音飞鸣／道道树篱，回荡在新刈的草场"；"他率先高唱／／夏日的华贵繁盛，／不懈地歌吟／／无边的欢欣"。"满天飞霜凝成／／一片沉寂，／炉边嘹亮地响起／／蟋蟀的歌声"。

"以小见大"通常有三种表现方式：一是以小情景传大情景。如"山之精神写不出，以烟霞写之；春之精神写不出，以草树写之；……"（刘熙载《艺概·诗概》）；二是以小事物写大内容。如"以鸟鸣春，以虫鸣秋，此造物之借端托寓也。……"（同上）；三是以小物写大主题。也就是通过小景物来象征重大思想内容。[1]英汉诗歌中运用这种"以小见大"的典型化手段、形象

---

① 林东海. 诗法举隅. 上海：上海文艺出版社，2004：16—19.

化方式来表情达意的现象也颇为常见。再看以下诗例：

1) Ode to a Nightingale

John Keats

1

My heart aches, and a drowsy numbness pains
    My sense, as though of hemlock I had drunk,
Or emptied some dull opiate to the drains
    One minute past, and Lethe-wards had sunk:
'Tis not through envy of thy happy lot,
But being too happy in thine happiness, —
    That thou, light-winged Dryad of the trees,
        In some melodious plot
Of beechen green, and shadows numberless,
    Singest of summer in full-throated ease.

2

O, for a draught of vintage! that hath been
    Cool'd a long age in the deep-delved earth,
Tasting of Flora and the country green,
    Dance, and Provencal song, and sunburnt mirth!
O, for a beaker full of the warm South,
    Full of the true, the blushful Hippocrene,
        With beaded bubbles winking at the brim,
            And purple-stained mouth;
That I might drink, and leave the world unseen,
And with thee fade away into the forest dim:

3

Fade far away, dissolve, and quite forget
    What thou among the leaves hast never known,
The weariness, the fever, and the fret
    Here, where men sit and hear each other groan;
Where palsy shakes a few, sad, last gray hairs,
    Where youth grows pale, and spectre-thin, and dies;

Where but to think is to be full of sorrow

    And leaden-eyed despairs,

Where Beauty cannot keep her lustrous eyes,

    Or new Love pine at them beyond to-morrow.

4

Away! away! for I will fly to thee,

    Not charioted by Bacchus and his pards,

But on the viewless wings of Poesy,

    Though the dull brain perplexes and retards：

Already with thee! tender is the night,

    And haply the Queen-Moon is on her throne,

        Cluster'd around by all her starry Fays；

        But here there is no light,

Save what from heaven is with the breezes blown

    Through verdurous glooms and winding mossy ways.

5

I cannot see what flowers are at my feet,

    Nor what soft incense hangs upon the boughs,

But, in embalmed darkness, guess each sweet

    Wherewith the seasonable month endows

The grass, the thicket, and the fruit-tree wild；

    White hawthorn, and the pastoral eglantine；

Fast fading violets cover'd up in leaves；

    And mid-May's eldest child,

The coming musk-rose, full of dewy wine,

    The murmurous haunt of flies on summer eves.

6

Darkling I listen; and, for many a time

    I have been half in love with easeful Death,

Call'd him soft names in many a mused rhyme,

    To take into the air my quiet breath；

Now more than ever seems it rich to die,

    To cease upon the midnight with no pain,

While thou art pouring forth thy soul abroad

In such an ecstasy!

Still wouldst thou sing, and I have ears in vain ——

To thy high requiem become a sod.

7

Thou wast not born for death, immortal Bird!

No hungry generations tread thee down;

The voice I hear this passing night was heard

In ancient days by emperor and clown:

Perhaps the self-same song that found a path

Through the sad heart of Ruth, when, sick for home,

She stood in tears amid the alien corn;

The same that oft-times hath

Charm'd magic casements, opening on the foam

Of perilous seas, in faery lands forlorn.

8

Forlorn! the very word is like a bell

To toll me back from thee to my sole self!

Adieu! the fancy cannot cheat so well

As she is fam'd to do, deceiving elf.

Adieu! adieu! thy plaintive anthem fades

Past the near meadows, over the still stream,

Up the hill-side; and now 'tis buried deep

In the next valley-glades:

Was it a vision, or a waking dream?

Fled is that music: —— Do I wake or sleep?

这首诗作于 1819 年。据说，济慈曾去探访一位同住在伦敦 Hamstead 的朋友，朋友家门前有棵李子树，树上巢中夜莺的鸣叫声悦耳动听，深深地吸引着他，让他感到宁静而喜悦。一天早晨，他端了把椅子，在这棵李子树下坐了两三个小时，静心谛听夜莺的鸣唱，当时手里拿了几张纸，在上面写下了一些诗行，记下了他对夜莺歌唱的感受，这便是这首诗作的大致来历。

在诗中，夜莺的歌声让诗人浮想翩翩，诗人渴望在夜莺歌声的引领下，走进夜莺栖住的世界,去尽享夜莺世界的平和宁静、无忧无虑、富庶美好、温馨和谐,以摆脱人世间的烦恼与痛苦。诗文前六节均为诗人乘着夜莺歌声的翅膀尽情想象,第七节是诗人从想象回到现实的过渡,第八节是诗人对现实人生的疑虑与困惑。

具体而言,诗人首节便将自身痛苦的处境与夜莺的自由欢唱呈现在读者面前,情理上读者自然会想到要摆脱目前的困境,就跟随夜莺的歌声去好了。而事实上,诗人正是在夜莺歌声的启迪下,认为要解除或缓解自身的苦痛,能饮一杯陈年的葡萄佳酿(a draught of vintage)多好!那样在想象中就可去"饱览"芬芳的乡村、绿野的风光、舞蹈、普罗旺斯的情歌与明媚的阳光。能饮一杯那南国真正上好的灵泉(a beaker full of the warm South,／Full of the true, the blushful Hippocrene)多好啊!这样我便会悄然离开人间,和夜莺一道潜入幽暗的树林(fade away into the forest dim)。人间的烦恼忧愁在第三节得到了充分的揭示——没有欢乐,只有忧愁;没有希望,只有绝望;没有美和爱,只有丑和恨。诗人认为,要远离人间的苦海,飞向夜莺,有酒神之车的牵引,但更需凭借无形的诗神羽翼(the viewless wings of Poesy),这样才能进入想象中夜间的胜景,这是第四、五两节的要旨。将理想的胜景与黑夜相连,认为美景唯能在夜间找寻到,这无疑强化了黑夜的象征意味。生活在人间痛苦不堪,而去向暗夜则欢快无限。毋庸置疑,这里的暗夜便代表着死亡,死去便痛苦全无,万事皆空了。这便是诗人在第六节中表白的思想。夜莺声声,自古迄今,都给他们——无论是帝王还是平民,是初民还是今人,是侠士还是佳人——带来些许慰藉。这是我从想象回到现实的感悟。面对现实,诗人感到孤独、凄清,夜莺美妙的歌声逝去,我无法追寻。面对眼前的现实,我又疑虑丛生,身陷困境,感伤无限。

全诗读来,深切、昂扬的诗情在低沉的语调中演进回旋。

2) Hawk Roosting

Ted Hughes

I sit in the top of the wood, my eyes closed.
Inaction, no falsifying dream
Between my hooked head and hooked feet：
Or in sleep rehearse perfect kills and eat.

The convenience of the high trees!
The air's buoyancy and the sun's ray
Are of advantage to me;
And the earth's face upward for my inspection.

My feet are locked upon the rough bark.
It took the whole of Creation
To produce my foot, my each feather;
Now I hold Creation in my foot

Or fly up, and revolve it all slowly —
I kill where I please because it is all mine.
There is no sophistry in my body:
My manners are tearing off heads —

The allotment of death.
For the one path of my flight is direct
Through the bones of the living.
No arguments assert my right:

The sun is behind me.
Nothing has changed since I began.
My eye has permitted no change.
I am going to keep things like this.

　　写雄鹰,读者心目中通常呈现的画面是行动迅捷,疾如闪电,展翅高举,声如雷霆;而特德·休斯(Ted Hughes, 1930—1998)笔下的雄鹰则又多了一份傲慢、张狂、霸道与残暴。

　　开篇首句即向读者勾勒出一个栖息在高树之巅,一切尽收眼底的"高人"形象。而在紧接下来的三行中我们看到的是貌似安然入睡的"我"已显露出杀气的狰狞面目。身处高树之巅,又享有空气的浮力与太阳光线的利好条件,整个大地便任由"我"检阅与指挥。其不可一世之傲慢与霸气端倪初现。昔日造物主造就了"我"的脚爪、羽毛,此刻"我"将造物主攫取在脚下,"我"飞起,大地就在"我"脚下慢慢转动,一切都是"我"的,一切听"我"安排,没有丝毫商量余地,"我"的作派是谁不服,谁得到的就是死,这是何等的狂妄、蛮横与霸道！"我"所飞过的道路畅行无阻，途中的生灵不由分说一律活活处死，这是何等的嚣张与残暴！太阳在身后辅佐着"我"，"我"的所作所为曾经如此，将来也永远不会改变！这又是何等的张狂与野心勃勃！行文至此，一位残暴者的形象赫然耸现在眼前。

为勾画出这只残暴的老鹰，诗人从老鹰所处的外部环境、所具备的身体条件与行为特征以及心理运思三大方面进行了描绘。

从外部环境来看，老鹰一直身处高空，兼有天助的多种条件，从高空俯冲大地，占有绝对的制空权与生杀大权。这与唐代诗人杜甫诗作《独立》中对凶猛飞鸟的描绘尤为相似：空外一鸷鸟，河间双白鸥。飘飘搏击便，容易往来游。

从其身体与行为特征来看，"hooked head"、"hooked feet"、"My feet are locked upon the rough bark"、"My manners are tearing off heads"、"Through the bones of the living"、"My eye has permitted no change"等语汇刻画出老鹰力量超群，极具进攻性与摧毁力的特点。

就其心理运思而言，"no falsifying dream"、"Or in sleep rehearse perfect kills and eat"、"And the earth's face upward for my inspection"、"I kill where I please because it is all mine/There is no sophistry in my body"、"No arguments assert my right"等语汇则刻画了老鹰老谋深算、傲慢专横、残暴无比的特点。

从上可见，济慈听小小的"蝈蝈"与"蟋蟀"歌唱，听到的是生机、欢乐、美好与力量。汉文化中的诗人们从"螽斯，又称蝈蝈"身上听到的是多子多福的意味，从"蟋蟀"身上听到的是愁苦、凄清与忧伤。济慈从"夜莺"的歌声中听到的是令人神往而又难以企及的世外桃源，人间仙境。特德·休斯（Ted Hughes）从鹰身上看到的是张狂、霸道与残暴。

"景物无自生，惟情所化"（清吴乔语），不同的主体之情，造就不同的客体或同一客体不同的表情之效。然而，主体之情既有来自主体创作独特个性的一面，也有来自主体所处历史文化传统共性的一面，汉诗如此，西诗亦然。

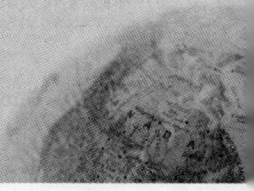

八

海边、庭院，两情缱绻

——罗伯特·布朗宁《夜间相会》
与李煜《菩萨蛮》比读与翻译研究

　　罗伯特·布朗宁（Robert Browning, 1812—1889），英国维多利亚时期著名诗人，与丁尼生并称为当时诗坛两大人物。出生于伦敦市郊一个富裕的家庭，从少年时代起就对文学作品产生浓厚兴趣，开始醉心于诗歌创作。在维多利亚时代"诗人们的主要兴趣是逃向过去"，而他"几乎是惟一写当代思想和当代生活的"诗人，也是"惟一的把现实主义心理探索应用于周围生活的"①诗人。布朗宁诗作甚丰，有两类诗可以一读：一类是戏剧独白诗（dramatic monologue），以活跃的口语和节奏入诗，模拟人物口吻，刻画人物错综复杂的内心世界，在诗坛别树一帜，对后世诗人如叶芝、艾略特、庞德等均有影响；另一类是抒情诗，多以白描见长。这里所选诗篇《夜间相会》（"Meeting at Night"）即为其中尤具代表性的一例。

Meeting at Night

Robert Browning

The gray sea and the long black land;
And the yellow half-moon large and low;
And the startled little waves that leap
In fiery ringlets from their sleep.
As I gain the cove with pushing prow,
And quench its speed i' the slushy sand.

Then a mile of warm sea-scented beach;

---

① 刘守兰. 英美名诗解读. 上海：上海外语教育出版社，2003：441.

Three fields to cross till a farm appears;

A tap at the pane, the quick sharp scratch

And blue spurt of a lighted match,

And a voice less loud, thro' its joys and fears,

Than the two hearts beating each to each!①

该诗是一首爱情诗,从诗作中读者可以感受到"我(们)"爱情的坚定与执著、激情与甜美、热烈与缠绵,但读者通篇找不到一个"爱"(love)的字眼或与"热烈"等直接相关的词语。其写作技艺之高妙,颇类李白诗《玉阶怨》(玉阶生白露,夜久侵罗袜。却下水晶帘,玲珑望秋月)的写作技法——诗文未见"怨"字,但句句却在言"怨"。那么,英诗中"爱"从何出,又是如何表现的呢?简言之,"爱"体现在诗作中的"景物系列呈示或我的行动"上。

从创作的角度来看,这些景物是经过诗人"爱"的浸润,经过诗人心灵的剪裁后组接到一起的,有道是"景物无自生,为情所化"。从解读的角度来看,读者透过景物的系列呈示,从经验上感知到强烈之"爱"的生动运演,亦即"化景物为情思"(宋范晞文语)。一切的一切均通过构成诗作基本单位的意象(主观之意与客观之象的有机结合)得到了有效的表现:诗人分别从视觉、听觉、嗅觉、动觉等视角营构出一个可供读者体认与感知的世界。比如,通过"the gray sea"、"the long black land"、"the yellow half-moon"、"the little waves"、"the slushy sand"等视觉意象共同营构出一个月朦胧、夜朦胧的浪漫情境;通过第二诗节中"beach"、"fields"、"farm"、"pane"等诸多视觉意象的不断转换与演出,营构出一种"夜里赴约情更急"的诗意氛围;通过"leap"、"gain"、"quench"、"tap"、"beat"等动态意象传递出一种欢快、惬意、急切、激动的意蕴;通过"warm sea-scented beach"等嗅觉意象与"a voice less loud, thro' its joys and fears"等听觉意象共同揭示出美好幸福的

---

① 注释:1. the yellow half-moon:黄色的半轮月亮。2. startled:惊醒的,衬托夜之宁静。3. fiery ringlets:火环似的小浪圈,是月色下的波光,衬托了大海的平静。4. gain the cove:到达小海湾,含蕴着欢快的情感。5. pushing prow:疾驰的船头,押头韵[p],显得快捷而灵活。6. warm sea-scented beach:暖风飘香的海滩,半元音[w]与辅音[s]共同作用可启示出拂拂的微风。7. the slushy sand:泥泞的沙滩,押头韵[s],有平滑、流动的意味。8. A tap at the pane:轻轻敲击窗户。9. the quick sharp scratch:快速清脆的刮擦声。10. blue spurt:(火柴快速划亮时的)蓝光喷溅。11. a voice less loud:轻声细语。

感受。

经验告诉我们，对于一个热恋中的人来说，心情肯定是激动的、兴奋的，沿途所看到、所听到的一切也肯定会是尤为美好的，甚至平日里不为自己关注的琐屑之事，一旦它们与心中的恋人相关联，也会显得别有意味与意义。如此这般，再来回味作者在诗中选取意象的整体色调或情调，再来审视作者营构诗行的用心，读者便会发现，诗作中的意象系列呈示给人的是多角度同向的美好感受。

诗作中首节前四行以及整个第二节未曾有一个主动词来"担纲"前后诗句，有的只是意象或景物的相继呈现或不断切换，这样更为真切地映现了我们经验世界的感知程序，也更能表现经验世界中约会前心情急切的真情实态。

西方恋人间的相会时间约定在月色朦胧的夜晚，场景设置在大海边的农舍，见面的方式是驾船跨越一段时空的距离……。那么华夏民族的约会情形又是怎样的呢？兹选一例，以窥一斑。且看南唐后主李煜笔下的《菩萨蛮》：

> 花明月黯笼轻雾，①
> 今宵好向郎边去！
> 刬袜步香阶，
> 手提金缕鞋。
>
> 画堂南畔见，
> 一向偎人颤。
> 奴为出来难，
> 教郎恣意怜。

通过中英诗作对照，不难看出，两者均将见面的时间约定在月色朦胧的夜晚，且都有一个较为明确的相会地点——英诗为海边农舍，汉诗为画堂南畔，而且都选取其中一方怀着激动、急切、忐忑的心情向对方走去——英诗为男方，汉诗为女方，都写到见面时双方激情相拥的情景并在那一刻诗文戛然而止，也都写到或暗示出"怕只怕离怀别苦"的意绪。两者均运用

---

① 刬(chǎn)袜：只穿着袜子；一向(晌)：一时，刹时间；偎：紧挨着；恣意(zìyì)：任意。

了类似今日小说、电影的表现手法,有环境的铺垫,有心理的刻画,有行动的描写,有语言的表达,均塑造出了相当生动的人物形象,等等。

所不同的是,汉诗写月夜朦胧的浪漫气氛只是写意式的勾勒,而英诗却是工笔式的铺成。朱光潜先生论及英汉诗歌的大体特点时说:"汉诗以简隽胜,英诗以铺成胜。"①由此也可见一斑。但"花明月黯笼轻雾"多趋向充当下文的背景,作者一笔带过后,下文不再提及;而英诗首节既是约会的背景,也是表意的前景,而且还和下文有关联回应,写景与言情合二而一。

从约会的地点看,汉诗是在庭院中的画堂南畔约会,女方脱了鞋(怕穿着鞋走弄出声响被人看见)走过阶廊去见男方,情调颇显浪漫,折射出社会生活的气息较重;而英诗是在海边农舍约会,男方驾船越过海面,后穿行海滩,再跨过农田去见女方,虽也浪漫,但更显出追求的艰辛,映现出远离尘嚣的自然意味较浓。汉诗中约会双方似过着养尊处优的日子,这从"刬袜"、"香阶"、"金缕鞋"、"画堂"等的富丽华美中隐约可见(当然诗人也可能为了表现恋情的美好,将外景写得华贵加以衬托而实际上与所写人物社会身份或地位无关);英诗中的约会双方生活起居简朴,这从" a farm"、"a lighted match"等中可以见出。

从抒情方式看,汉诗直抒胸臆,感情较为直接,大胆热烈(比如,"奴为出来难,教郎恣意怜"),心理刻画细腻(比如,从"今宵好向郎边去"中可以看到,女主人公已等待这一时刻好久了,其期盼、兴奋、紧张的心情不言自明);英诗融情于景,感情较为含蓄与深沉,细腻的心理变化则通过景物的变换与诗作内在节奏的急徐演进来予以表现。这与人们广义而言的"西诗以直率胜,中诗以委婉胜"②的论断颇有出入,由此可见,凡事并非绝对,具体情况需具体对待。

从美学风格上看,汉诗偏于优美,情调显得阴柔,其相会地点在闲庭深院,回廊朱栏,这是中国式约会的典型环境,也是词之富于"闺阁气、女性化、阴柔美"③的传统文化彰显。英诗偏于壮美,情调显得阳刚,其相会的地点在空蒙的海边,无垠的旷野,这是西方式约会地点的基本常式,由此可略

---

① 朱光潜. 诗论. 合肥:安徽教育出版社,1997:65.
② 同上.
③ 杨仲义. 汉语诗歌文化学. 北京:学苑出版社,2008:140.

窥"典型的西方海洋文化"濡染下的社会生活之特色。

结合前文英诗鉴赏中主人公约会前与约会中心情急切而紧张欢快的特点，试将该诗翻译如下，并对其译文略作说明：

夜间相会

罗伯特·布朗宁

> 银灰的大海，乌蒙蒙的长岸；
> 硕大浑黄的新月，天边低悬；
> 粼粼细浪从睡梦中惊起，
> 欢跳翻腾火环似的涟漪。
> 飞驰的轻舟送我入海湾，
> 擦拭着绵软的沙地靠岸。
>
> 走过一里暖风飘香的海滩；
> 穿过三块农田来到屋宇前；
> 轻叩窗棂，咔哧一声清响，
> 划亮的火柴飞溅蓝色火光，
> 又喜又怕不闻细语轻声唤，
> 但闻两心相印对跳的和弦。

（张保红译）

原诗主要抒写了约会前后主人公激动、急切、美好、欢快的心情，这份情感巧妙地隐藏在诗作意象的系列呈示及其运演的节奏里。主人公心情美好，身边的一切或经历的一切也跟着美好起来。因此翻译该诗中的词句，在整体上应把握住诸意象质地美好的基调。如"gray"译为"银灰色"，取"银"字美好的质地；"black"译为"乌蒙蒙"，取朦朦胧胧诗意的情调，弱化译为"漆黑"可能给人带来的不适或恐惧。类似地，将"pushing prow"译为"飞驰的轻舟"，既揭示船速飞快，暗示其心情轻快与喜悦之情，也指向原文头韵［p］可启示出的轻快之意；将"slushy"译为"绵软的"，取其予人的惬意之感，一方面避开译为"泥泞"可能引起的消极联想；另一方面传递原诗句中头韵［s］（speed--slushy--sand）一再迭现予人平滑、流动之感的所指义。将"sharp scratch"译为"咔哧一声清响"，意在营造出"宁静"的氛围与声音的力度，日常生活中"sharp"一词可能引起不快的消极含义在这个浪漫惬意的语境中被削弱。

将"thro' its joys and fears"译为"又喜又怕",原文是模糊的,这里译文也对应以模糊。"喜"的是什么? 这个易懂,通常可解释为因相聚而喜,那么"怕"的是什么呢? 则颇费思忖。笔者以为,怕的因素很多,但若从情感的表现来看,"怕"的是短暂的相会又别离,说得宽泛一点,就是怕"良辰美景,赏心乐事"的失去。且引英汉诗例旁证如下:英国诗人威廉·布莱克(William Blake, 1757—1827)之诗"Love's Secret"写的是恋爱中你若把你追求的对方当成手心里的宝,你却得不到,而有人把她当成身边的一棵草却得到了的人生经验或感受,其中一节写到:

> I told my love, I told my love,
>   I told her all my heart,
> Trembling, cold, in ghastly fears,
>   Ah! She did depart!

这里我满怀激动、忐忑、惊怕(得不到或失去)的真心相求,但最后她还是从我身边毅然决然地走开了。"fears"所蕴含的想得到怕失去的意味颇为明显。汉诗中,李清照词《凤凰台上忆吹箫》中写道:"生怕离怀别苦,多少事,欲说还休。新来瘦,非干病酒,不是悲秋。"纳兰性德词《菩萨蛮》中也写道:"春花春月年年客,怜春又怕春离别。""怕"只怕"离别"可谓赫然在目。

在诗歌写作艺术的传译上,原诗诗情的表达遵循的是情感的逻辑,诗行与诗行之间显性的衔接词较少,诗作中景物的不断切换与情感的律动紧密相连。相比之下,译诗第二节的第一、二行则偏于理性逻辑的衔接(比如"走过"、"穿过"等),不及原诗句简洁凝炼,画意鲜明,自然天成。

在音韵节奏上,原诗以抑扬格四音步为主,配合旋律(counterpoint)有抑抑扬格与扬抑格,比如 As I gain the cove with pushing prow,／And quench its speed i' the slushy sand. 可标注为 ˉ ˉ ´ | ˉ ´ | ˉ ´ | ˉ ´ | ˉ ˉ ´ | ˉ ´ | ˉ ´ | ˉ ´ |。原诗韵式为 abccba deffed。译诗以汉语的四顿对应英语的四音步,比如飞驰的 | 轻舟 | 送我 | 入海湾, | | 擦拭着 | 绵软的 | 沙地 | 靠岸。其韵式为 aabbaa aaccaa。

爱说不清,道不明,剪不断,理还乱。然而,人生的不同阶段又会对应着不同的爱情状态，表现在诗作中则会呈现出不同的美学品格。年少时对爱情的痴狂，中年时对爱情的呵护与执着，老年时对爱情体味的深邃等等，在诗人的笔下均有探索与描绘。例如：

1) When You Are Old

William Butler Yeats

When you are old and grey and full of sleep,
And nodding by the fire, take down this book,
And slowly read, and dream of the soft look
Your eyes had once, and of their shadows deep;

How many loved your moments of glad grace,
And loved your beauty with love false or true,
But one man loved the pilgrim soul in you,
And loved the sorrows of your changing face;

And bending down beside the glowing bars,
Murmur, a little sadly, how Love fled
And paced upon the mountains overhead
And hid his face amid a crowd of stars.

岁月如流，青春难驻，但真情常在，纯洁的恋情永存，在爱尔兰诗人叶芝（William Butler Yeats, 1865—1939）的笔下它浓缩为一行行隽永的诗句永远流淌在读者的心田。"当你老了"（"When You Are Old"）是诗人为其长期苦恋未果的爱尔兰著名美人毛德·岗（Maud Gonne）所作。诗人借想象中的老年之境，款款诉说着他对毛德·岗一生真诚而执着的爱恋深情——深爱恋人年轻时温情、清澈的双眸（the soft look／Your eyes had once, and of their shadows deep），典雅的风姿，飘逸的倩影（your moments of glad grace），靓丽的青春（your beauty），更爱恋人圣洁的心灵（the pilgrim soul in you），甚至年老时布满皱纹的额头（the sorrows of your changing face），即使对方年老色衰，世情淡薄，心如止水，我心之爱亦复如此。诗人用情之深与专，不禁让人哼唱起现代版的情歌《一生有你》：因为梦见你离开／我从哭泣中醒来／看夜风吹过窗台／你能否感受我的爱／等到老去那一天／你是否还在我身边／看那些誓言谎言／随往事慢慢飘散／多少人曾爱慕你年轻时的容颜/可知谁愿承受岁月无情的变迁/多少人曾在你生命中来了又还/可知一生有你我都陪在你身边。

全诗由三个诗节组成,共十二行,韵式为 abba cddc effe。若将此诗排列成散文形式,则为一个完整的英语句子,诗人将一个英语句子经过跨行与跨节演绎为三个诗节,转瞬之间,遂变得音韵和谐,语调低回,诗情摇曳,自然流走,诗艺之老,不让来者。

2) Love's Secret

William Blake

Never seek to tell thy love,
    Love that never told can be;
For the gentle wind does move
    Silently, invisibly.

I told my love, I told my love,
    I told her all my heart,
Trembling, cold, in ghastly fears,
    Ah! She did depart!

Soon after she was gone from me,
    A traveler came by,
Silently, invisibly,
    He took her with a sigh.

爱情的秘密是什么?是顺其自然,不要刻意追求(seek)。应自然得像轻风徐来,来无影,去无踪(invisibly)。

但"我"还是一定要向心中的"她"直接表白自己爱的心曲。表白时,"我"激动得双手微颤(trembling),紧张得浑身发冷(cold),想得到怕失去地诚惶诚恐(in ghastly fears),可"她"依然毅然决然地离"我"而去。

"她"刚从"我"这走开,一位路人打"她"身边经过,便不动声色、悄无声息地赢得了"她"的芳心,可路人对"她"并不太满意,发出了人生如此,只有凑合凑合、将就将就的叹息(sigh)。

生活就是这么富有戏剧性:有心栽花吧,花偏不发;无意插柳呢,柳竟成荫。我把追求的对象当作手心里的宝,却得不到;他将其视作路旁的一棵草,却得到了。

以平常心面对人生应是我们从诗中得到的启示之一。

从以上诗作整体来看,布朗宁与李煜身体力行去实践与体味热恋中幽会的过程与幸福,叶芝凭借想象中的老年之境诉说着经过岁月淘洗后的爱情之真谛,布莱克浓缩生活的经验感知来解析恋爱的态度与策略。爱情的主题相同,表现的视角与发掘的层面不一,展现的诗情异彩纷呈,别有洞天。

家乡的山水，乡思中最美

——罗伯特·布朗宁《海外乡思》与温庭筠《商山早行》比读与翻译研究

　　罗伯特·布朗宁，19世纪英国著名诗人，其主要诗集有《戏剧抒情诗》（*Dramatic Lyrics*）、《男男女女》（*Men and Women*）、《环与书》（*The Ring and the Book*），主要诗剧有《斯特拉福》（*Strafford*）、《比芭走过》（*Pippa Passes*）。在我国读者中间，提起布朗宁，往往有两件事为大家津津乐道：一是他所独创的英语诗歌形式"戏剧独白"（dramatic monologue）；另一个是他与女诗人伊丽莎白·芭蕾特·布朗宁（Elizabeth Barret Browning）的传奇爱情故事。据载，伊丽莎白比勃朗宁大六岁，身体不好，行动不便，备受专横父亲的严格管制，而且布朗宁的家人也极力反对他们的婚恋，然而，这一切并没有阻止布朗宁对伊丽莎白热烈而执着的追求，冲破重重阻隔，他们秘密结婚后私奔到意大利，定居佛罗伦萨。诗文《海外乡思》（"Home Thoughts, From Abroad"）便是诗人久客他乡后的思乡之作。其全文如下：

Home Thoughts, From Abroad

Robert Browning

Oh, to be in England
Now that April's there,
And whoever wakes in England
Sees, some morning, unaware,
That the lowest boughs and the brushwood sheaf
Round the elm-tree bole are in tiny leaf,
While the chaffinch sings on the orchard bough
In England — now!

And after April, when May follows,

And the whitethroat builds, and all the swallows!

Hark, where my blossomed pear-tree in the hedge

Leans to the field and scatters on the clover

Blossoms and dewdrops — at the bent spray's edge —

That's the wise thrush; he sings each song twice over,

Lest you should think he never could recapture

The first fine careless rapture!

And though the fields look rough with hoary dew,

All will be gay when noontide wakes anew

The buttercups, the little children's dower —

Far brighter than this gaudy melon-flower!①

　　英格兰的山山水水，一花一草一木，……一切的一切，无不令久客他乡的诗人魂牵梦萦。尤其是四月的英格兰，黎明前的酣睡，早晨的静悄悄，枝条、灌木丛刚刚冒出嫩叶，苍头燕啼鸣，好一幅静谧、清新的春晓图！那诗情画意与唐代诗人孟浩然笔下的《春晓》（春眠不觉晓，处处闻啼鸟。夜来风雨声，花落知多少？）可谓几莫难辨！不仅如此，四月过后的五月，一派繁忙欢腾的景象——白喉鸟筑巢，群燕飞舞，梨花盛开，落英缤纷，篱边草长，画眉高唱，田野清旷，露珠闪闪亮，苏醒的金凤花，心花怒放的孩子们。故乡的这一切远比眼前姹紫嫣红的意大利春色更让人神往，更令人心醉！

　　诗分上下两节，上节写四月英格兰的"静景"，下节写五月英格兰的"动景"，宛如在读者眼前徐徐展开两幅前后相继、各有特色又自成一体的秀美画卷。四月里复苏的万物在静谧中初露绿色的端倪，在静谧中孕育着勃勃生机，五月里众鸟翔集，花开草长，五光十色，万物欢畅，尽情绽放着无限生机。这便是久久定格在诗人心底的故乡英格兰，也正是在这定格的图景中

---

① 注释：1. unaware：不知不觉地，出其不意地。与诗文第二行 there 押韵。2. the brushwood sheaf：灌木丛，与下一行 leaf 押韵。3. bole：树干。4. in tiny leaf：长出细小的叶子。5. chaffinch：苍头燕雀。6. the whitethroat：白喉鸟。7. hark：听，诗歌用语。8. blossomed pear-tree：开满花的梨树。9. clover：三叶草，隔行与 over 押韵。10. fine careless rapture：美妙的、无忧无虑的欢喜。11. the little children's dower：小孩的宝物，dower 一词与末行 flower 押韵。12. this gaudy melon-flower：晃眼的或刺眼的甜瓜花，gaudy 一词偏于贬义。

寄寓着诗人深沉的乡思。

故土难离可谓人类共有的情怀,这也成为中西文学中常写常新的永恒主题之一。无论是有着内陆文化背景的东方人,还是有着海洋文化背景的西方人,久客异地,都会油然而生对故乡浓郁而深沉的思念。出生于苏格兰高地的农民诗人罗伯特·彭斯在其诗《我的心呀在高原》("My Heart's in the Highlands")中激情地喊出:"我的心呀在高原,这儿没有我的心。……无论我在哪里浪迹,无论我在哪里漂流,我永远忘不了高原的山丘"(My heart's in the highlands, my heart is not here;/…/Wherever I wander, wherever I rove,/The hills of the Highlands for ever I love)。英国浪漫主义大诗人华斯华兹在其诗《我在陌生的人群中旅行》(I Travell'd among Unknown Men)中则知性地表白:"英格兰啊,经过海外的浪迹,我才知道我有多么爱你"(Nor, England! did I know till then/What love I bore to thee)。对于向来"安土重迁,怯于远行"的中国人来说,思乡之作自《诗经·小雅·采薇》(昔我往矣,杨柳依依。今我来思,雨雪霏霏)以降,便一直为历代文人吟唱,为数之多,不胜枚举。那么,中英"思乡"之作有何特点与异同?兹选唐代诗人温庭筠诗作《商山早行》为例,做一比读,以窥一斑。温氏之作全文如下:

> 晨起动征铎,
> 客行悲故乡。
> 鸡声茅店月,
> 人迹板桥霜。
> 槲叶落山路,
> 枳花明驿墙。
> 因思杜陵梦,
> 凫雁满回塘。

从诗作写作的缘起来看,英诗是诗人离别英格兰,久居意大利,有感于异国四月明媚春光而生发出的绵绵思乡情。而汉诗则为诗人羁旅在外,客行异地而生发出的悠悠思乡意。前者是想象中的纪实,也是浪漫的抒怀,思乡之时心无旁骛;后者则是客观的纪实,质朴的言志,思乡之中含蕴着对帝都或仕途的眷念。因为本籍为山西的温庭筠,却称长安杜陵为故乡,而且借诗言说经世济国之志乃汉文化的一贯传统。

从表现思乡的意象选择来看,两首诗作选择的意象均呈现出狭小的特点,这无疑有利于表现诗人内心细腻而缠绵的思乡之情。英诗中的意象主要有"the lowest boughs"、"the brushwood sheaf"、"the elm-tree bole"、"tiny leaf"、"the chaffinch"、"the whitethroat builds"、"the swallows"等;汉诗中的意象主要有征铎、人迹、鸡声、茅店、板桥、槲叶、山路、枳花、驿墙等等。但两首诗作中意象的"色调"却又大不相同。英诗中的这些意象均具有清丽的特点,一系列意象组接起来构成的画面显得清新、明媚、欢欣,折射出思乡之人惬意的生活体验与现时爽朗的心情;而汉诗中的这些意象则均具有阴冷的特点,一系列意象组接起来构成的画面显得荒寒、冷寂、愁苦,表现着思乡之人对旅途艰辛的生活体验与现时忧愁的慨叹。

从诗文中意象表情的形态来看,两首诗作均呈现出寓动于静的特色。英诗中的寓动于静,既表现在首节静中蛰伏着的生机上,也表现在作者选词用字的匠心上,比如"Leans to the field"、"at the bent spray's edge"、"look rough with"、"noontide"等词语本身均蕴含着一种变化或流动的力,因为从视知觉的角度来看,这些词语营构的画面中均含有"由倾斜造成的动感"[1]效果。而汉诗的寓动于静,一方面表现在诗文中静态意象的不断切换中;另一方面通过诗中系列静态意象作用于头脑的想象而表现出来,比如由"鸡声"会想到引颈长鸣的形象,由"凫雁满回塘"会想到纷飞不止、啼鸣声声、彼此嬉戏的情景,等等。毫无疑问,寓动于静大大丰富了诗作的艺术内涵,也凸显了诗作不同的艺术特质。

从表现诗情流动的意象系列呈示来看,两首诗作均是以时间为纵轴、空间为横轴来布列春日的意象的。相比之下,英诗更为明显,上下两节分别以四月、五月为"主标记",以从"早晨"写起为"辅标记",以空间中相继演出的物景来标示时间的流逝与丰富内涵。四月的到来浑然不觉,是静悄悄的,植物嫩芽初上,苍头燕才展歌喉,万物的生机蛰伏着;而紧接着的五月,白喉鸟筑巢,群燕飞舞,落英缤纷,画眉高唱,万物欢畅,一切欢腾着,尽情绽放着生机。尽管最后一句中断了想象中的时空,从"想象中的过去"回

---

[1]　鲁道夫·阿恩海姆. 艺术与视知觉. 腾守尧等译. 成都:四川人民出版社,2001:578.

到了当前,当前虽好,但过去更好! 汉诗也是从早春的"晨起"开始写起,写耳闻鸡声,目睹晓月,离开茅店,脚踏严霜,跨过板桥,走上山路,经过驿墙,在时间的流逝中,空间由茅店转到了驿站。时间空间彼此交错,移步换景,但最后两句中断了眼前的时空顺序,由当前跳跃到想象中的过去,由寂寥的驿站或旅途跳跃到家乡挤满凫雁的方塘,景象一下由萧瑟凄清转为热闹欢腾。

从诗文中"景物或意象"呈示的艺术营构来看,英诗中异地(意大利)的景物被推到了诗文的"背景",而想象中的故乡英格兰的景物则被推到了"前景",占据画面的主导,诗中唯一提到异地的景物是最后一行中的"晃眼的甜瓜花"(this gaudy melon-flower);而汉诗中异地(商山)的景物都处在"前景",占据画面的主导,而想象中故乡杜陵的景物则被推到了"背景",诗中唯一提到故乡的景物是最后一行中的"凫雁满回塘"。思乡的深情是一样的,表现的艺术手法也尤为相似——均在诗作的结尾笔锋一转,进行了时空的跨越,但其思乡的情趣多有不同,汉诗呈现的是"先抑后扬"的空灵艺术效果,英诗展现的则是"先扬后抑"的厚重艺术氛围。

从叙述的视点来看,英诗"对话"的意味较为浓郁,颇似诗人向隐在的听者娓娓而谈,逐一道来,全诗采用历史现在时(historical present),细腻逼真,显在地透射着诗人最为擅长的诗歌创作手法"戏剧独白"的影子。汉诗则更像诗人心灵自度曲的日记,寓情于身边景物之中,笔法精简笼统,诗义模糊摇曳,彰显着汉诗含蓄朦胧的特点。

结合前文鉴赏中英诗语言质朴,诗情清丽,娓娓道来等特点,试将该诗翻译如下,并对其译文略作说明:

海外乡思

罗伯特·布朗宁

啊,要是在英格兰,
此时正四月,
早晨一觉醒来
会蓦然看见,
榆树周围,低垂的枝条,
丛丛的灌木,嫩叶青青,

果园树枝上苍头燕啼鸣。
在英格兰,此时就这样!

四月过后的五月,
白喉鸟筑巢,群燕飞舞!
围篱旁梨树白花满枝
倾向田边,花瓣带着露珠
洒落在三叶草茎;
——弯弯的枝条尖上
站着一只机灵的画眉,
听,每首歌它唱两遍,
以免你认为它再也不能重享
初展歌喉时的欢畅!
田野凄清白露茫茫,
时至正午万物喜洋洋,
苏醒的金凤花,孩子的宝藏——
远比这晃眼的甜瓜花明亮辉煌!

(张保红译。选自《英语世界》2009 年第 6 期)

　　原诗写的是乡思,有着较为显在的讲故事意味,仿佛作者向隐在的听者娓娓道来家乡的一草一木,鉴于此,译诗在整体结构上力图再现这一"故事"的讲述方式。比如,"啊,要是在英格兰,/此时正四月,""在英格兰,此时就这样!""四月过后的五月,"这些诗句散文化意味较浓,彰显了讲故事的语言特点与口吻。

　　在情景的再现上,原诗首节表现的是四月来临时的轻灵与静谧,这些体现在人的感知与外在物象的"结构性"呈示上。译文以原文为依据,语言表现上尽量少用动词,在视点与空间上予以了重组——由大到小,由静到动,先聚焦"榆树周围",后聚焦到"低垂的枝条,丛丛的灌木,嫩叶青青",最后到"果园树枝上苍头燕啼鸣"。译文的编排符合由"静态背景"而至"动态目标"的认知程序与诗情流动路径。第二节表现了五月的欢腾与生机绽放,译文在语言表现上使用动词偏多,如筑巢、飞舞、倾向、带着、洒落等。

　　就诗句结构而言,跨行是原诗的显在特点。比如,原诗首节中的不断跨行,赋予读者阅读的感兴,宛如在读者面前徐徐展开一幅春景的画卷。

遵循这一特点,译文转存了原文跨行的特点与美学意味(参见译文)。但在句式的重组上,译文对首节进行了调整,对第二节中的"Hark,… That's the wise thrush",也调整为"听,每首歌它唱两遍……",调整中遵循了先静后动、先大后小的组构原则。

原诗的诗行长短不一,韵律较为自由,比如首节八行,音步有二、三、四、五步不等,但其主导步格为扬抑格,比如 Oh, to be in England/Now that April's there,可标注为 ˘ ˉ | ˘ ˉ | ˘ ˉ | | ˘ ˉ | ˘ ˉ | ˘ ⁽⁻⁾ |。原诗韵式为 ababccdd eefgfghhiijj。译诗整体上未能做到各行顿数与原诗各行音步数相应,但占主导的顿数为四顿,便于再现原诗娓娓道来,语气均衡的内在诗情,译诗也未能全然再现原诗的韵式。

一样的客行他乡,一样的乡思至情,挥之不去,拂之还来。亘古已还,远客的游子,心系故园,已成普天下人共同的情怀。诗人们或是纵情高唱故园之恋,或是低声吟咏乡思之深,而他们最长于使用的表情方式是今昔比照,今昔比照信息点的选择与信息比例的编排,彰显着诗人乡思的心情与艺术表现的手法。例如:

1) **My Heart's in the Highlands**

Robert Burns

My heart's in the Highlands, my heart is not here;
My heart's in the Highlands, a-chasing the deer;
Chasing the wild deer, and following the roe —
My heart's in the Highlands wherever I go.

Farewell to the Highlands, farewell to the North!
The birthplace of valour, the country of worth;
Wherever I wander, wherever I rove,
The hills of the Highlands for ever I love.

Farewell to the mountains high cover'd with snow;
Farewell to the straths and green valleys below;
Farewell to the forests and wild-hanging woods;
Farewell to the torrents and loud-pouring floods.

My heart's in the Highlands, my heart is not here;

My heart's in the Highlands, a-chasing the deer;

Chasing the wild deer, and following the roe —

My heart's in the Highlands wherever I go.

　　高原是"我"的出生地，也是"我"的成长地，高原哺育了"我"，也成就了"我"。年幼时在高原追赶动物的淘气，成年时沐浴高原人民与英雄质朴、刚强的光辉，①流连高原名山大川，森林飞瀑的雄奇与壮美，这一切均化为血液流淌在"我"的骨子里。"我的心呀在高原，这儿没有我的心"（My heart's in the Highlands, my heart is not here）。"无论我在哪里浪迹，无论我在哪里漂流，我永远忘不了高原的山丘"（Wherever I wander, wherever I rove,/The hills of the Highlands for ever I love）。这是真情的迸发，也是心灵的呼喊，更是萦绕在思乡者心中永远挥之不去的最强音！

　　思乡之情逐浪高。"我"的心潮与高原的动物齐奔腾，永生不息；"我"的内心律动着高原北国的风土人情，永远烙印着高原人民的文治武艺；"我"的性格里涨满着高原名山大川，森林飞瀑的豪迈与雄浑，"我"深情的别离呼唤中透射着"我"最为热烈的乡思。

　　诗文语言平易质朴，脉络清晰，诗节蕴义逐层推进，诗情在第三节达到最高峰。首节与末节重唱（refrain）呼应，又预示着新一轮的乡思之情再次酝酿后的迸发。

　　乡思永恒，周而复始，自古如斯。

2) I Travell'd Among Unknown Men

William Wordsworth

I travell'd among unknown men,

　　In lands beyond the sea;

Nor, England! did I know till then

　　What love I bore to thee.

---

① 彭斯在其《札记》最后部分曾写道："不论在古代或现代，我的故乡都以拥有英勇善战的人民著称；……；我的故乡是许多著名的哲学家、战士、政治家的诞生地；苏格兰历史上的许多重大事件在我故乡发生；……"袁可嘉. 现代派论 英美诗论. 北京：中国社会科学出版社, 1985：229.

'Tis past, that melancholy dream!
　　Nor will I quit thy shore
A second time; for still I seem
　　To love thee more and more.

Among thy mountains did I feel
　　The joy of my desire;
And she I cherish'd turn'd her wheel
　　Beside an English fire.

Thy mornings show'd, thy nights conceal'd,
　　The bowers where Lucy play'd;
And thine too is the last green field
　　That Lucy's eyes survey'd.

羁旅漂泊,客行他乡,总易让人生出绵绵的思乡之情,思念家乡的至亲,思念家乡的山水景物、风土人情。东方如此,西方亦然。华兹华斯便在上列诗中表达了他这样的乡思情怀。

诗人先从异地孤独、寂寥、愁苦的感受中写到自己日益深浓的乡思之情,后逐一聚焦来写家乡的海岸(thy shore)、山川(thy mountains)、恋人的纺车(her wheel)、家中的炉火(an English fire)、每一个日日夜夜(Thy mornings, thy nights),最后定格在露西(Lucy)喜游过的园亭(The bowers)和最后观赏过的原野的草色青青(the last green field)以及她那令人难忘的眼神(Lucy's eyes),以景结情,别具韵味。透过这些具体的风物人事,我们可以窥见诗人笔下故乡海岸磁石般的引力,故乡山川令人崇敬的巍峨、肃穆,家中炉火令人向往的温馨,纺车质朴中弥漫出的惬意以及诗人心中美丽的"她",我们还可以窥见诗人对心中的"她"——露西——故去后深沉的思念与感怀。

全读采用对话的形式,轻言细语,娓娓道来,音韵谐和,音调铿锵,诗义的演进有如抽笋剥茧,将心中的至深思乡之情最后才展现在读者的面前。诗中意象的编排遵循着远近大小交错往复的顺序,显得变化有致,诗情摇曳。尤数诗文末句艺术效果尤佳,让无尽的思念之情化为原野上远去的草色青青,其以景结情、卒章显志的艺术手法颇类雪莱(P. B. Shelley)诗作

《奥西曼达斯》（"Ozymandias"）中末"句"的营构情形——"Round the decay/Of that colossal wreck, boundless and bare/the lone and level sands stretch far and away"（但见废墟周围，/寂寞平沙空莽莽，/伸向荒凉的四方）。也与汉诗中"但去莫复问，白云无尽时"（王维）的艺术营构如出一辙。如此审读，诗意便遥远、幽深起来。

　　前文所涉及的四位诗人均采用了今昔对比的手法来营构自己的诗篇，也都用的是通俗、简练的语言娓娓道来。布朗宁、彭斯、华兹华斯均主要写经验中的故乡风物，以之与眼前的现实感受相比照，从而深化思乡的情怀。不同的是布朗宁与华兹华斯诗中的"眼前的现实"是显在的，而在彭斯的诗中是隐在的。相形之下，温庭筠则主要写眼前的现实经验，以之与经验中的家乡风物相对比，来抒发深沉的思乡之情。中西诗人方法各异，却又殊途同归，个中旨趣耐人寻味。

赏雪林、枫林，品人生真味

——罗伯特·弗罗斯特《雪夜林边驻足》与杜牧
《山行》比读与翻译研究

　　罗伯特·弗罗斯特(Robert Frost，1874—1963)，20 世纪美国最著名的诗人，生于加利福尼亚州一个教师家庭。从中学时代起便开始写诗，后在达特茅斯学院(Dartmouth College)和哈佛大学求过学，但均未完成学业。年轻时做过纺织工人、教师、记者，经营过农场，晚年成为家喻户晓的无冕桂冠诗人，四次获普利策奖。在其人生经历中，先后两次在农场长时间地工作与生活，为其日后诗歌创作积累了丰富的素材。弗罗斯特的诗歌大多以新英格兰农村与牧场为背景，主要描写的是新英格兰的田园生活，表现的是人与大自然的关系，有着浓郁的乡土气息，因而有"新英格兰农民诗人"之称。其诗朴素、清新、隽永，往往蕴含着深厚的人生哲理。诗作《雪夜林边驻足》("Stopping by Woods on a Snowy Evening")即为其中颇有代表性的一例。

Stopping by Woods on a Snowy Evening

Robert Frost

Whose woods these are I think I know.
His house is in the village, though;
He will not see me stopping here
To watch his woods fill up with snow.

My little horse must think it queer
To stop without a farmhouse near
Between the woods and frozen lake
The darkest evening of the year.

He gives his harness bells a shake

To ask if there is some mistake.

The only other sound's the sweep

Of easy wind and downy flake.

The woods are lovely, dark and deep,

But I have promises to keep,

And miles to go before I sleep,

And miles to go before I sleep. ①

　　该诗截取诗人骑马旅行途中驻足雪林边这一段来写，首先就给读者他从哪里来，要到哪里去的悬想，诗作也因之意味深长。而在选取的"这一段旅途"中，诗文又可分为三大部分，第一部分为第一个诗节，写的是诗人旅行途中经过白雪覆盖的树林时，停下来观赏雪景的举动与心理活动；第二部分包含着第二、三两个诗节，主要描绘了树林周围的环境以及随行小马对"我"的举动迷惑不解及其心理活动；第三部分为第四诗节，是全诗的中心，诗人的矛盾心理表现得尤为明显：诗人想在雪林边多作停留，尽赏美景，但又事务在身，且所去办事之地路途还很遥远，不得不赶紧离去。这是诗文的表层意蕴。

　　而从其表层形式来看，该诗的主导步格为四音步抑扬格，整齐划一的音步与韵律给人长路漫漫，旅程单调、孤独的联想。其基本韵式为 aaba bbcb ccdc dddd。从其韵式上，可以看到第一个诗节中的第一、二、四行押韵，第三行例外，但第三行的韵脚成为下一个诗节的韵脚，押韵方式依此类推直至最后诗节一韵到底，画上全文终结的句号。通过这种尾韵的相互衔接，诗作中各节之间环环相扣，最终达到浑然一体的效果，同时也让读者较为清晰地看到诗节韵脚的转换，运演着诗作相应内容的延展或诗情的流

---

① 注释：1. Whose woods these are I think I know：语序实为 I think I know whose woods these are，一是为了押韵而倒装；二是为了突显或强调 woods。2. though：在逻辑上没有意义，主要旨在与本节中"know"、"snow"押韵，强化声响效果。3. The darkest evening of the year 为时间状语，可解读为 on the darkest evening of the year。4. give … a shake：shake sth。5. sweep：一可指（视觉中风吹雪飘时的）区域范围；二可指（风的）呼呼声。6. easy wind：舒适惬意的风。7. downy flake：绒毛般的雪花。8. dark and deep：（树林）幽暗深远，因押头韵而显得突出。

转。此外,诗作中的头韵、半谐韵的大量使用(比如头韵whose woods;his house;the ... though;he ... here;see ... stopping;watch ... woods ... with;半谐韵his ... is ... in ... village;he ... see ... me;his ... fill ... with等),不仅使诗作的音调变得悦耳动听,而且使诗作结构上变得凝练紧凑,大大渲染了诗情表达的效果。尤其是诗作中反复出现的[s]音(比如see、stopping、snow、some、sound、sweep、sleep 等)、[w]音(比如wind、woods、watch、will、without 等)相互浸染,彼此生发,共同营构出一个风儿呜呜轻吹,雪花簌簌飘飞的幽静意境。类似地,诗文中不断出现的[t]音(比如it、must、little、without 等)、[d]音(比如darkest、downy dark、deep 等)相互作用则又给人马蹄声起,马蹄声落,蹄声得得远去的联想。合而观之,诗文中"有意义的声音"大大强化了诗作表情达意的效果及艺术性。

循着诗文表层意蕴中所凸现出的"心理活动"线索,诗文可有的深层蕴含则可从以下四大方面来解读:

首先,首节中可体现出的人与人之间的隔膜与疏离感。面对着白雪覆盖的树林,"我"的所见所感表明:"我"对林地了如指掌,而"林地主人"对"我"却一无所知;"我"就在林地之边,而"林地主人"却远在那边的村里;"我"虽有与"林地主人"沟通交流的愿望,但这种沟通与交流的愿望因缺乏前提条件而难以办到。现实社会中人与人之间的隔膜,人与人之间的距离由此隐隐可见。诗作可能蕴含的这一层意味,弗罗斯特在其他的诗中也有类似的表达。比如在《修墙》("Mending Wall")一诗中,诗人就表达了人与人之间应该建立起友好的邻里关系,而不应该在双方之间人为地制造出一道无形的隔膜的"墙"。

其次,诗文第二、三节中可体现出的人与自身之间的心理矛盾。诗作中的"小马"与"我"可谓形影相吊,结成了人生旅途中的一个彼此依存的统一体。"我"欣赏眼前的美景,耽于眼前自然的感官享受,这从诗文中体现作者感知的选词用字上可以见出,如"To watch his woods"、"easy wind"、"downy flake"、"The woods are lovely, dark and deep",这些划线的词汇均昭示着"美好与惬意"的意味。而"小马"直视客观现实,思考着为何要停留在这四周荒无人烟,天寒地冻,林深夜暗的地方。询问"我":"是不是停错了地方?"如果说"我"的一面想停留,那么代表"我"另一面的"小马"则要离开，去留之间彰显着"我"自身所存在的理想与现实、感性与理性之间的矛盾。

再次，诗文全篇可表现出的人与自然的隔离与对立。自然是美的，"回到自然中去"，从自然中获得灵启，便能恢复人单纯与良善的本性，这是浪漫主义者倡导的要义。然而，诗文中的自然与自然之美或被"林地的主人"所宰制，或被"小马"所忽视或成为令人畏惧与不适的对象（比如，在"小马"的眼中，自然中的"湖"是"frozen"，黄昏是"darkest"；在"小马"的心里，此地的停留是"queer"，是有"mistake"的，等等），折射出人与大自然彼此间的对立与隔离，以至于难以用心灵与大自然取得沟通而感到困惑、迷茫的精神危机。

最后，诗文的第四诗节可表现出的人与社会的矛盾。人既是自然的人，也是社会的人，自然的人往往受社会的人的引导与约束。诗文中自然的"我"沉溺于眼前的美景，贪图感官上的享受，似乎有些难以自拔；而社会的"我"则将"我"从"自然"之中搜出，引领"我"尽快上路赶往前方，去履行自己所承担的社会责任与义务。这便是诗人旅途中观赏雪林的又一重要所得。

诗文解析至此，其写作与表情艺术，不禁让人想起唐代诗人杜牧之诗《山行》中所描绘的情形，其诗为：

> 远上寒山石径斜，
> 白云深处有人家；
> 停车坐爱枫林晚，
> 霜叶红于二月花。

两相对照，试从以下几个方面做一比读研究。

从诗文内容上看，两首诗作均是写诗人骑马或赶着马车旅行，在黄昏时分驻马观赏树林的情景。从意象的择用服务于诗作内容来看，两者都选用了一系列相似的意象——人家/house, 枫林/woods, 停车/stop,（看）/watch, 晚/the darkest evening,（马）/horse,（我或诗人）/I。

从诗文情志的抒发来看，两者都在诗文的结穴处归结了诗人对人生的思考：英诗表现的是个人感官享受与社会义务或责任难以两全时，舍弃贪图享受而做出径直履行社会义务、承担社会责任的理性抉择；汉诗揭示的是饱经风霜的枫林所具有的成熟之美远胜于阳春三月初绽花朵娇嫩之美的人生经验感悟。

从诗文的结构来看,两者都显在地昭示出起承转合的运思结构。英诗首节为"起",交代了人物(I)、时间(winter,由 snow 暗示出)、地点(by woods)、事件(stop to watch);第二节为"承",通过随行小马对"我"驻马林边的"心理活动",与首节承续得自然而然;第三节为"转",诗人想停留观赏雪林,小马却催促离开此地;第四节为"合",综合全诗,林地雪景迷人,但还有事务在身,还得继续前行。汉诗首句"起"交代了隐在的人物"我或诗人",时间是秋天("寒山"往往与"秋"连用。比如,寒山转苍翠,秋水日潺缓。(王维);倚杖寒山暮,鸣梭秋叶时。(李颀);秋色无远近,出门尽寒山。(李白);雁稀秋色尽,落日对寒山。(司空曙)),地点是山间;第二句"承"进而抒写了山间之所见;第三句"转"集中写"枫林"之美;第四句"合"为诗人人生经验的归结或感悟。

从诗画合一的视角来看,两首诗作均诗中有画,意境优美。英诗中景物的呈现有如工笔画,凡是一切——诗人、雪林、人家、小马及其铃铛、冻湖、暗夜、轻风、雪花等——均描写细腻,历历如在目前,诗境逼真。汉诗中景物的呈现有似写意画,诗中所有——寒山、石径、白云、人家、枫林等——均为简笔勾勒,但逼真的诗境中有着类似"雪中芭蕉"的一笔,即"二月花"。"二月花"的出现多出一份诗人为表情达意之需跨越时空的艺术剪裁特色。

从审美观照方式来看,中英诗作创作特色独到而鲜明。英诗呈现的观照方式是近观、平视,焦点透视色彩突出。诗中所述一切是在时间与空间的物理变化中呈直线式推演。具体而言,在时间过程中,诗人驻马停留,随后小马摇铃要走;诗人驻马时是在黄昏,小马摇铃时已入暗夜;诗人驻马时树林挂满白雪,小马摇铃时风雪飞舞。在空间变化中,诗作围绕着诗人驻马处或树林处逐渐依次铺开——树林、村庄、农舍、小马、冻湖。汉诗呈现的观照方式是仰观俯察,远近往还,散点游目特色明显。首句为远视;第二句为仰观;第三句先近视后远视;末句跨越时空,亦可看做远视。

从文学传统来看,英诗是诗人骑马在雪地走,驻马近看雪林,随后有所感悟,似可用"冬思"来归结。"雪中冬思"几成弗罗斯特个人的"独特写作方式",其在"Dust of Snow"、"Birches"、"Desert Places"、"A Patch of Old

Snow"诗作中均呈示了雪中沉思的一幕。汉诗是诗人驭马驱车在山中行走，停车远观霜后枫林，随后有所感悟，可用"秋思"来归结。"秋思"是汉文学中的惯例。

结合前文英诗鉴赏中呈现出诗情低迴、宁静沉思的特点，试将该诗翻译如下，并对其译文略作说明：

雪夜林边驻足

罗伯特·弗罗斯特

这是谁家的树林我想我熟悉，
他家的房子就在那边村子里；
他不会看见我在此驻足停下，
观赏着他家白雪覆盖的林地。

我的小马一定感到格外惊讶：
停在这里，周围没有一户人家，
停在莽莽的林边，冰封的湖旁，
还在一年中最暗的黄昏骑着他。

小马儿摇了摇颈项上的铃铛，
问一问我有没有停错了地方。
唯一的声响是一阵微风轻吹，
雪花如白絮在空中上下飞扬。

雪压的树林真美，幽暗而深邃，
但我有许多诺言需要去承兑。
还要赶很多里路程才能安睡，
还要赶很多里路程才能安睡。

（张保红译）

诗者，情也。"情"的呈现"千姿百态"，有时似滚滚洪涛，有时如涓涓细流，有时似紧锣密鼓，有时如九曲回肠，……翻译诗作把握诗情的呈现方式颇为重要。诗情的呈现方式不同，诗作的意味也就不同。上文弗罗斯特的诗作，其诗情的流动节奏是徐缓的，其表现出的意味是情绪低迴中的感怀，是宁静中的沉思。这从诗文的形式与内容上均可得到印证：形式上，诗文

首行八个单词中有六个单词含有长元音,诗文最后一行七个单词中也有六个单词含有长元音,由此定下诗文前呼后应、节奏徐缓的基调。而从诗作整体来看,诗文中含有长元音与双元音的单词数量占据绝对主导,因而诗文行文的节奏徐缓悠扬并贯穿全篇;内容上,诗作描绘的是雪夜林边,荒无人烟,万籁无声的幽静之境,揭示的是诗人面对雪林美景,进行着人生思考的问题。译诗把握原诗这些特点,在再现原诗荒寒幽静的特点之时,以汉译各句五顿来传译原诗各句四音步,以求再现原诗沉思中徐缓的节奏。比如,这是|谁家的|树林|我想|我熟悉,|。

　　在诗作意象或词句的择用上,参照杜牧的《山行》,译文中遣用了"观赏"、"人家"等词语。将"downy flake"处理为"雪花如白絮在空中上下飞扬",意在引起"雪压冬云白絮飞","白雪纷纷何所似? 未若柳絮因风起"的诗意感知与想象。将"(The woods are lovely,) dark and deep"译为"(雪压的树林真美,)幽暗而深邃"意在汉文化读者心目中进一步突显原诗作上节所表现出的宁静意味以及雪林之于诗人的"别样意义"。唐代诗人王维在《竹里馆》中写道:

独坐幽篁里,
弹琴复长啸。
深林人不知,
明月来相照。

　　幽暗而深邃的竹林,宁静、平和而闲适的心境,……比照参读,可谓意味别出。在第二节的第三、四两行增译了"停在雪压的(林边,冰冻的湖旁,)/(还在一年中最暗的黄昏)骑着他"在平衡译诗的节奏之时,意在突出"小马"的迷惑不解与不满,从而强化诗文中可呈现出的戏剧性效果。

　　在韵式的传译上,译文再现了原诗尾韵的押韵模式。如悉——里——下——地　讶——家——旁——他　铛——方——吹——扬　邃——兑——睡——睡。

　　据说有草圣之称的唐代书法家张旭,当年在观看了公孙大娘的剑舞后,意与神会,狂草之技大进,成就了"挥毫落墨如云烟"的绝世书法。中西文学中,同样因观看某种情、景、物、事而得以幡然顿悟,精神境界与认识境界得以提升的现象也时有发生。例如:

1) On First Looking into Chapman's Homer

John Keats

Much have I travell'd in the realms of gold,

    And many goodly states and kingdoms seen;

    Round many western islands have I been

Which bards in fealty to Apollo hold.

Oft of one wide expanse had I been told

    That deep-brow'd Homer ruled as his demesne;

    Yet did I never breathe its pure serene

Till I heard Chapman speak out loud and bold:

Then felt I like some watcher of the skies

    When a new planet swims into his ken;

Or like stout Cortez when with eagle eyes

    He stared at the Pacific — and all his men

Looked at each other with a wild surmise —

    Silent, upon a peak in Darien.

查普曼（George Chapman），英国伊丽莎白王朝时代诗人、剧作家、翻译家。其翻译的《荷马全集》雄伟壮丽，气势恢宏，成为传世名译。诗人济慈初读他所译荷马史诗，便为之深深吸引，爱不释手，通宵研读之后，写下了上文这篇经典的"读后感"。

诗人将阅读活动描述为去遥远的金色国度（the realms of gold）旅行，沿途所见的雄伟城邦（goodly states）、王国（kingdoms）、众多的岛屿（western islands），宛如观览一座座文学丰碑。游历途中常听人说起有片广袤的空间——荷马的文学领地（one wide expanse），但直到读了查普曼虬坎镗鞳的荷马译作，"我"才有幸呼吸到了那里的清醇空气。

初读查普曼荷马译作的感觉，就像仰观长空，初见一颗新星跃入眼帘，让人憧憬、兴奋、惊奇，又似俯察大地，首次面对雄浑无垠的太平洋，让人敬畏、震撼而惊愕。诗文最后这两种比喻既是兴奋与惊异之情的表达，也是对诗人视野开阔后精神境界提升的描绘。

该诗是意大利体十四行诗，前八行说阅读/旅行活动的过程及见闻，后六行说这一活动的感受与效果。前后两节彼此各有侧重，却又浑然一体。

据考证,发现太平洋的是西班牙探险家 Vaso Nunez de Balboa,而不是发现墨西哥的西班牙探险家 Hermando Cortez,此乃诗人记忆之误,但并不影响原作诗意的传达。

2) Richard Cory

Edwin Arlington Robinson

Whenever Richard Cory went down town,
We people on the pavement looked at him:
He was a gentleman from sole to crown,
Clean favored, and imperially slim.

And he was always quietly arrayed,
And he was always human when he talked;
But still he fluttered pulses when he said,
"Good-morning," and he glittered when he walked.

And he was rich — yes, richer than a king —
And admirably schooled in every grace:
In fine, we thought that he was everything
To make us wish that we were in his place.

So on we worked, and waited for the light,
And went without the meat, and cursed the bread;
And Richard Cory, one calm summer night,
Went home and put a bullet through his head.

Richard Cory 在诗人或叙事者(narrator)看来,五官俊秀(clean favored),风度翩翩,绅士派头十足(a gentleman from sole to crown),有王者的高贵气质(imperially slim);衣着静雅(quietly arrayed),谈吐亲和(always human),感染力强,所到之处流光溢彩,蓬荜生辉(glittered);富甲天下,养尊处优,修养、人品俱佳,几成天下楷模,令人生出太多太多的羡慕与遐思。

相比之下,"我们"除了干活还是干活(So on we worked),为的是早一天能过上食能甘味、睡可安席的日子,过上像 Richard Cory 那样的好日子。然而,Richard Cory 却在一个宁静的夏夜回到家中,将子弹射进了自己的脑子里。诗笔至此，戛然而止，寓波澜于平静，留给读者无限的遐想空间——他是绝望于现实世界的物欲横流，还是为其所吞噬？他是代表着旧的传统价值观念的丧失，还是昭示着时代变迁对其无情的涤荡？他是象征着现代社会人与人之间的隔膜或冷漠对身心造成的毁灭，还是表征着在富足物质生活的浸淫中，精神生活的极度空虚而导致的彻底崩溃？如此等等，不一而足。

作者选取 Richard Cory 为诗作主人公，别有意味！这一人名中含蕴着"rich child"、"cozy"的"影子"。为营构 Richard Cory 温文尔雅、俊朗高贵的形象，作者措辞可谓精挑细选（比如 crown、favored、imperially、arrayed、glittered、rich、king 等），费尽心机。在选词用字上，将写 Richard Cory 的头三个诗节与最后一个诗节比照，其间的语域（register）与风格不同显而易见。

综而观之，弗罗斯特雪夜观树林得人生启示，杜牧秋日观枫林得人生感悟，济慈夜读荷马史诗译文得精神境界提升，罗宾逊（Edwin Arlington Robinson，1869—1953）观 Richard Cory 生活，反思社会人生。相同的观察方式，不同的观察对象，类同的诗学旨趣。

杜牧之诗简隽疏朗，弗罗斯特之诗平易质朴，济慈之诗辞丽文巧，罗宾逊之诗则文质兼顾，彼此间风格有别，但都各擅其胜，自成一体。

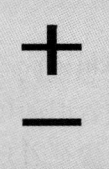

一蛇两用,情理互现

——艾米莉·狄金森《草丛中有个细长家伙》与冯至《蛇》比读与翻译研究

艾米莉·狄金森(Emily Dickinson,1830—1886),19 世纪美国著名女诗人,其诗构思精巧,意象繁富,形式独特。无论写什么,她都能别出心裁,写他人所未写,道他人所未道。美国现代派诗歌代表人物庞德、威廉斯等都受到她的影响。她也因之被称为意象派和美国现代派的先驱。

狄金森出身名门,终身未嫁,足不出户,在家乡的小镇过着隐士般的生活,但这并未影响她诗歌创作的丰富性与多样性。其诗歌创作主题涵盖范围广泛,涉及自然、爱情、死亡和灵魂不灭等方面。诗人在世时虽然只有 7 首诗作发表,少为人知,但死后经人整理出版的诗作多达 1,775 首。她的诗大部分短小隽永,寓意深邃,富有哲理。诗人尤其擅长从日常生活的琐屑之事中捕捉那深藏着的意境,下文具有谜语一样旨趣的诗作即为一例。

A Narrow Fellow in the Grass (986)

Emily Dickinson

A narrow Fellow in the Grass
Occasionally rides —
You may have met Him — did you not?
His notice sudden is —

The Grass divides as with a Comb —
A spotted shaft is seen —
And then it closes at your feet
And opens further on —

He likes a Boggy Acre

A Floor too cool for Corn —
Yet when a Boy, and Barefoot —
I more than once, at Noon

Have passed, I thought, a Whip lash
Unbraiding in the Sun
When, stooping to secure it
It wrinkled, and was gone —

Several of Nature's People
I know, and they know me —
I feel for them a transport
Of cordiality —

But never met this Fellow
Attended or alone
Without a tighter breathing
And Zero at the Bone. ①

　　该诗写的是"草丛中有个细长家伙"（A narrow Fellow in the Grass），其行动时而快捷（rides），不期而至（sudden），时而徐缓，悠然怡然（divides，closes，opens）；其身体时而僵直如梳子（comb）、如箭杆（shaft）、如鞭梢（Whip lash），时而盘曲舒展（Unbraiding），动如脱兔（wrinkled，gone）；其习性时而喜欢栖身阴冷的沼泽（Boggy，cool），时而喜欢曝晒温暖的阳光；其给"我"（I）的感觉，时而亲切（Nature's People），令人好奇、激动、兴奋（transport，cordiality），时而惊异、恐惧（a tighter breathing），令人毛骨悚然，直冒寒气（Zero at the Bone）。合而观之,诗作中的描绘虽然充满了种种矛

---

① 注释：1. A narrow Fellow in the Grass/Occasionally rides — 这两句诗的正常语序为：A narrow Fellow occasionally rides in the Grass. 原诗句经跨行，一是创造了悬念，二是便于形成节奏。2. His notice sudden is — 这句诗的正常语序为：His notice is sudden。原诗句体现出整齐的抑扬格。3. A spotted shaft：有斑点的箭杆。4. a Boggy Acre：沼泽地。5. a Whip lash：鞭梢。6. Several of Nature's People：指自然界的动物,以人相称显得亲切。7. a transport/Of cordiality —：强烈的亲切感。将此短语一分为二,一是为了协调前文诗行所建立的节奏,二是予以强调。8. a tighter breathing：呼吸越来越急促。9. Zero at the Bone：浑身冷透。

盾,但这些矛盾因素都共同统一于诗人所描写的同一对象,从多角度、多侧面共同暗示着诗人所写的具体对象。不言而喻,这一对象便是"蛇"。通读全文,不曾见到作者用到一个"蛇"字,但"蛇"的形象在字里行间却栩栩如生,真可谓"不著一字,尽得风流"(唐司空图语)。

配合并渲染着诗作语义与情感表达的是该诗显在的语相特征(graphological features)。诗作中的跨行与破折号既将"蛇"的行动表现得栩栩如生,又将"我/I"的情感表现得细腻微妙。比如,诗作首节中跨行与破折号的使用给人峰回路转、时隐时现的感受,象形地表现着"蛇"行走时的模样与情形,也由此定下了全诗的基调。而最后一个诗节中,诗句的不断跨行将则"我/I"的情感发展变化过程演绎得细腻逼真,让人感同身受。此外,诗作中一再出现的含大写字母的语词意象一方面凸显着自身的形象或语义;另一方面表征着诗人的认知与情感。比如,"Fellow"、"Grass"、"Comb"可分别暗示着"这家伙很特别、不一般","草丛茂盛"与"一把大大的梳子",等等。

在西方文化中,蛇因引诱夏娃(Eve)偷吃知识树上所结的禁果(the fruit of the Tree of Knowledge),被上帝逐出伊甸园,而成为罪恶、邪恶的象征。在现实生活中,蛇也往往给人以恐惧、阴险的感觉,较为常见的说法有"a snake in one's bosom"(恩将仇报的人)、"a snake in the grass"(暗藏的敌人)、"cherish/warm a snake"(姑息养奸)等等。然而在狄金森的笔下,诗人宕开一笔,将蛇的形象描绘得生机勃勃、意趣横生,别有一番情味。诗人对自然界中的蛇观察细腻,描绘逼真,蛇的一举一动,无不牵动着诗人情感的每一根神经:蛇的不期而至令其颇感突然,蛇的悠然行进令其萌生惬意,蛇的僵直中蕴藏的活力令其好奇,蛇是自然的居民令其亲近,但每一次与蛇的相遇总又伴随着无比的惊惧。在这一意义上,诗人突破了传统文化中"蛇"的义蕴,拓展了其内涵,取得了"陌生化"(defamiliarize)的艺术表现效果。在汉文化中,我们也能见到大胆突破文化传统的相似艺术创构。且看我国现代诗人冯至的名篇《蛇》。

蛇

冯至

我的寂寞是一条长蛇,

静静地没有言语。
你万一梦到它时，
千万呵，不要悚惧。

它是我忠诚的侣伴，
心里害着热烈的相思；
它想那茂密的草原——
你头上的、浓郁的乌丝。

它月影一般轻轻地
从你那儿轻轻走过；
它把你的梦境衔了来，
像一只绯红的花朵。

  诗人写的是蛇，意指的却是寂寞、相思、爱情；写的是蛇的一举一动，演绎的却是"我"相思恋情的曲折变化与发展。全诗读来，没有一个"爱"的字眼，但作者却将"我"对姑娘的深深爱恋之情表现得入木三分。在此意义上，该诗与狄金森之诗有异曲同工之妙。不仅如此，冯至之诗也写到了"蛇"既令人恐惧，又令人可亲的一面；既喜欢栖身草丛，又常悄然往来的一面。

  所不同的是，在意象蕴涵上，狄金森笔下"蛇"的一举一动历历在目，突出的是其自然属性；而在冯诗中"蛇"的一举一动则饱含社会人情，体现了自然属性与社会属性的有机融合。在认知方式上，前者独立于诗人的意识之外，是诗人认知的客观对象，呈现出主客分离的特点；而后者则与诗人的意识合二而一，是诗人心声的代言，呈现出主客合一的特点。在情感表现上，狄金森笔下的"蛇"只是引发诗人情感的触媒，进一步说，是不同情境下"蛇"的出现引发着诗人不同的本能反应与情感变化，诗情跌宕起伏，有似波涛汹涌；而冯诗中的"蛇"既是诗人情感的载体，也是诗人情感发展、变化的代言人与执行者，诗情平稳，如涓涓细流，缓缓流淌。在创作方式上，前者偏于再现"生活真实"，凡是一切均为生活中习见之事，也是生活中最为典型之情景或场景；而后者则偏于表现"艺术真实"，凡是一切均在想象中发生，均在浪漫的梦境与诗意的花前月下发生。在表现风格上，前者有似工笔画，细腻微妙，以形写神，可谓"真境逼而神境生"（清笪重光语）；后者则似写意画，简练疏朗，神形兼似，可谓"外师造化，中得心源"（唐张璪语）。

追根溯源,如果说狄金森之诗远绍的是西方的"摹仿说",即强调真实地再现客观外物,那么冯至之诗取法的则是东方的"物感说",即要求真实地表现内心情志。进一步说,两首诗作同中殊异的美学风格正是中西传统美学理论与文学艺术的根本区别所造成的。

　　参照前文鉴赏中"我"与"这家伙"相见时跌宕起伏的情绪变化,试将该诗翻译如下,并对其译文略作说明:

草丛中有个细长家伙

艾米莉·狄金森

　　　　草丛中有个细长家伙
　　　　偶尔快速穿行——
　　　　你可能见过——也可能没注意?
　　　　他的出现突然无比——

　　　　青草中分,像梳子梳过——
　　　　只见是斑驳的箭杆——
　　　　草叶在你脚下慢慢合拢
　　　　向前又缓缓翻开——

　　　　他喜欢泥泞的沼泽
　　　　阴冷的,难长庄稼的野地——
　　　　我儿时常常光着双脚——
　　　　不止一次,在正午

　　　　打那经过,我以为,是根
　　　　鞭子,露晒在太阳里
　　　　弯下腰想伸手拾起
　　　　它一团身,嗖地消失——

　　　　有不少大自然的居民
　　　　我们彼此熟悉——
　　　　每次相见,我的内心
　　　　总涌起亲近的涟漪——

　　　　但唯独遇上这个家伙
　　　　无论有无人作伴

呼吸总会越来越急促

浑身还直冒寒气。

(张保红译)

原诗无一字提到"蛇"，但细腻逼真的描绘，让读者处处想到诗人写的就是"蛇"。"蛇"的出现又与"我"的情感变化密切相关。"蛇"的行动时而迅疾，时而徐缓。为了再现"蛇"在不同情景下的不同行动特点，在词语的翻译上进行了增译。例如将原诗首节中的"ride"译为"快速穿行"，第四节中的"gone"译为"嗖地消失"，前者旨在与该节末行的"突然无比"前后呼应；后者力求表现"蛇"之行动迅捷，出人意表，增强戏剧性。将原诗第二节中的"closes"、"opens"分别译为"慢慢合拢"、"缓缓翻开"，是基于两个词语中含有发音徐缓、悠长的双元音之启示，其目的旨在营构出徐缓、惬意的情调。出于同样的考虑，将第二节中的"divide"译为可以暗示出整齐、清爽意味的"中分"。

"我"的情绪在诗文中随着情景的变化也是张弛有序。为了再现"我"的这一特点，翻译中进行了"化静为动"的处理。例如将原诗最后两节中的"静态"诗句"I feel for them a transport/Of cordiality —"，"Without a tighter breathing/And Zero at the Bone"，分别译为"动态"诗句："我的内心/总涌起亲近的涟漪——"，"呼吸总会越来越急促/浑身还直冒寒气"。不仅如此，前者在语义与形象的选择上表现出松弛、徐缓之情；后者在语义与情景的选择上则传递出紧张、急切之感。

从叙事口吻来看，原诗前五个诗节偏于客观陈述，整体上语气平和，娓娓道来，但至最后一个诗节，语气急转直下，颇显出"愠怒难平、剑拔弩张"的态势。把握这一口吻基调，译文在前五个诗节中选词造句尽可能趋向客观陈述，不动声色，而在最后一个诗节中则使选词造句表现的情感更趋激昂、激越。

从内在节奏来看，原诗六个诗节，依其情景物事的不同描绘，其内在节奏可依序标示为：①快捷——②徐缓——③由缓趋快——④快捷——⑤徐缓——⑥由缓趋快。为了再现这一内在节奏，译文一方面保留了原文中可以表现诗情的标点符号以及煞尾句与待续句的具体形式；另一方面通过选词造句之语义或行动的快慢急徐来进行具体表征。例如，"快速穿行"、"突然无比"、"慢慢合拢"、"缓缓翻开"、"身子一团"、"嗖地消失"等。

从外在节奏来看,原诗是半格律半自由体诗,全诗二十四行,单数行为四音步,双数行为三音步,彼此交错,共同构成诗作织体(texture),其主导步格为抑扬格,未押尾韵,也无韵式(rhyme scheme)。例如,原诗中第二个诗节 The Grass divides as with a Comb —/A spotted shaft is seen —/And then it closes at your feet/And opens further on —— 可依序标示为:˘ˊ｜˘ˊ｜˘ˊ｜˘ˊ｜｜˘ˊ｜˘ˊ｜˘ˊ｜｜˘ˊ｜˘ˊ｜˘ˊ｜˘ˊ｜｜˘ˊ｜˘ˊ｜˘ˊ｜｜。依此特点,译诗分别以单数行四顿,双数行三顿进行传译,未押尾韵,亦无韵式。例如原诗第二个诗节的相应译文可标示为:青草｜中分,｜像梳子｜梳过——｜｜只见是｜斑驳的｜箭杆——｜｜草叶｜在你脚下｜慢慢｜合拢｜｜向前｜又缓缓｜翻开——｜｜。

"蛇"之意象相同,但其蕴含因不同的文化语境而各不相同。然而,即便在同一文化语境中,又因创作主体的认知视角差异而显得彼此有别。在这一意义上,文学创作中一"蛇"多用的现象便顺理成章了。又如:

1) Snake

Theodore Roethke

I saw a young snake glide
Out of the mottled shade
And hang, limp on a stone:
A thin mouth, and a tongue
Stayed, in the still air.

It turned; it drew away;
Its shadow bent in half;
It quickened and was gone.

I felt my slow blood warm.
I longed to be that thing,
The pure, sensuous form.

And I may be, some time.

褪去自身斑驳的表皮或摆脱自然的遮蔽(the mottled shade),"我"看到蛇的行进悠然自得（glide），攀附在石头之上的身躯柔韧无比（limp），还有薄薄的嘴与长长的舌在空中舒展自如而惬意。接着蛇转了转身，悄然离去（drew away），摆脱"陈皮"的羁绊，顿觉身轻如飞（quickened），倏忽消失在我的视线外（was gone）。眼见如此情形，"我"惊愕不已，浑身的血液几近凝固（my slow blood），待慢慢回过神来（warm），"我"仿佛得到神启：我愿化作那自然之物——纯粹与美的化身（The pure, sensuous form），去除身上名缰利锁的束缚，赢回一个新生的本我。但"我"能否摇身一变，达成此愿，只好有待来日（And I may be, some time）。"跨节"的结尾，醒目而突出，既有着卒章显志之功效，又给读者留下了广阔的想象空间。

全诗语言简明凝练，表述要言不烦，意蕴深厚，耐人寻味。诗分四节，通过跨节的手法，艺术地演绎了情景的逐层展开与"我"的认知逐渐发展、提高以及升华的过程。

2) To the Snake

Denise Levertov

Green Snake, when I hung you round my neck
and stroked your cold, pulsing throat
　　as you hissed to me, glinting
arrowy gold scales, and I felt
　　the weight of you on my shoulders,
and the whispering silver of your dryness
　　sounded close at my ears —

Green Snake — I swore to my companions that certainly
　　you were harmless! But truly
I had no certainty, and no hope, only desiring
　　to hold you, for that joy,
　　　　　　　　　　which left
a long wake of pleasure, as the leaves moved
and you faded into the pattern
of grass and shadows, and I returned
smiling and haunted, to a dark morning.

全诗写的是"蛇"，但已远不是自然界中活生生的"蛇"，因为其颜色时而草绿(green),时而金黄(gold),时而银灰(silver);其行为举止是微微搏动(pulsing)、轻轻嘶鸣(hissed)、喃喃絮语(whispering);其之于人无害(harmless),能带来欢乐(joy, pleasure),让人笑口常开(smiling)、魂牵梦萦(haunted),总想得到(only desiring to hold you),但又毫无把握(no certainty, and no hope);其属性特征是冰冷中闪烁着光芒(cold, arrowy),为数不多时还发出声响(dryness, whispering),像枯荣有时的青草(grass),也像阳光下时隐时现的影子(shadows),挥之即去,散尽还来。合而观之,诗人明写的是"蛇",暗喻的是"钱",明写的是"我"与"蛇"之间的关系,暗表的是"我"赌钱的戏剧性人生经历。进一步说,诗人以"蛇"的种种形态来写"我"对金钱——纸质的美元与银质的美币——的种种认知与感触,以赌场中的蛇形轮盘赌来演绎"我"之金钱失而复得、得而复失所带来的悲欢人生。

全诗读来,言在此而意在彼,诗情跌宕起伏,意趣横生,引人遐思。

以上四首诗作均以"蛇"为题,但彼此有别,各显千秋。狄金森之诗客观写实,选取生活中最具典型的情景片断,将"蛇"的一举一动描绘得细腻逼真,贴切传神,而且全文只字不提"蛇",使诗作生发出猜谜一样的趣味,凸显了诗歌的认识作用。冯至之诗主观写意,借蛇的自然属性表达自我主观爱恋之情,合二为一,互为表里,张力十足,新颖浪漫,自然天成,强调了诗歌的言志抒情作用。罗瑞克(Theodore Roethke, 1908—1963)之诗从观察蛇的举止意态中幡然醒悟,体现出人生哲思的一面。勒夫托夫(Denise Levertov, 1923—1997)之诗写"我/I"与"蛇"的亲密接触,象征地将人们心灵深处对金钱的认知与赌钱的感触刻画得入木三分,耐人寻味。

"蛇"在中西文化中整体上几成"罪恶、邪恶"的代名词,然而中西诗人均能摆脱传统的羁绊,出人意表,将其描绘得新颖生动,意趣纷呈。这不仅拓展了"蛇"意象的文学功用与文化内涵,也定格了一幅幅色彩斑斓的"蛇"文化画卷。

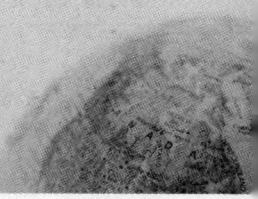

少妇窗前意，中西未了情

——威廉·卡洛斯·威廉斯《窗前的少妇》与李白 《怨情》比读与翻译研究

　　威廉·卡洛斯·威廉斯(William Carlos Williams, 1883—1963)是美国20世纪最重要的诗人之一。大学毕业后一直在家乡行医，业余从事写作。早期参加过意象派诗歌运动，写了不少脍炙人口的诗篇。其中最为著名的短诗《红色手推车》("The Red Wheelbarrow")，体现了其诗歌创作理论，开创了一代诗风，也为其赢得了"红色手推车诗人"的美誉。威廉斯创作中强调美国本土特色，始终以美国乡土生活为其诗歌灵感的源泉。他选材独到，观察细致，描写具体，"反对艾略特所崇尚的引经据典式的、学院式的、以玄妙为本的诗歌创作方法，他主张诗歌应该写实，应该贴近现实生活，应该反映涌动于美国本土的灵魂和音乐，应该直接表现客观实在的精神实质。"①"他认为，一首诗同一幅立体派油画或一部交响曲一样，呈现的对象是一个客体；创作的方法不应是以理论为先导，使具体事物成为特定思想的象征，而应着力于生动准确地描绘事物，在状景写物之中使义理或思想得以自然呈现，即所谓'凡理皆寓于物'(There are no ideas but in things)"②所选诗篇《窗前的少妇》("Young Woman at a Window")充分体现了其鲜明的诗歌创作主张。

---

①　刘守兰. 英美名诗解读. 上海:上海外语教育出版社,2003:49.
②　武新玉. 从主体性意象叠加到客体性意象并置——论威廉斯对美国意象派诗歌的发展. 外国文学研究,2010(1):76.

Young Woman at a Window

William Carlos Williams

She sits with

tears on

her cheek

her cheek on

her hand

the child

in her lap

his nose

pressed

to the glass

该诗的大意并不难懂,说的是一位坐在窗前的少妇脸上挂着泪珠,手托着脸颊,膝盖上有个孩子,孩子的鼻子贴在窗玻璃上。如果我们读诗时只是诉诸于这样的语义逻辑运算,这首诗的诗意何在也就不得而知了。然而结合诗作的外在形式,借助想象的逻辑与情感的逻辑,其间的诗意蕴涵便会变得浓郁起来。

该诗尤为醒目的外在特点是语法切断与空间切断。从语法角度来看,原作只是一句话(即:She sits with tears on her cheek, her cheek on her hand, the child in her lap, his nose pressed to the glass.),表达的不过是生活中十分平常而普通的事情。经过语法切断后,原作演变为一首情趣盎然的小诗,这首先体现在原作有了鲜明的节奏,以各诗行音节数为例,诗作各行与各节可依序标示为 32 23 22 32 23,以音步来标示则为 21 12 11 21 12,诗作以第三节为中轴,前后彼此对称形成"段式"节奏。不言而喻,语法切断建构并增强了诗作的韵律感。其次,语法切断形成的跨行造成语义表达上的"藕断丝连",悬念丛生,给人以阅读的期待与感兴。最后,语法切断形成的各个诗行与诗节均取得了"前景化"(foregrounding)的表达效果,各行中词语的语义或意象均得到了聚焦或彰显,凸显了其表意的力度感,也增强了读者感知与体验词语语义或意象表情的时空过程。

从空间切断角度来看，原作被切分为五个诗节，进一步说，被切分为五个跨节的诗节。每一诗节中的跨行以及诗节与诗节之间的空间切断（即跨节）大大舒缓了行文的节奏，也延展了诗意的曲折流转过程，结合诗作表现的情景来看，整首诗仿佛是摄影机慢镜头摄下的生活一景。此外，空间切断还使原诗有如一曲五幕剧，演绎着浓郁的戏剧性情景变化。

除开以上语法切断与空间切断带来的诸多诗美效果，原作在内容方面的选择与剪裁也颇具匠心。首先，作者将"少妇"（Young Woman）与"孩子"（the child）定格在窗框之中，窗框遂成为画像的边框，"诗中有画，画中有诗"的意境油然而生。其次，选取"最具包孕性的顷刻"（the pregnant moment）来表现"少妇"的生活情态。从"少妇"脸上挂着的泪珠，读者便可推想到她或曾悲苦至极、呜咽不止，或曾捶胸顿足、放声大哭，或曾以泪洗面多时，以至精疲力竭，如此等等，不一而足。从"膝上孩子"仪态举止天真无邪，"不谙世事"的反衬中，读者似又可想见"少妇"的孤苦伶仃，内心的酸楚，今后日子的艰辛。最后，诗作只是给读者简笔勾勒了一幅人物形象鲜明的图画，其具体所指为何？不得而知，可谓尽在事物之中了（no ideas but in things）。这也给读者留下了广阔的想象空间：是期待着远行丈夫的归来，还是诉说着生活的艰辛？是遭遇了丧夫之痛，还是被丈夫抛弃，还是对人生的深沉思考？等等。

跳出原作的构成及其文本框框，从西方文学文化背景的角度来看，原作以"窗前少妇"为题，不禁令人想起"骑士文学"中的情景：幽禁于大海城堡中的公主，站在窗前，遥望大海，等待勇敢的骑士前来搭救，解除魔法。① 比照参读，原作又可谓多出一分浪漫的、传奇的西方式的历史文化色彩。此外，若将法国雕塑家奥古斯特·罗丹（Auguste Rodin, 1840 – 1917）的雕塑杰作《思想者》中的思考动作造型与《窗前的少妇》中"少妇"手托脸颊的动作造型相比附，则又会多出一分人生哲思的蕴涵。至此我们可以看到，原作中所蕴含的多维艺术因子使其意蕴变得愈来愈深邃与深刻。

无独有偶，有着类似诗学旨趣的例子在中国诗歌中也不乏其例。兹引唐代诗人李白《怨情》诗为例做一比读研究，原诗全文如下：

---

① 胡家峦. 英美诗歌名篇详注. 北京：中国人民大学出版社，2008：245.

美人卷珠帘，

深坐颦蛾眉。

但见泪痕湿，

不知心恨谁。

两相比照，不难看出中英诗作有着惊人相似的一面：从场景的选择来看，两首诗作均设定在室内的窗前，这样既便于表现与外界阻隔难通的情态，又利于形成"诗中有画"的意境；从人物角色及其举止仪态来看，两首诗作描绘的均为年轻女性，也均在窗前有过哭泣，也均显得孤独、痛苦、满怀期待；从审美旨趣来看，两首诗作均表现了年轻女子深深的愁苦、幽幽的怨情，但英诗做到了"不着一字，尽得风流"（唐司空图语）。

中英诗作不同的是，为了渲染与烘托年轻女子的孤独、愁苦、幽怨之情，汉诗用的意象是"卷珠帘"、"深坐"、"颦蛾眉"；英诗用的是"以手托腮"、"孩子的举止"。前者是汉诗表现愁怨的文学常式。以类似情景下的"（卷）珠帘"为例则有：夕殿下珠帘，流萤飞复息（谢朓《玉阶怨》）；开帘新见月，即便下阶拜（李端《拜新月》）；却下水精帘，玲珑望秋月（李白《玉阶怨》）；月殿影开闻夜漏，水精帘卷近秋河（顾况《宫词》）。以"深坐"表示孤独、久久期待之意的诗例有：想得家中夜深坐，还应说著远行人（杜甫《邯郸冬至夜思家》）；今日天涯夜深坐，断肠偏忆阿银犁（韦庄《忆小女银娘》）；独自更深坐，无人知此情（贯休《早秋夜坐》）。以"颦蛾眉"表达愁苦之意的诗例有：石榴裙裾蛱蝶飞，见人不语颦蛾眉（常建《古兴》）。后者则是对汉文化主题"闺怨"的借鉴与拓展。威廉斯翻译过中国古典诗词，也以中国为题材进行过诗歌创作，[1]从文学文化主题的视角来看，威氏之作所表现出的"异国情调"不可谓不显在，但其功能与用途显然又不可与汉诗同日而语。在文学文化蕴涵上，英诗折射出浪漫的、传奇的、沉思的西方文化色彩；汉诗因传统文化中"夫妇关系"与"君臣关系"常为同构关系，则映现出其特有的社会文化内涵。具体来说，诗作辞面写的是妻子对丈夫苦苦思恋与等其归来的情愫，而辞里表现的则是"臣子"的人品与才干期待"君王"赏

---

① 张跃军. 异国情调与本土意识形态——威廉·卡洛斯·威廉斯与中国的对话. 外国文学评论，2001（4）：32—39.

识与器重的情怀。

参照前文鉴赏中英诗语法切断与空间切断的特点及其诗性效果，将该诗试译如下，并对其译文略作说明：

窗前的少妇

威廉·卡洛斯·威廉斯

她坐着
泪珠挂

在脸上
脸托在

手心里
小孩子

在膝上
他鼻子

紧贴着
窗玻璃

（张保红译）

译诗紧承原诗之形进行传译，复制了原诗的空间切断，也保留了原诗各行的语法切断以及诗意曲折流转的速度与路径。比如，"泪珠挂//在脸上/脸托在//手心里"。合而观之，译文也从整体上再现了原诗自上而下有如摄影慢镜头所体现出的诗意情趣。此外，将诗题"Young Woman at a Window"译为"窗前的少妇"，也再现了原诗的"画境"。译诗未能完全复制出原诗的节奏特点，创译为具有咏叹意味的每行"三字顿"。

分行，又叫跨行，是诗区别于文的显著外部特征。诗歌的分行并非随意而为，而是颇富理据性的。分行具有凸显意象、创造节奏、表达情感、彰显形象、营构张力、构筑"图像"、创造诗体等多种功能。① 把握了诗歌作品分行的功能与价值，便可从多角度、多侧面进窥诗歌表情艺术的奥妙。例如：

---

① 张保红. 论英诗中分行的功能及其在诗歌翻译中的应用. 天津外国语学院学报，2005(3)：6—12.

1) Medicine

Alice Walker

Grandma sleeps with
my sick
  grand-
pa so she
can get him
during the night
medicine
to stop
 the pain

 In
the morning
 clumsily
  I
wake
 them

Her eyes
look at me
from under-
   neath
his withered
arm

The
medicine
is all
 in
her long
 un-
   braided
    hair.

该诗写的是祖母悉心照料年迈、病重祖父的情景。语言平易质朴, 但

十二、少妇窗前意，中西未了情

言浅意深，言短情长，字里行间充溢着祖母对祖父相濡以沫的款款深情。而使祖母的深情得以让读者充分感知的重要因素之一便是该诗的有效跨行与跨节，通过跨行诸多语词意象的语义蕴涵得到了充分的突显与强化。例如，"sick"、"his／withered／arm"前者强调了祖父深重的病情，后者凸显了祖父病重的躯体；"grand／-pa"一词的书写一分为二，表现出祖父老迈，已经病得不成样子；"during the night"出现在"can get him"与"medicine"之间，既暗示出祖母整个晚上照料祖父（即帮其拿药）忙个不停，又揭示出祖父病情危重的现状；"to stop／the pain"则暗示出祖父病痛剧烈，难以瞬时消除的情景；"her long／un-／braided／hair"既凸显了"long／un-／braided"中各个词汇的语义特征，也象形地（iconic）表达了其语义内涵，同时还暗示祖母照料祖父的时间之长以及其疲惫与倾心的情态——头发又长又乱是因疲惫所致，是因照料日久天长所致，是因倾心照料病人无暇顾及所致，等等。毋庸置疑，诗作的跨行在很大程度上有力地传达与渲染了人间亲情、真情的可贵。原诗分为四个诗节，每一个诗节既是一个情景语义独立的单位，又是与其他诗节形成"峰断云连"整体中的有机部分。

由此观之，诗作题名"Medicine"表达的既是医治身躯病痛之"药"，也是支撑人生患难与共、白头偕老的精神之"药"，更是给普天下的人们开出的一剂行事做人的良药。

2) The Artist

William Carlos Williams

Mr. T.
　　　　　bareheaded
　　　　　　　in a soiled undershirt
his hair standing out
　　　　　on all sides
　　　　　　　stood on his toes
heels together
　　　　　arms gracefully
　　　　　　　for the moment
curled above his head.
　　　　　Then he whirled about

139

```
                              bounded
             into the air
                       and with an entrechat
                               perfectly achieved
          completely the figure.
                       My mother
                             taken by surprise
          where she sat
                       in her invalid's chair
                             was left speechless.
          Bravo! she cried at last
                    and clapped her hands.
                              The man's wife
          came from the kitchen:
                      What goes on here? she said
                               But the show was over.
```

　　这首诗写的是日常生活的一幕,但写得趣味深浓,令人回味无穷。

　　诗题是"The Artist",而实指一位所谓的芭蕾舞者"Mr. T",其中"T"给人一位芭蕾舞者造型的暗示。T 先生"怪异的"形体、外貌以及着装(bareheaded/in a soiled undershirt/his hair standing out)与高雅的芭蕾艺术之间形成的张力,其半生不熟,甚至笨拙的芭蕾舞姿(arms gracefully/for the moment/curled above his head)与我病中母亲观看后大叫出声、拍手欢呼(she cried at last/and clapped her hands)之间形成的张力,T 先生表演完毕与其妻欲知详情之间形成的张力,以及诗题"The Artist"与"Mr. T"之间形成的张力,予人丰富的联想与思考。不难看出,这些"张力"中所含蕴的情感与诗趣均通过诗行的不断跨行得到了尤为成功的演绎。诗作中的跨行,既模仿出了芭蕾舞者跳跃的舞姿与节拍,也方便了读者对诗作的朗诵。更为重要的是,诗作的跨行还给英语诗歌带来了一种新的诗体,即三行合一式或阶梯式诗体(the triadic or stepped line)。

　　以上论及的三首英诗,主题各异,但选材都来自日常生活的琐细之事,于琐细中见精神,于琐细中见情怀,这种精神与情怀还均通过诗作中的语法切断与空间切断被演绎得丝丝入扣，令人难以忘怀。这三首诗作也因之成功地实践了意象主义诗学原则——"题材完全自由，不受任何限制。现代生活可以入诗。"①

三首英诗均融汇了其他艺术的活性因子，增强了诗作的艺术维度与蕴涵，丰富了表情达意的手段与方法。比照之下，汉诗的主题既可是取自日常生活的琐细之事，更可能是来自"闺怨"的文化母题；既可能是言情诗，更可能是政治寄怀诗。

威廉斯之诗《窗前的少妇》与李白之诗《怨情》同中见异，异中含同：相同的情景剪裁，相似的意象创设，相近的诗情表现方法，相同的文学母题；不同的文学文化传统，不同的诗学语境，别样的诗学旨趣。概而言之，有同源异流的一面，也有异源而同流的一面。

---

① 转引自李平. 西方人眼中的东方文学艺术. 上海：上海教育出版社，2004：183.

十三

山非山，海非海

——希尔达·杜利特尔《山林女神奥丽特》与毛泽东 《十六字令·其二》比读与翻译研究

希尔达·杜利特尔（Hilda Doolittle，1886—1961），美国现代诗人，意象派（Imagism）的主要代表人物之一。其诗作典型地体现出意象派诗歌的创作原则，比如，以跨越时空的思维与精炼的语言创造出蕴含深厚的鲜明意象。她的诗作短小精悍，往往有一个主导意象，用字以简代繁，以直接、具体、生动地再现自己的瞬间观感与感悟为准则。在诗作主题的选择上，常常优游于神话、历史、天体和现实世界之间，借用各种事物来抒情达意。其主要诗集有《海上花园》（*Sea Garden*）、《不倒的墙》（*The Walls Do Not Fall*）、《教我活着》（*Bid Me to Live*）等。而在她创作的诸多意象诗篇中，《山林女神奥丽特》（"Oread"）[以下简称希诗]是意象派发起人庞德（Ezra Pound，1885—1972）最为欣赏的一首诗。其诗全文如下：

Oread

Hilda Doolittle

Whirl up, sea —
whirl your pointed pines,
splash your great pines
on our rocks,
hurl your green over us,
cover us with your pools of fir.

该诗的诗题是"Oread"，是希腊神话中掌管山林的女神。诗题所示，读者往往会猜度诗人或者会写幽玄的山林，或者会写林中仙子的传奇。然而，诗人之笔响落天外，却以大海汹涌翻滚的波涛来写山上森林的呼啸与绵延，将宏阔奔腾的大海与广袤的松涛山林彼此叠加，合二而一，栩栩如生地置于读者眉睫之前。这个创造出的"意象共生体"又因"Oread"之故多了几分天神的伟力，多了几分神秘而超凡的光环，而且将大海/山林的雄浑刚劲寓于女神的婉约柔美之中，更显得张力十足，意蕴非凡。

诗人以旋转翻腾的大海起笔，接着以有如伞盖的松树外形来比附浪涛的腾涌起伏，进而将拍击山岩的海浪描摹为飞溅的巨松，最后将冲击山岩卷起的"一泓海绿"幻化为撒向人间陆地的"一潭潭"或一丛丛杉树。可谓层层推演，环环相扣，不断跌进，一气呵成，让人不能不为之惊心动魄。

在汉文化中，与此诗创作主题、艺术表现手法、创作思路等尤为相近，而且同样让人惊心动魄的诗篇是伟大的革命家、思想家和诗人毛泽东（1893—1976）的诗作《十六字令·其二》[以下简称毛诗]，全文如下：

> 山
> 倒海翻江卷巨澜。
> 奔腾急，
> 万马战犹酣。

比较这两首诗作，我们会发现其间存在着诸多相同或相似之处。

从意象是语法中的"词"这一角度来看。两诗中诸多意象尤为相似。比如，Oread/山；sea/海；whirl up, whirl/翻、卷；splash, hurl/倒；pointed pines, great pines/巨澜。从这些语词意象的意蕴来看，它们在表层、深层、联想等意蕴上亦多有相同或相似之处。表层意蕴的相同或相似不言而喻，深层或联想意蕴的相同或相似之处，如：山（Oread）的雄浑、宏阔；海（sea）的博大、深远；翻、卷（whirl up, whirl）；倒（splash, hurl）的力量、气势；巨澜（pointed pines, great pines）的力度和画面等。具体说，两诗均选用了数量大致相等的动觉意象、视觉意象、意觉意象等。如，希诗所用动觉意象有五个，即"whirl up"、"whirl"、"splash"、"hurl"、"cover"；毛诗所用动觉意象亦有五个，即"倒"、"翻"、"卷"、"奔腾"、"战"。两诗体现出大致相同的强度与力量感。希诗广义的视觉意象有七个（不含重复词 pines），即"Oread"、"sea"、"pines"、"rocks"、"green"、"pools"、"fir"；毛诗的视觉意象有五个，即山、海、江、澜、马。两诗展现的是大体相同的一幅图画，而且表现出的创作思维过程也尤为接近，即由山而海而澜等。希诗的意觉意象有四个（不含重复词 your），即"your"、"pointed"、"great"、"our"；毛诗的意觉意象有三个，即"巨"、"急"、"酣"。体现出大致相同的物态人情与气势感。由此看来，两诗所体现出的诗情多有相同或相似之处。

从形式方面来看。形式是为内容服务的，而诗的形式为内容服务还表现在形式本身也有一定的意义，形式体现作品的风格等。就两诗的具体形式而言：1）两诗均短小精悍。希诗用 27 字，毛诗用 16 字。相对于以铺陈胜的西诗①而言，希诗可谓简练之至。但与以简隽胜的中诗②相比，毛诗则更简练。2）两诗总行数虽各不相同，希诗为七行，毛诗为四行，但各行字数亦多相似之处。以各行单个字数计，希诗可表示为：1/3/4/4/3/5/7；毛诗可表示为：1/7/3/5。字数不同的各行错落有致的编排在一定程度上表达了作品主题的内涵，即诗文的外在形式表现了峰起的山或浪、绵延开去的山或浪等；诗句的长短相间的外在形式表现了山峦的陡缓或浪涛的疾徐等，也就是说，诗文的意义通过其形式得到了充分的体现。3）希诗形式上虽有七行，但文中只有一个句号，一气呵成，颇能体现作品主题表达的气势，即洪波（山峦如簇）涌起，席卷而来，惊涛拍岸，浪花四溅。毛诗虽在形式上分为两句，文中有两个句号，但意脉上却是一意贯通，表达了作品主题所体现的浮想联翩的神韵，即绵延的高山化为翻腾的大海，化为奔腾的万马。

从音韵节奏上来看。"诗之思是通过节奏表达出来的"（poetry is thought expressed in rhythm）③希诗中发音相对舒缓而悠长的元音 [əː] [iː] [aɪ] 等与发音响亮而急促的元音 [o] [ʌ] [æ] 等的交叠出现予人巨浪徐徐涌起，哗啦冲击山岩的联想；[w] [s] [p] 等诸音节一再出现，回环萦绕，又予人海风（松涛）阵阵的联想。且希诗主要步格为扬抑格，听上去坚定、有力、极有气势。④ 如诗文头四行 Whirl up, sea —/whirl your pointed pines/splash your great pines/on our rocks. 可读作（ ˊ - ｜ ˊ (-) ｜｜ ˊ - ｜ ˊ - ｜ ˊ (-) ｜｜ ˊ - ｜ ˊ ˊ ｜｜ - - ˊ ｜）。所需说明的是，每行句首的动词既在位

---

① 朱光潜. 诗论. 合肥：安徽教育出版社，1997：65.

② 同上.

③ Louis Simpson. *An Introduction to Poetry*. London：St. Martin's Press, 1975：3.

④ Richard Gill. *Mastering English Literature*. London：Macmillan Education Ltd., 1985：36.

置上得到了凸显，也在语音上得到了强调，诗作所呈现出的动感与力量由此得以充分体现出来；诗文头三行的基调是扬抑格，但第一行第二音步，第二行第三音步为单音节音步（monosyllabic foot），朗读时宜自前一音步末尾放慢语速，以补出所缺非重读音节应占的大略时值。诗文头三行就给人波浪相逐、蓄时累势的联想，待第四行"on our rocks"独立成行时，前三行积攒的力量便都迅急地倾注在此行的"our rocks"上了（试比较，若将第四行与第三行合并诵读，诗文呈现的力量与效果就会大大减弱）。四句连读确有巨浪卷来、惊涛裂岸之感。再者，希诗并无统一的韵脚，句子的长短依文意所体现的情势而流转，收放自如，予人巨浪汹涌、无拘无束的感觉。总体来看，诗文的音韵形式与其内在的主题意义可谓达到了高度的统一。毛诗中谐韵或叶韵（an）也是一再出现，循环往复，贯穿作品始终，予人波涛翻滚或山峦起伏、绵绵不绝的联想；且开口度大的韵母和响亮的鼻韵母 a（n, o, i），ang，比如，"山"、"倒"、"海"、"翻"、"江"、"卷"、"澜"、"万"、"马"、"战"、"酣"等。既有助于揭示诗作主题所呈现的雄浑、豪迈的气势，排山倒海的力量，亦可暗示出创作主体的昂扬奋发之情。其次，毛诗的第一、第四行押的是平韵，第二、第三行押的是仄韵，仄韵包含于平韵的框架之内，切合作品静中有动、动寓静中的主题，且全文仄声字几近是平声字的两倍，颇能体现诗文中高山绵延或海涛相逐或万马奔腾的动态意境。再者，毛诗各句均为奇数音节，若以体现诗歌节奏的顿来划分，则有一言句一，七言句四三，三言句二一，五言句二三的划分，各句均是奇偶相间，前后切分变化不一，既体现出咏叹的调性，亦切合山峦绵延、波涛翻滚等起伏不定的情态。总体来看，毛诗也做到了诗文的音韵与其内在的主题意义的高度对应。

从修辞格的角度来看。为了增强诗篇话语的表达效果，希诗用了两个比喻：一个是把山（Oread）喻为海（sea）；一个是继而把峰起的海浪，飞溅开来的浪花喻为"pointed pines"、"pools of firs"。同样，毛诗也用了两个比喻：一个是把山或山的外形喻为"海"、"江"、"巨澜"；一个是继而把奔腾的巨澜或山峦喻为"酣战中疾驰的万马"。两首诗中各自两个比喻相继迭出，承前启后，既生动形象，又凝炼了词句，浓郁了诗意。从希诗中大海卷起的极具古希腊雕塑感的"pointed pines"、"pools of firs"，读者会想到上下起伏的群山，向四周绵延的群山；从毛诗中山的景象，读者会看到"倒海翻江"

"万马奔腾"的胜景。两相比读,可谓相得益彰。

从创作手法来看。两诗均可视作意象诗的佳构,即以一意象与另一意象叠加,形成一个新的意象复合体,从而引发出无尽的、抽象的内涵。希诗将意象"山"(Oread)、"山林"与"海"(sea)、"海浪"叠加,使意象的相互关系"交感式"地演出。即不知是海的博大、宏阔表现了山的苍茫与雄浑,还是山的苍茫与雄浑再现了海的博大与宏阔。总之,读者可以尽情地驰骋想象,尽情地回味。同样地,毛诗将意象"山"、"海"、"马"叠加,读者在领略到与希诗相同的意趣之时,又会进一步想象:是群山的巍峨像万马急赴战场的阵势,还是万马急赴战场的阵势既有群山的象形,又有群山的威严与力量? 如此等等,不一而足。如果把希诗表示为山←——→海,那么毛诗可表示为山←——→海←——→马。

从"源"与"流"的角度来看。英美意象派的产生与发展深受过中国古典诗歌的影响,中国古典诗歌曾一度是意象派诗人竞相模仿的优秀创作模式。在这方面,埃兹拉·庞德的诗作与译作是大家一再引用的明证。评论家默温(William Stanley Mervin, 1927—　)的话更是一语中的:"到如今,不考虑中国诗的影响,美国诗无法想象。这种影响已成了美国诗自己传统的一部分。"[①]由此看来,希诗与毛诗之间存在诸多相似之处也就不难理解了。

从上可见,希诗与毛诗之间,无论是在意象的选择、形式的构建、音韵的编排、修辞的运用、创作的手法等方面,还是在诗作的形式与内容所体现的诗趣等方面,均存在着惊人的相似。然而,若是透过这诸多相似之处,细细寻味各自主体的创作目的、创作背景等,则会发现两诗诸多相同之处的背后隐含着尤为不同的诗情。

从主体创作的目的来看。希诗是写山林的,行文中其主体的创作视角是显性的。具体写起来有意错位,把山林当作大海来写,把松涛当作海涛来写,是在刹那间所表现出来的理性与感性的复合体(庞德语),诚如艾略特所言,"表情达意的唯一艺术公式,就是找出'意之象'",其目的是"要实验一种具有鲜明、硬朗的风格而有别于传统的诗歌"[②]。是要实践意象派的

---

①　赵毅衡. 远游的诗神. 成都:四川人民出版社, 1988:11.

②　王耀辉. 文学文本解读. 武汉:华中师范大学出版社, 1999:26.

各种规则和理想。毛诗也是把高山当作大海来写，当作奔腾的万马来写，但行文中其主体的创作视角是隐性的，表现的是主观情志与客观物象的有机统一，诚如刘勰所言："神与物游"、"神用象通"（《文心雕龙·神思》）。目的是要抒发革命的豪情与胜慨。

从创作背景来看。如前所述，希尔达·杜利特尔是意象派的主要代表人物之一。而起始于20世纪初期的意象派，则是出于对19世纪后期至20世纪初英美诗坛上维多利亚和乔治时代的余风的强烈不满而形成的。他们一反抽象感慨、陈腐说教和直抒胸臆的浪漫主义传统及其传统格律的束缚，针锋相对地提出了自己的美学原则（相关的美学原则在前文希尔达·杜利特尔的简介中已有涉及）。由此可见希诗创作的意义与作用。而毛诗则创作于1934年底至1935年春红军长征途中，其时红军征战南北，纵横驰骋于崇山峻岭，为了新中国进行着艰苦卓绝的战斗。这便是毛诗产生的生活基础及其所具有的现实内涵。又，《十六字令·其二》乃取自《十六字令·三首》这一语篇语境，全文如下：

　　其一
　　山，
　　快马加鞭未下鞍。
　　惊回首，
　　离天三尺三。

　　其二
　　山，
　　倒海翻江卷巨澜。
　　奔腾急，
　　万马战犹酣。

　　其三
　　山，
　　刺破青天锷未残。
　　天欲坠，
　　赖以拄其间。

三篇连读，先总起，后分述，情景相生，文意贯通，自然天成。首篇写山之高,中篇写山之大,末篇写山之坚,结合彼时的时代背景,这其间的寓意可谓不言自明。在毛诗的笔下,山既是革命的屏障,又是红军将士眼前需要克服的困难。有鉴于此,毛诗可谓"登山则情满于山"了。

总之,从上文的比较分析中,我们可以看到,中外诗人无论是东方身为革命家的毛泽东,还是西方身为意象派代表人物之一的希尔达·杜利特尔,他们认知外物进而表达思维的方式是尤为相似的,也就是说有着共性的一面;同时我们也可看到因其各自所处的历史时代、文化传统、人生阅历等的不同,在他们相似的认知外物进而表达思想的方式中又呈现出各自不同的特色,也就是个性。

结合鉴赏中英诗呈现出山林、女神与大海三位一体,互为推演转化,而且力量磅礴、气势非凡的特点,试将该诗翻译如下,并对其译文略作说明。

山林女神奥丽特

希尔达·杜利特尔

旋舞吧,大海——
旋起你尖尖的松浪,
飞卷你的巨松
拍击我们的山岩,
将你的绿色掷向我们,
用你的杉之潭将我们覆盖。

(张保红译。选自《英语世界》2010 年第 5 期)

"Oread"是希腊神话中的山林女神,作为诗题既使诗作平添几分神秘与神话色彩,也统摄诗文全篇,可谓一箭双雕!若将"Oread"音译为"奥丽特",恐怕相当一部分汉语读者难以参破其间的妙处;若将其处理为"山林女神",则又泛化了其独特的文化含义,让人难以"一见得之",而且易流于中西莫辨的尴尬。鉴于此,音义兼顾,权译为"山林女神奥丽特"。

以此诗题为视点,结合前文的鉴赏研习,我们脑海里会浮现出一幅梦幻般的诗意胜景——绵延起伏、松涛阵阵的山林与波涛汹涌、浪潮雷鸣的大海,彼此叠加映现,互为推演转换,变幻莫测。参照并借鉴中西绘画中女神往往呈现为飞舞飘逸的风姿，遂将原诗开头两行"Whirl up，sea —/whirl your pointed pines"译为"旋舞吧，大海—/旋起你尖尖的松浪"，以求取得女神—山林—大海三者三位一体神秘而浪漫的遐想效果。

"山林女神"是神，有别于人间的凡夫俗女，女神自有女神的不凡气象与超凡的伟力。因而为了突出神女的伟力与精气神，参照汉文化中类似语境下的语言表述［比如，乱石穿空，惊涛拍岸，卷起千堆雪（苏轼）；金沙水拍云崖暖，大渡桥横铁索寒（毛泽东）；山桃红花满上头，蜀江春水拍山流（刘禹锡）。把波澜掷给大海，把无限还诸苍穹（袁可嘉）］，译文中分别选用了"飞卷"、"拍击"、"掷向"等动态意象，旨在传译出原作的力量与气势。

原诗呈现的画面惊心动魄，一气呵成——波涛涌动、浪头峰起、飞奔而去、冲击山岩、浪花四溅、散落大地。译诗中为再现这一画面，分别选用了旋舞、旋起、飞卷、拍击、掷向、覆盖等词语。头四个词语连用，再现出愈来愈快、愈趋愈强、雄健有力、紧锣密鼓的豪迈之情；后两个词语的择用再现出浪头力量衰减散落开来趋向徐缓之意。

原诗为自由体诗，外在节奏并不明显，但内在节奏的律动——由短促急骤到徐缓悠远——与诗作题意的流动应和得丝丝入扣。依据原诗句的长短与内在节奏的急徐，并结合汉语的特点，译诗将原诗各句顿数 2/3/2/1/3/4 依序转存或调整为 2/3/3/3/4/4。

生活中并不缺少美，只是缺少发现美的眼睛。一沙一世界，一花一天堂，平中见奇，朴中掘新，于细微处见精神，"看似寻常最奇崛"，这便是诗性的眼光之所在。且看下例：

1) **School's Out**

William Henry Davies

Girls scream，
　　Boys shout；
Dogs bark，
　　School's out →

Cats run，
　　Horses shy；

Into trees

Birds fly.

Babes wake
　　Open-eyed；

If they can，
　　Tramps hide.

Old man，
　　Hobble home；

Merry mites，
　　Welcome.

　　学校放学，女孩尖叫（scream），男孩咆哮（shout），动静之大，惊得百狗吠声，好不热闹！校门敞开，孩子们夺门而出，一哄而散。孩子们往家飞跑的架势，使向来悠闲的猫儿也奔突起来，连飞奔的马儿也汗颜，只好退避一旁。惊起的群鸟急飞林间。稚子小儿被吵醒，也睁大好奇的眼睛，路上的游人也闪身一旁。老人蹒跚往家走，去迎接那快乐的小不点们。

　　为表现孩子们在校关闭一天后放学得自由、得解放的情态，为表现孩子们精力充沛、活蹦乱跳、横冲直撞的淘气劲儿，诗人将并非一时一地的景物或事象纳入诗文之中，以求充分表现其诗意效果。比如，"dogs bark"、"babes wake"等可能在当时的情景中并不一定会出现，而只是作者为了达到艺术目的的想象创造。景非一时，物非一地，但几个画面一组合，就产生了画面之外的另一个意义：孩子们生龙活虎，活力四射。

　　诗文用词精炼，揭示人物形象生动逼真，活灵活现。倘若将原诗中的"scream"与"shout"异位，其效果势必大异其趣。用"run"描绘猫，用"shy"来写马，用"open-eyed"来状婴幼儿，用"hobble"来写老人，真可谓词到情到，"夸而不失"，神情毕现，戏剧性意味尤浓。此外，第一诗节末行的标点符号"→"，将校门敞开，孩子们蜂拥冲去的情形也表现无遗。

　　诗文超短的诗行、频密的韵脚，在表现出快速而急促的节奏之时，也很好地表征了孩子们急切而激动的心理与放学后撒腿乱跑的景象。诗人写放学后的孩子们的狂喜与自由，更多的是从其周围的人或物的反应来写，可谓曲笔传情，尤见高妙！

2) The Main-Deep

James Stephens

The long, rolling,
Steady-pouring,
Deep-trenched
Green billow：

The wide-topped,
Unbroken,
Green-glacid
Slow-sliding,

Cold-flushing,
On — on — on —
Chill-rushing,
Hush-hushing.

Hush-hushing …

宽广的大海，连绵的波涛（rolling）起伏不止，永远向前（steady-pouring）。诗人聚焦大海波涛的上下起伏，从音、形、义、情上为我们绘制出一幅动人的波涛运演图。

海涛滚滚，奔涌不息，坠入波谷（deep-trenched），升腾出黛绿的浪峰（green billow），随即在空中绽放出冰清玉洁的水花，之后水花缓缓旁落（slow-sliding），又向前腾涌而去，带着寒意（cold-flushing），带着冰凉（chill-rushing），渐渐地远去，消泯于大海的岑寂之中（hush-hushing）。大海沉静，复归空茫。

诗中一、二两节诸多含有长元音的单词或词组不断出现与连缀，且不断跨行，大大舒缓了诗文的节奏，从而定下全文的基调。舒缓的节奏，一方面象形地表现了柔风轻涛运演的节律，另一方面暗示出抒情主体或叙事者（narrator）平和而宁静的心态。而第三节中短促元音及反复出现的阴韵[ɪŋ]占据主导，在表现出波涛向前潜涌之时，也启示出抒情主体平静的心绪中不断泛起的波澜。一言以蔽之，明写的是大海的波涛，暗表的是心海的浪潮。

151

　　合而观之,从诗情的内在节奏来看,杜利特尔之诗《山林女神奥丽特》聚焦的是洪波涌起、冲击山岩、惊涛裂岸,以及浪花飞溅、铺天盖地的宏壮场景。如图所示(箭头部分代表波浪流向,阴影部分代表山岩,曲线代表波浪汹涌,浪花四溅):

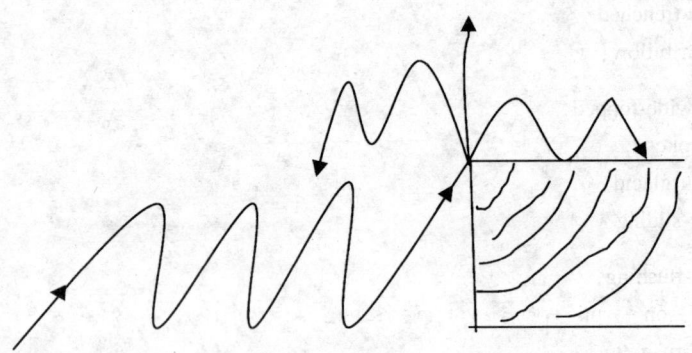

　　毛泽东之诗《十六字令·其二》聚焦的是惊涛骇浪、排山倒海的磅礴山势以及撼天动地的雄浑场景。如图所示:

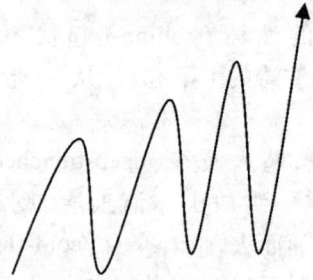

　　戴维斯(William Henry Davies,1871—1940)之诗《学校放学了》("School's Out")聚焦的是放学的小学生们一哄而散、横冲直撞,宛如潮水滔滔而去的情景。如图所示:

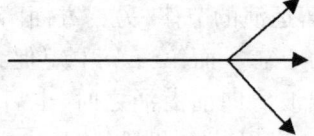

　　斯蒂芬斯(James Stephens,1882—1950)之诗《大海》("The Main-

Deep"）则聚焦上下悠然起伏的波涛，腾涌远去的景象。如图所示：

　　杜利特尔采用山神、山林与大海意象叠加的手法写就此诗，自然浑成，带有历史的回响与远古的神秘；毛泽东之诗叠加了"山"、"海江"、"奔腾的万马"三类意象，彼此演化，毫无斧削之痕，映射出革命战争的风云与社会历史的回响；戴维斯之诗采用"众星拱月"的方式，描绘放学儿童潮涌奔去的情景，现实感强，彰显出源于生活高于生活的艺术特点；斯蒂芬斯则用一个长焦镜头"摄下了"此诗，摄下了现实中波涛悠然起伏渐渐远去的全景，也"摄下了"心海中思绪激荡、腾涌而去的轨迹。

一叶落而知天下秋

——艾德华·艾斯特林·卡明斯《孤(一)》与含"落叶"意象诸汉诗比读与翻译研究

艾德华·艾斯特林·卡明斯(Edward Estlin Cummings，1894—1963)，美国现代诗人与画家，早年写传统格律诗，20 世纪 20 年代，受立体派(cubism)与达达派(Dadaism)影响，诗风大变，一反传统，锐意革新。他因对英语诗歌的语言与形式进行了有史以来最激烈、最大胆的革新而享誉美国诗坛，素有"戏耍句子、文法与措词魔术师"①之称。其诗集有《郁金香和烟囱》(*Tulips and Chimneys*)、《是 5》(*Is 5*)、《不谢》(*No Thanks*)等。

诗人突破英语传统的句法、单词拼写规律、构词法、标点符号等使用规则，大胆想象，遣诸笔端，创造出了一篇篇语言奇异、形式独特、蕴含丰富、耐人寻味的诗作。下文即是其中一例。

l(a

Edward Estlin Cummings

l(a

le

af

fa

ll

s)

one

l

iness

---

① 常耀信. 美国文学简史. 天津:南开大学出版社，1990:276.

　　初读该诗,多数读者定会觉得不知所云。但细致寻味,依然能梳理出解读其间意味的基本头绪来。这首语言、形式独特的诗作,曾被人称作"卡明斯所创作的最为精致而美丽的文学结构",[①]其文字结构由两部分组成,即括号之外的 loneliness(孤独、寂寞)(l — one — l — iness)和括号里的 a leaf falls(一片树叶飘落)(a — le — af — fa — ll — s)。诗人将抽象的理念"孤独、寂寞"具象化为"一片树叶飘落",而且付诸如此变异的语言形式,真可谓别出心裁,独具匠心。对于诗人将抽象的理念具象化的做法,我们只需参照汉诗中诸多意象描述的类似处理办法,便可对卡明斯的用心有个大致的了解。如:

1) 问君能有几多愁,恰似一江春水向东流。(李煜)
2) 只恐双溪舴艋舟,载不动,许多愁。(李清照)
3) 白发三千丈,缘愁似个长。(李白)
4) 自在飞花轻如梦,无边丝雨细如愁。(秦观)

　　从这几例中可以看出,"愁"这一抽象的理念被具象化为"不尽的流水"、"沉甸甸的物体"、"似发丝悠长"、"如春雨细细"。对照之下,我们不难领会卡明斯创作的手法与意图,即诗人将"孤独或寂寞"和"一片树叶飘落"这两个不同的孤立意象叠加在一起,形成一个新的意象复合体,从而予人以丰富的联想。也就是说,这个有限的、具体的复合意象体可能会产生无限的、抽象的内涵。对于该诗可能蕴藏的种种内涵,我们不妨从其形式与内容两方面来作一解析与鉴赏。

　　对其引人注目的奇异外形,我们联系诗文的表层意蕴,发挥读诗的想象,似可做出如下解析:

　　将"l"想象成"一片树叶",从上至下的垂直外形是这片树叶飘转下落的全过程,即先直线下落(流音 l 反复出现,且贯穿诗文的始终,可以象征),后因刮了拂拂之风(f 音可以象征)在空中开始飘转(af/fa 可以象征),忽然风停了,又在空中平移逗留了片刻(ll 可以象征),接着又刮起了咝咝之风(s 音可以象征),又作了一次飘转,横亘在空中了(one 可以象征),然

① Richard. S. Kennedy. *Dreams in the Mirror: A Biography of E. E. Cummings*. New York: Liveright, 1980: 463.

而,它依然下落着,最后便落在地上了(iness 可以象征)。从上至下诗作中每行字母组合数量的多少或形体的大小与长短,则立体化地绘制出树叶飘落过程中在人们视觉中形成的不同变化与冲击,真可谓绘声、绘形、绘色!至此,诗人通过对语言文字独具匠心的拆解与编排,宛如电影中的慢镜头将落叶飘零的全过程栩栩如生地记录下来了。在这个意义上,诗歌语言发挥着超越自身媒介的功能,而兼取了绘画、摄影与雕塑的表现功能与艺术效果。这也是英语语言在诗歌创作中所体现出的现代性与独特性,这一语言特色与应用技法后不断为中西现代诗人在诗歌创作中所仿效、借鉴与实践。试就中西诗作各录一例,以窥一斑。先看美国现代诗人威廉·卡洛斯·威廉斯(William Carlos Williams, 1883—1963)的诗作《诗》("Poem"):

Poem

As the cat
climbed over
the top of

the jamcloset
first the right
forefoot

carefully
then the hind
stepped down

into the pit of
the empty
flowerpot

该诗的标题是"诗",意在告诉读者"诗"是什么,但诗人并未以抽象的说理,直述其义,而是转向通过一个类比象喻来曲达其意。这个象喻的大意是:一只猫慢慢悠悠地爬到一个大果酱柜的柜顶,然后先伸出一条右前腿小心翼翼地试探着如何从柜顶下来,紧接着跟进后腿,结果掉到柜子下面一个空空的、深深的大花盆中。原诗实为一句话,但通过作者匠心独运的跨行与跨节(原诗分为四节),将小猫攀爬并走下果酱柜、掉进花盆过程中,其行动慢慢悠悠、小心翼翼,继而失足一惊,最后安然无恙的举止意态细腻而准确地描绘出来了,宛如电影慢镜头,生动形象之至。也由此看出诗人对生活的细腻观察与热爱之情,这便是取材于生活且高于生活的诗歌及其情趣。再看我国现代诗人周振中的诗作《人民英雄纪念碑》:

人民英雄纪念碑

一
尊
巨
大
的
磨
刀
石
砥砺着
民族的意志

该诗的标题是"人民英雄纪念碑",仿佛要向读者宣告"人民英雄纪念碑"的内容、价值与意义之类的事。类似前例,诗人借助象喻类比与诗作的外形完成了自己对"人民英雄纪念碑"独到而睿智的阐释。诗文的外形酷似纪念碑的形状,自上而下的诗形显得庄严、稳重而坚定,自下而上的外形显得豪迈、挺拔、强劲,仿佛有上举的千钧之力。从内容来看,这尊磨刀石可谓锻造与见证了整个民族的精神品格,而成为民族脊梁与灵魂的象征。这里诗人通过语言的拆解与编排,无疑取得了绘画与雕塑的双重艺术功效。

对于前文所述拆解开来的诸多英文字母是否具有相应的音韵表意功能,则亦有诗为证。英国诗人亚历山大·蒲柏(Alexander Pope,1688—1744)曾说:"语音必须是语义的回声"(The sound must seem an echo to the sense)①。且看英国诗人柯勒律治(Samuel Taylor Coleridge,1772—1834)诗作《古舟子咏》("The Rime of the Ancient Mariner")中

---

① 何功杰. 英美名诗品读. 上海:上海交通大学出版社,2002:78.

的片段：

> The fair breeze blew, the white foam flew,
> The furrow followed free;
> We were the first that ever burst
> Into the silent sea.

诗文中七个[f]音反反复复，模仿出柔风轻涛的声响；末两行中四个[s]音相继叠出，宛如和风吹过海面发出的咝咝声。读罢例释，再看原诗，可谓互相映衬，相得益彰。此外，倘若我们把诗文中的括号部分拿去，我们便有了1—one—1—iness，从这种构形中，我们可感知"孤独、寂寞"的产生是过于单一所致，因为其外形可解读为1(one)—one—1(one)—iness(像one)，"one(一)"字在想象中不断重复并贯穿"一片树叶飘落"过程的始终，更加突出了单一、孤单。这一点与我国清代诗人王士帧的《题秋江独钓图》的创作意图颇为相似：

> 一蓑一笠一扁舟，
> 一丈丝纶一寸钩；
> 一曲高歌一樽酒，
> 一人独钓一江秋。

"一"字在诗文中反复出现并贯穿始终，突出了诗人单一、孤单的感受。此外，从构形中，我们还可以领会到孤寂(1—one—1—iness)的产生是个渐进的过程，而不是自始就有的，是经历一段时间之后才意识到的。如此等等，不一而足。总之，原诗奇异的外形结构在赋予我们多层面解析鉴赏的视角之时，亦使我们获取了领悟题旨的同向审美感受。

就该诗内容上予人的启示而言，我们似可这般想象：深秋，面对着落下的树叶，人们便会产生孤独、悲苦、寂寞之感。这般联想是否可行？试作如下分解：

(1) "落叶"与"秋"在中西文化中是紧密相连的。从英语词源的角度来看，"fall"作"秋天"解，是源出于词组"fall of leaves"(落叶)的。而在欧·亨利(O. Henry, 1862—1910)的短篇小说《警察与赞美诗》("The Cop and the Anthem")中可以读到这么一句："A dead leaf fell in Soapy's lap. That was Jack Frost's card"(一片枯叶飘到苏贝的膝头。这是杰克·弗罗斯特的名片。注：Jack Frost 在英文里是对"寒霜"的拟人称呼)①。从该句及其下文便知"一片枯叶飘落"与"秋"是赫然相连的。在我国，也普遍流传着"一叶落而知天下秋"的说法，例如：

1）时不与兮岁不留，一叶落兮天下秋。（李干卿）
2）一叶落，几番秋，江南独倚楼。（贺铸）
3）只有一枝梧叶，不知多少秋声。（张炎）
4）渐觉一叶惊秋，残蝉噪晚，素商时序。（柳永）

而且在我国诗歌中，"落叶"与"秋"相提并论的诗句亦屡见不鲜。例如：

1）袅袅兮秋风，洞庭波兮木叶下。（屈原）
2）秋风起兮木叶飞，吴江水兮鲈正肥。（张翰）
3）秋风起兮白云飞，草木黄落兮雁南归。（刘彻）
4）秋风吹木叶，还似洞庭波。（王褒）
5）亭皋木叶下，陇首秋云飞。（柳浑）
6）榈庭多落叶，慨然知己秋。（陶渊明）
7）早秋惊落叶，飘零似客心。（孔绍安）
8）客心惊落木，夜坐听秋风。（薛稷）
9）秋叶风吹黄飒飒，晴云日照白鳞鳞。（张谓）
10）明月秋风洞庭水，孤鸿落叶一扁舟。（贾至）
11）空林一叶飞，秋色横天地。（八大山人）

（2）中西文化中，"悲苦、寂寥"与"秋"亦经常联系在一起。在罗马尼亚诗人托马的笔下，秋带来的竟是一个死寂的世界，即用"送葬的白布把周围的一切笼罩"（秋景）；英国诗人托马斯·胡德（Thomas Hood，1799—1845）在题为《秋歌》（"Ode：Autumn"）的诗中写道："秋郁郁寡欢地在此驻足，发出眼泪汪汪的叹息"（But here the Autumn melancholy dwells，/And sigh her tearful spells）；英国维多利亚时代的诗人霍普金斯（Gerard Manley Hopkins，1844—1889）在其诗《春和秋》（"Spring and Fall"）中说："玛格蕾特，你也在为/那金色的林苑落叶伤悲？"（Margaret，are you grieving/Over

---

① 李文俊. 英语短篇小说精选读本. 北京：中国国际广播出版社，2007：68.

Goldengrove unleaving?) 正是秋的这种萧瑟与衰败才引出了人们悲秋、哀秋的感叹和愁苦万般的吟唱。

在我国文学中,悲秋的主题更是由来已久。宋玉在《九辩》中写道:"悲哉,秋之为气也!"陆机在《文赋》中写道:"遵四时以叹逝,瞻万物而思纷;悲落叶于劲秋,喜柔条于芳春。"由此降及以后诸代,这一悲秋主题不断得以吟唱,甚至关涉到更为广泛的生活层面,也因之具有更为丰富的意蕴内涵。比如,唐代的有:万里悲秋常作客,百年多病独登台(杜甫);自古逢秋悲寂寥,我言秋日胜春朝(刘禹锡);今日山川对垂泪,伤心不独为秋悲(李益)。宋代的有:噫嘻悲哉! 此秋声也,胡为而来哉?(欧阳修);何处合成愁,离人心上秋(吴文英);元代的有:疏星冻霜空,流月湿林薄。虚馆人不眠,时闻一叶落(揭奚斯《寒夜》)。近现代的有:秋风把树叶吹落在地上,/它只能悉悉索索,/发几阵悲凉的声响。/它不久就要化作泥;/但它留得一刻,/还要发一刻的声响,/虽然这已是无可奈何的声响了,/虽然这已是它最后的声响了(刘半农《落叶》);一片叶子落下来/一夜之间只有一片叶子落下来/一年四季每夜都有一片叶子落下来/叶子落下来/落下来。/听不见声音/就好像一个人独自呆了很久,/然后死去(宇向《低调》)。综而观之,我们不能不惊叹诗歌创作上尤为惊人相似的一面。

如果说"落叶"意象在我国古典诗歌中表情达意时通常还只是发挥着"众星拱月"式的功用,在诗文中还处在"背景"的位置上,那么在现代诗歌中它已演化为表情达意的主导意象,甚至是抒情言志的独立主题,俨然已占据了诗作的"前景"。而这后者所表现出的诗学功用则与卡明斯之诗中的"落叶"功用别无二致。但需指出的是:中诗体现的是融情于物,物我交融,相互映衬,和谐浸染的情致,即落叶←→秋←→孤独←→寂寞;而英诗呈现的则是主客分明的格调,闪耀着颇具思辨意味的理性光辉,即落叶→ 秋 →孤独、寂寞。这一点与意象诗派代表人物埃兹拉·庞德的扛鼎之作《巴黎地铁站》("In a Station of the Metro")"The apparition of these faces in the crowd;/Petals on a wet, black bough"如出一辙,即诗人为把在潮湿、阴暗的巴黎地铁站所见到的情景——几个漂亮女人与儿童的面孔在人群中时隐时现——以语言的形式记录下来,煞费苦心,数易其稿乃成。这其间凝聚着几多的思辨,想必读者诸君不会不知! 至此,我们在领略到"东海西海,心理攸同"(钱钟书语)之时,也不会不体味到中西大同心理背景之下的异趣,这与中西不同的文化背景、哲学思想与美学传统等是息息相关的。

结合鉴赏中英诗呈现出超越语言媒介,兼取绘画、摄影与雕塑等艺术功能的特点,试将该诗翻译如下,并对其译文略作说明:

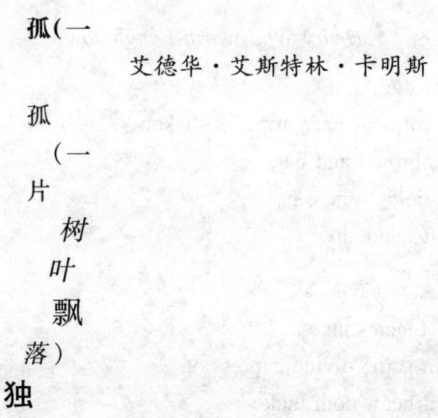

孤(一

艾德华·艾斯特林·卡明斯

孤
  (一
    片
      树
      叶
        飘
      落)
独

（张保红译）

为再现原诗的画境与雕塑般的效果,译文作了如下几点考虑:

首先,译文以自上而下的蛇形曲线从整体上模拟了树叶迎风飘转下落的全过程。

其次,以汉字字体的正体与斜体来再现树叶下落过程中迎风而翻转变化的实情实景。

再次,借助语言的语相特征(graphology),以部分汉字字体的大小来对应原诗中部分字母组合形体的大小,以再现树叶在空中飘转因视角不同而在人们视觉中所呈现出的变化特征。

最后,以"孤"的字体瘦小、"独"的字体粗大来暗示"孤独"之感的潜滋暗长,愈趋愈强烈而深重。

传统意义上的"诗画一律"更多的是诉诸读者的想象来完成的。在这方面颇有代表性的例子是《红楼梦》第四十八回中"香菱学诗"的那一段:香菱笑道:"我看他《塞上》一首,那一联云:'大漠孤烟直,长河落日圆。'想来烟如何直？日自然是圆的:这'直'字似无理,'圆'字似太俗。合上书一想,倒像是见了这景的。……"①而现代意义上的"诗画一律"则大大凸显了诗中构图的视觉效果,以取得"在诗的视觉形式上强调诗的图式与诗的意义的和谐统一,追求诗的语言形体也能表达诗的内在意义的诗如画效果。"②诗作中画的构图有直观醒目的,而更多的是间接暗示的。例如:

1) Snow-Flakes

Henry Wadsworth Longfellow

Out of the bosom of the Air,
　Out of the cloud-folds of her garments shaken,
Over the woodlands brown and bare,
　Over the harvest-fields forsaken,
　　Silent, and soft, and slow
　　Descends the snow.

Even as our cloudy fancies take
　Suddenly shape in some divine expression,
Even as the troubled heart doth make
　In the white countenance confession,
　　The troubled sky reveals
　　The grief it feels.

This is the poem of the air,
　Slowly in silent syllables recorded;
This is the secret of despair,
　Long in its cloudy bosom hoarded,
　　Now whispered and revealed
　　To wood and field.

挣脱天空的怀抱(the bosom of the Air),抖落云彩飘拂的罗衣(her garments),飞过棕色赤裸的树林(the woodlands brown and bare),来到收割后荒芜的田野(the harvest-fields forsaken),悄悄地、轻轻地、慢慢地,飘然前来的是那雪花。雪花飘落的全过程宛如电影中的慢镜头自上而下绘形、绘

---

① 曹雪芹,高鹗. 红楼梦. 北京:人民文学出版社,1996:647.
② 王珂. 百年新诗诗体建设研究. 上海:上海三联书店,2004:171.

声、绘色地展现在读者面前。

雪花的飘落本是自然现象,在诗人的笔下却披上了一层天地人情的色彩,但两者的结合却巧妙自然,浑然一体。天庭虽好(bosom, garments)、"雪花"却被推出天庭(shaken),降落荒芜而苍凉的人间(brown and bare, forsaken)。这既是天空冻云郁积会发生的自然现象,也是"人化的自然"中长久以来被禁锢于天庭的"雪花"意欲谋求自由的结果。"雪花"飘落,既飘落着自身愁苦的心声,飘落着天庭漫天悲愁的信息,又表征着天庭向大地倾诉着悲愁绝望的秘密。从"雪花"与"天庭"的心境中,从雪花与天庭、大地的关系中,从天庭与大地的关系中,我们可以涵咏出诸多层深的意蕴。

据传,希腊神话中,天神宙斯来人间巡游,与人间一女子生有一子,宙斯的妻子赫拉(Hera)得知此事后十分生气,遂来人间将这孩子带往天庭,在一次给孩子哺乳时,赫拉将孩子从身边推向人间,企图将他摔死,孩子嘴里的乳汁飞溅开来,布满了天空……。参照神话传说,再来解读原诗,其蕴含可谓又别有天地!

2) The Roach

John Raven

A roach
came struttin
across my bedroom
floor,
like it was beyond
reproach,
or was
some sexy-lookin
whore,
and if I hadn't
snuffed it, had
left it
alive,
I know it would've
come right up

```
and gave me
five!
```

  传统诗歌中,蟑螂、苍蝇、蚊子、臭虫是难以入诗的,其理由不言自明。"象征主义开始把审丑作为艺术的主要内容,象征主义诗歌中开始大量营造丑恶怪诞的意象。"①"The Roach"(蟑螂)一诗的创作可看做是文学中象征主义流派影响下的产物。这里,作者巧运手中之笔,从自己卧室中所见到的一只蟑螂写起,随之将蟑螂模样、姿态与世间的风尘女子(whore)相比譬,成功地将蟑螂之有害处与风尘女子之有害处绾合起来——写的是蟑螂,看到的又是风尘女子;认定是风尘女子,但它又分明是蟑螂。两者合二而一,内涵丰富,形象鲜明。

  为实现自己的写作意图,作者在词语的拼写与布局上颇具创意。一只蟑螂走来,昂首阔步,趾高气扬,但作者用"struttin"一词拼写的不完整性消解了蟑螂的气势,毕竟它不是人,还配不上用拼写正确的"strutting"。它大摇大摆地在卧室踱来踱去(across my bedroom),转而诗句一跨行,它实则在卧室的地板上(floor)爬行,先扬后抑,幽默与讥讽效果自然带出。它旁若无人(beyond/reproach),俨然是卧室的主人,它搔首弄姿,像个风尘女子,但作者用"sexy-lookin"一词拼写的不完整性又一次消解了蟑螂性感风骚的样子。接下来诗文不断跨行,表征出作者对是否灭掉这只蟑螂举棋不定的思索过程:要是不灭掉它(snuffed it),让它活下来吧(left it/alive),它一定会走上前来怂恿我(give me/five! 或意指狂欢、尽情摇摆,或意指手掌相击以示团结一心,共同战斗),拖我下水。而诗中短小的诗行不断跨行挪移,也象形地表征出蟑螂走走停停的生动姿态。

  诗人明写的是蟑螂,暗表的是风尘女子,两者联为一体,彼此映照,和谐浸染,相互生发,意味深长。

  这里论及的三首英诗,主题虽各不相同,但其间表现的艺术手法则多有相似之处。三首英诗均充分利用语言的语相特征来表情达意,强化了诗的"图式"结构,也因之取得了"图文并茂"的诗学效果。一片树叶落下与雪

---

① 王泽龙. 中国现代诗歌意象论. 北京:中国社会科学出版社,2008:232.

花飘落均具有自上而下飘落的空间象似性(iconicity)特征,①均是经过一段具体的时空过程后,读者才在诗作或诗段的结尾处意识到诗中具体表达了什么,而且落叶中寄寓着孤独、寂寥,飘落的雪花中则承载着愁苦、忧伤。卡明斯通过拆字及字母跨行排列绘制出客观真实的叶落图景,可谓"亦诗亦画";瑞文(John Raven,1900—1988)通过"拆字"与跨行手段则描绘出作者内心情感跌宕起伏的流动图景,对"单词拼写"的艺术创构无疑有效地强化了诗作的主题与蕴涵。

---

① 象似性指语言形式在音、形或结构上与所指(包括客观世界、概念结构、所表意义)之间存在映照性相似的现象。王寅. 语义理论与语言教学. 上海:上海外语教育出版社,2003:335.

十五

自古多情伤离别

——托马斯·麦克唐纳《爱情残忍，爱情甜蜜》与李商隐《无题》比读与翻译研究

　　托马斯·麦克唐纳（Thomas MacDonagh，1878—1916），爱尔兰民族主义者、诗人、剧作家。生于书香世家，耳濡目染，自幼热爱英国文化与爱尔兰文化，博学多识，长于写诗与舞台剧，主要诗集有《四月和五月》（*April and May*）、《穿过象牙门》（*Through the Ivory Gate*）、《金色的欢乐》（*The Golden Joy*）等。麦克唐纳为我国读者所知晓也许应归功于诗人、翻译家郭沫若先生在其遗作《英诗译稿》中对其诗作《爱情残忍，爱情甜蜜》（"Love Is Cruel, Love Is Sweet"）的较早译介①。该诗全文如下：

Love Is Cruel, Love Is Sweet

Thomas MacDonagh

Love is cruel, love is sweet, —
Cruel sweet,
Lovers sigh till lovers meet,
Sigh and meet —
Sigh and meet, and sigh again —
Cruel sweet! O sweetest pain!

Love is blind — but love is sly,
Blind and sly.

---

① 爱情残忍爱情甜，——/残忍而又甜，/情人断肠到相见，/断肠到相见——/断肠到相见，相别肠又断——/残忍的甜！最甜的肠断！/爱情盲目爱情尖，/盲目又尖，/心事勇敢言腼腆——/勇敢的腼腆——/勇敢的腼腆，回头又腼腆——/勇敢是甜呵，——腼腆令肠断。（郭沫若译，郭沫若. 英诗译稿. 上海：上海译文出版社，1981：145. ）

166

Thoughts are bold, but words are shy —
Bold and shy —
Bold and shy, and bold again —
Sweet is boldness, — shyness pain.

据说该诗是诗人恋爱中有感而发的真情表白。该诗由两个诗节组成，各节开篇分别提出一个"抽象的命题"，然后以生动形象的生活经验与感知进行解说。先是理性的总结，后是感性的演绎，理寓情中，情理合一。首节的命题是"Love is cruel, love is sweet, —/Cruel sweet"，出语奇警，先声夺人！在诗人看来，爱情似把双刃剑，既甜蜜，又残忍，是个残忍与甜蜜的复合体。何以至此呢？诗人机巧地将"爱情的甜蜜"（love is sweet）与恋人间的（盼）相聚，"爱情的残忍"（Love is cruel）与恋人间的（恨）别离联系起来，演绎了聚散之间恋人间的欢欣与愁苦以及刻骨铭心的心理感受。具体来说，相恋的人总是愁肠百结，唉声叹气，恨不能早日长相聚永相守。然而，又总觉相聚是那么短暂，才相聚又别离，怎能不让人遗憾地叹息再叹息呢!? 真是残忍的甜啊，最最甜蜜的痛！如此煎熬，回环往复，构成该诗第一节的主要内容。

第二节的命题是"Love is blind, love is sly, —/Blind and sly"，该句同样奇警、醒目！在诗人看来，爱情一方面会使人行动盲目、胆大、无所不为；但另一方面又会使人头脑精明、狡黠，瞻前顾后，谨言慎行。因此爱情又可说是盲目、胆大与精明、狡黠的共生体。在这一诗节，诗人则将"爱情的盲目、胆大"（Love is blind）与恋人心中急欲表白的万千思绪，将"爱情的精明、狡黠"（love is sly）与恋人瞻前顾后、自珍自重的社会文化心理进行了有机结合，细腻地演绎了恋爱中一方或双方欲言又止、欲罢不能的微妙心理与百般纠结的心理感受。具体地说，相恋的人心想见面时大胆表白内心的一切（Thoughts are bold），但相见时却又因种种原因羞于开口（but words are shy —）。见面时一定会大胆表白，但还是开不了口，要表白呀，没法开口，下次见面一定要大胆表白（Bold and shy, and bold again —）。大胆的表白想想就觉得甜啊，羞于开口真让人心痛。心事难以言宣的"尴尬"周而复始，构成了该诗的第二个诗节。

从上可见，诗人聚焦恋爱中的微妙心理及其真切感受，通过运用矛盾修辞格(oxymoron)、跨行以及为数不多的几个普通词汇(common words)与简单,甚至是单一的句法,便将爱情的滋味刻画得真切细腻,对爱情的认识也总结得深刻妥帖。该诗的创作方式与诗意蕴涵与唐代诗人李商隐之诗《无题》颇为相似,试引来做一对比研读。

> 相见时难别亦难,
> 东风无力百花残。
> 春蚕到死丝方尽,
> 蜡炬成灰泪始干。
> 晓镜但愁云鬓改,
> 夜吟应觉月光寒。
> 蓬山此去无多路,
> 青鸟殷勤为探看。

英汉诗作均以爱情为主题,描写了爱情中恋人分别时/后细腻而真切的情感变化与心理感受,也都是先以抽象的命题直接点题,然后展开演绎式的论述。进一步说,先点明诗作的主题及其发展方向,后从情景物事描绘的角度对这一主题予以形象化、诗意化的渲染和表现。从篇章整体结构来看,两首诗作均呈现出我国传统绘画中的重要技法——点染法——的艺术特色,即先点后染。所不同的是,在抒情方式与目的上,汉诗重点演绎了"别亦难"的具体感受与诗意情怀,其表情的基本路径是:从有机界的百花凋零、春蚕吐丝至死,到无机界的蜡炬垂泪干涸,再到现实生活中"恋人"的"为伊消得人憔悴"、抚鬓自伤,最后到神话中的"青鸟"传情。诗绪虽呈跳跃式拓展,但绵绵向前,一气贯注,诗境因时空的跳跃也随之越来越开阔,最终目的是要表达忠贞不渝、海誓山盟的永恒恋情;而英诗不只是演绎了"别亦难"的微妙心理与真切感受,还描绘了恋人相见时的情感"尴尬"与纠结,其表情的路径是围绕着聚与散之间的自我情感变化来演绎的,诗绪呈渐渐式拓展,诗情回环往复,其最终目的是揭示恋爱中的纠结情感与矛盾心理。

在意象的选择上,汉诗演绎"别亦难"时,不断诉诸意象,通过系列意象的呈示营造出凄苦、悲愁、感伤的氛围来不断渲染、拓展、深化"别亦难"的情状与感受,意象丰富多样,意蕴幽隐、婉曲;英诗演绎"别亦难"时,选择的是生活中最具诗意包孕性的经典瞬间,通过自身行动与心理活动的双重运演与回环往复来不断渲染、拓展、深化"别亦难"的感受与心理,语言简明质朴,不假意象,直抒胸臆,诗意简隽而深刻。

在创作思路上,汉诗表情达意时表现出"近取诸身,远取诸物"的运思特点,将表面上看似互不相干的意象有机地统一在一起,遵循着"情感的逻辑"或"想象力的逻辑",呈现出螺旋型的思维轨迹;英诗表情达意时呈现出长于事理分析的特点,诗句之间彼此联结,前呼后应,环环相扣,遵循着"理性的逻辑",表现出直线型的思维特色。

在诗绪的呈现方式上,汉诗通过"想象力的逻辑"从多角度、多侧面、多层次来共同演绎了"别亦难"的刻骨铭心,其具体实现方式是通过不同意象在形式上的并置(如东风、蜡炬、云鬓改、夜吟、青鸟等)以及在诗意上的步步推进;英诗遵循着"理性的逻辑",选取生活中两个典型的情景片段,通过不断跨行的方式将"别亦难"与"口难开"的至情演绎得一波三折,而且逐步推进至情感的峰顶。英诗在形式上是两个诗节的并置,诗意上也是步步推进。

在创作角度与美学风格上,汉诗以女性的口吻抒写爱情心理,虽然在悲伤、痛苦之中寓有灼热的渴望和坚韧而执着的精神,但还是表现出曲达其情的一贯审美思路,其美学风格趋向空灵;英诗以男性的口吻诉说着爱情心理,悲喜交加,直白警策,富有英诗典型的哲思特性,其美学风格趋于质实。

参照前文鉴赏中英诗语言简明质朴,表情达意回环往复、细腻微妙的特点,将该诗试译如下,并对其译文略作说明:

爱情残忍,爱情甜蜜

托马斯·麦克唐纳

爱情残忍,爱情甜蜜,——
残忍又甜蜜,
恋人叹息盼相会,
叹息、相会——
叹息、相会,复长叹——
残忍啊甜蜜! 最甜蜜的痛感!

爱情盲目—— 爱情诡秘，
盲目又诡秘。
心想大胆说，见面口难开——
大胆说，口难开——
大胆说，口难开，下次定大胆——
大胆说呀真甜蜜，—— 真痛苦啊开口难。

（张保红译）

译文转存了原文的矛盾修辞格，也对应译出了两个诗节开篇处的抽象命题。对这两个抽象命题的后续演绎部分结合想象中的具体情境进行了传译，尤其是对第二个诗节中的"演绎部分"译出了具体情境下恋爱中人物的心理"独白"，突出了生活化与戏剧性的特点，淡化了书面语体的"抽象"归结。比如，将"Thoughts are bold, but words are shy —"译为"心想大胆说，见面口难开——"口语化的译文仿佛使人置身于真实的生活情境之中，也收到了"千言万语口难开"的诗意效果。

译文选词用字质朴直白，多用日常词汇，再现了原诗的语言风格与现实情境中的言说口吻。比如，"爱情残忍，爱情甜蜜，——/残忍又甜蜜，/恋人叹息盼相会，/叹息、相会——。""残忍啊甜蜜！最甜蜜的痛感！"等等。

原诗为半格律半自由体诗，各诗行音步数参差不齐，但从全诗来看，四音步诗行占据主导，其基本步格为扬抑格。比如 Bold and shy —/Bold and shy, and bold again—/Sweet is boldness, — shyness pain. 可依序标示为：ˊ ˉ | ˊ (ˉ) | | | ˊ ˉ | ˊ ˉ | ˊ ˉ | ˊ (ˉ) | | | ˊ ˉ | ˊ ˉ | ˊ ˉ | ˊ (ˉ) | |。依此特点，译诗分别以不同顿数的译句传译了不同音步数的原诗句。比如，"大胆说，| 口难开—— | | 大胆说，| 口难开，| 下次 | 定大胆—— | | 大胆说呀 | 真甜蜜，| | —真痛苦啊 | 开口难。原诗的韵式为 aaaabb ccccbb，译诗改创的韵式为 aaaabb aaaabb，即蜜——蜜——会——会——叹——感 | | 秘——秘——开——开——胆——难。

"人世死前唯有别"（李商隐《离亭赋得折杨柳》）——人们往往从凄凉、伤感的角度来认识别离的内涵。而从别离拉开的时空距离来看诗情的演绎，来解读诗情的艺术表现，则少有论及。而事实上，人间的真情、至情也正是在这别离拉开的时空距离中才得以不断生发、扩展、浓郁、精炼与升华的。换句话说,跨越的时空"有助于加深诗的思想深度,增多诗的层次,扩展诗的境界,加强诗的容量,同时,又留给读者以联想与想象的广阔空间。"①且看下例:

1) **When We Two Parted**

George Gordon Byron

When we two parted
    In silence and tears,
Half broken-hearted,
    To sever for years,
Pale grew thy cheek and cold,
    Colder thy kiss;
Truly that hour foretold
    Sorrow to this!

The dew of the morning
    Sunk chill on my brow;
It felt like the warning
    Of what I feel now.
Thy vows are all broken,
    And light is thy fame:
I hear thy name spoken
    And share in its shame.

They name thee before me,
    A knell to mine ear;
A shudder comes o'er me —
    Why wert thou so dear?
They know not I knew thee
    Who knew thee too well:
Long, long shall I rue thee,

---

① 李元洛. 红紫芳菲——诗词经典导读. 北京:华文出版社,2009:141.

Too deeply to tell.

In secret we met：

In silence I grieve

That thy heart could forget,

Thy spirit deceive.

If I should meet thee

After long years,

How should I greet thee? —

With silence and tears.

恋爱中痛苦地分手,往往并非意味着双方永远的诀别,曾经经历过的那一份情感真可谓"剪不断,理还乱"。"When We Two Parted"是诗人年轻时写下的作品,记录了他一次不幸的爱情经历。恋人的负心让诗人倍感伤痛,几近肝肠寸断(half broken-hearted),在心中留下的阴影也经年挥之不去。然而,纵是如此,诗人又对往昔纯真的恋情耿耿于怀,难以忘却。这种爱恨交织的诗情在诗中因跨越了时空的距离而得到了充分的演绎:回味当初分手时的沮丧与悲痛(sorrow),追忆后来听人提起"你的名字"(thy name)就感到羞耻(shame),感到如丧钟在耳(A knell to mine ear),思念往昔我对你难以言表的真情(Long, long shall I rue thee,/Too deeply to tell),预想将来我们不期邂逅的深沉感怀。从相聚时的分手到别离时的追忆再到将来的可能相聚,往复一个来回,在这个来回中,诗人倾吐了心声,抒发了情感,整理了思绪,涤荡了胸怀,醇厚并丰富了恋情的蕴涵,也提升了自己表情的艺术境界。这一点从首节头两行"When we two parted/In silence and tears"与末节后两行"How should I greet thee? —/With silence and tears"的微妙变化中可见一斑:"In silence and tears"(无言而泪流)表明"我/I"深陷其中,难以自拔,而"With silence and tears"表明"我/I"超脱其外,理性坦荡,其中前一行问句更是表征与强化了这一点。

全诗语言简明质朴,诗句短小,节奏均衡,予人慢条斯理,娓娓道来之感。全诗四个诗节,首节与末节彼此呼应,诗情回环往复之际,又缓缓向前腾涌,激发读者不尽的想象。

2) The Maid of Neidpath

Walter Scott

O lovers' eyes are sharp to see,
  And lovers' ears in hearing;
And love, in life's extremity,
  Can lend an hour of cheering.
Disease had been in Mary's bower,
  And slow decay from mourning,
Though now she sits on Neidpath's tower
  To watch her Love's returning.

All sunk and dim her eyes so bright,
  Her form decay'd by pining,
Till through her wasted hand, at night,
  You saw the taper shining.
By fits a sultry hectic hue
  Across her cheek was flying;
By fits, so ashy pale she grew
  Her maidens thought her dying.

Yet keenest powers to see and hear
  Seem'd in her frame residing;
Before the watch-dog prick'd his ear
  She heard her lover's riding;
Ere scarce a distant form was kenn'd
  She knew and waved to greet him,
And o'er the battlement did bend
  As on the wing to meet him.

He came — he pass'd — an heedless gaze
  As o'er some stranger glancing;
Her welcome, spoke in faltering phrase,
  Lost in his courser's prancing —
The castle-arch, whose hollow tone
  Returns each whisper spoken,

Could scarcely catch the feeble moan
Which told her heart was broken.

该诗是诗人依据有关内帕斯城堡（Neidpath's tower）的民间传说改创而来。位于苏格兰东南部皮布尔斯市（Peebles）附近的内帕斯城堡,曾经为马奇伯爵家所有。相传这个家族有个女儿同附近一个庄园的年轻领主相爱,由于女方家长极力反对这门亲事,男方就远走他乡。姑娘从此整日郁郁寡欢以致患上了痨病。为了女儿能恢复健康,姑娘的父母捎信给那位年轻的领主,说是同意这门亲事。自此之后,因相思而憔悴以致奄奄一息的姑娘便在内帕斯城堡上日日守望着恋人的归来。其情其景不禁让人想起宋代词人温庭筠的词作《望江南》:梳洗罢,/独倚望江楼。/过尽千帆皆不是,/斜晖脉脉水悠悠。/肠断白苹洲。同是期待心爱之人的归来,一个在江楼上,一个在塔楼上,江楼与塔楼之别折射出中西不同的社会文化背景与现实。

全诗共四个诗节,有如一曲四幕剧。首节写姑娘玛丽（Mary）拖着久病的身躯（Disease had been in Mary's bower）,日日在城堡墙头守望着恋人归来（Though now she sits on Neidpath's tower/To watch her Love's returning）的情景。望穿秋水（lovers' eyes are sharp to see）,耳听八方（lovers' ears in hearing）,为的是相聚的欢欣。

第二节写玛丽身体消瘦人憔悴（Her form decay'd by pining）,几近奄奄一息（dying）的相思之苦。眼窝深陷（sunk）,目光暗淡（dim）,双手瘦削（her wasted hand）,脸色时而潮红（hectic）,时而灰白（ashy pale）,实成"为伊消得人憔悴"的典型写照。

第三节写玛丽迎接朝思暮想恋人归来时的迫切、欣喜之情。远观静听,调动着全身每一根神经,期待着恋人的归来,心儿仿佛早已飞到了恋人的身边（on the wing to meet him）。

末节写空喜一场后欲哭无泪、肝肠寸断的痛楚（her heart was broken）。陌生的旅人（some stranger）、远去的骏马（his courser's prancing）、喃喃的絮语（each whisper）、空荡的城堡（hollow）、力竭的悲哭（the feeble moan）,勾画出一幅感人肺腑的生动图景。

诗人聚焦病中玛丽的所思所想所行,利用时空的错综与交感来写真挚的爱情,极富艺术张力,给人丰富的想象,而将玛丽的情感变化写得跌宕起伏则又极具戏剧表现力与感染力。

全诗用歌谣体写成,语言简洁凝炼,用词细腻准确,细节逼真传神,形象生动鲜明,情节曲折有致,扣人心弦,引人入胜。

以上四首诗作均写到恋爱中的别离与相思,但各自呈现的美学旨趣多有不同。麦克唐纳之诗富于思辨与哲理;李商隐之诗偏于凄婉与愁怨;拜伦之诗擅于历练与升华;华特·司各特(Walter Scott,1771—1832)之诗长于传奇性与戏剧化。三首英诗的创作均立足于具体生活情景片断,均遵循着"理性的逻辑"细腻精微地演绎出一幕幕完整的故事情节,体现出英诗长于叙事的传统;而李商隐之诗以生活中的具体情景为起点,根据"感性的经验",遵循着"想象力的逻辑",将表面上看来彼此互不相干的意象连缀起来,从多角度、多侧面、多层次演绎了诗情的生发、浓郁与流转,呈现出汉诗长于抒情的传统。

各章援引英诗参考译文

第一章参考译文

1) 出征前致露卡斯妲

理查德·勒夫莱斯

亲爱的，不要说我太无情，
　竟告别你的殿堂——
你纯洁的胸膛和恬静的心灵，
　奔向刀剑和战场。

不错，我将追逐新相好，
　战地上的第一个敌人；
我将以更强的信念拥抱
　利剑、战马和坚盾。

但对于我的这一变心，
　你也会感到骄傲；
亲爱的，我不能爱你太痴情，
　竟至把荣誉抛掉。

（顾子欣译）

2) 狱中寄阿尔西娅

理查德·勒夫莱斯

爱情张开自由的翅膀
　在我的牢房飞翔，
把我高洁的阿尔西娅
　带到铁窗旁与我低语；
她的一缕青丝缠结了我

她的一双明眸吸住了我。
天上的神灵飘逸飞驰
　　不知道有这种自由。

斟满的酒杯过数巡
　　美酒香甜味醇厚，
我们无忧无愁地头戴玫瑰花冠，
　　忠贞的爱情燃炽着我们的胸膛；
开怀畅饮共消万年愁，
　　恣情祝饮堪酣畅——
深渊中喋喋不休的游鱼
　　也不知道有这种自由。

像幽禁笼中的红雀
　　我提高嗓子歌唱
欢乐、仁慈、威严
　　与君王的丰功伟业；
我要放声歌唱
　　他多么善良，该多么伟大，
掀起波涛汹涌的暴风狂飙
　　也不知道有这种自由。

石墙关不住一个囚犯，
　　铁栅也难锁住笼鸟；
清白无罪、宁静恬逸的心灵
　　把这儿权充隐居之所：
只要我有自由爱我心爱的人儿，
　　心里就万分泰然自若。
只有逍遥云霄的安琪儿
　　才能享受这种自由。

　　　　　（摘自《英诗金库》罗义蕴、曹明伦等编）

第二章参考译文

1) 安娜贝尔·李

埃德加·爱伦·坡

那是很多很多年以前，
　　在海边的一个王国里，

住着一位你或许相识的姑娘，
　　她的名字叫做安娜贝尔·李。
她活着只为与我相亲相爱，
　　再没有别的心思。

她是个孩子，我也是孩子，
　　在这海边的王国里；
可我俩的爱超过一切的爱，
　　我和我的安娜贝尔·李，
连天上长翅的爱神
　　也对我们的爱生出妒意。

很久以前，由于这个原因，
　　在这个海边的王国里，
一阵夜风从云端吹出，
　　冻坏了我的安娜贝尔·李；
于是她那些高贵的亲戚，
　　把她从我身边抢去，
就在这个海边的王国里。
　　他们把她关进了墓地。

天堂的神仙们一点儿也不快活，
　　他们嫉妒我和安娜贝尔·李，
是的！人人都知道这就是原因，
　　在这个海边的王国里
那一阵狂风刮出了云端，
　　冻杀了我的安娜贝尔·李。

但我们的爱却如此坚定
　　年长者不及——
　　智慧者难比——
不管是海底的妖魔，
　　还是天堂的仙子，
都不能使美丽的安娜贝尔之灵
　　与我的灵魂片刻分离。

圆月有光，只为让我梦见
　　美丽的安娜贝尔·李；

群星闪现,只为让我看见
　　美目流盼的安娜贝尔·李。
就这样,我整夜整夜躺在她身旁,
我的小亲亲,我的生命,我的新娘,
　　就在这海边的石窟里,
　　就在这海边的墓穴里。

（辜正坤译）

2) 露西

威廉·华斯华兹

她居住在白鸽泉水的旁边,
　　无人来往的路径通往四面;
一位姑娘不曾受人称赞,
　　也不曾受过别人的爱怜。

苔藓石旁的一株紫罗兰,
　　半藏着没有被人看见!
美丽得如同天上的星点,
　　一颗唯一的星清辉闪闪。

她生无人知,死也无人唁,
　　不知她何时去了人间;
但她安睡在墓中,哦可怜,
　　对于我呵是个地异天变!

（郭沫若译）

第三章参考译文

1) 致爱莱克特拉

罗伯特·赫里克

我不敢求你一吻,
　我不敢请你一笑——
我怕你依我所请,
　我就会变得骄傲。

不,不,我心里

　　最大的希望只是：
吻你周围的空气，
　　因为它刚吻了你。

　　　　　　　　　　（黄杲炘译）

2) 朱丽亚的衣服

　　　　　　　　罗伯特·赫里克

我的朱丽亚穿绸衣行走，
那样子，我感到：多么轻柔，
她的衣服像液体在泛流。

又一回，我睁开眼睛看着她，
那大胆的颤动，步步没牵挂，
我啊被迷醉了，她那光华！

　　　　　　　　　　（屠岸译）

3) 珍妮吻了我

　　　　　　　　詹姆斯·亨利·汉特

当我们昔时相会，
　　珍妮从椅上一跃而起，将我亲吻；
啊，时光——你这个窃贼，总爱把美好的事物记载，
　　那就请为我记下这段情分。
你可以说，我已经疲惫不堪，心绪悲苦，
　　你可以说，我已经穷途潦倒，疾病染身，
你可以说我已经年华垂暮，
　　可是你得说：珍妮昔日曾将我亲吻。

　　　　　　　　　　（谭天健等译）

4) 我不爱你

　　　　　　　　卡若林·诺顿

我不爱你！——不！我不爱你！
然而当你不在时我感到伤心；
　　甚至羡慕你头顶上明媚蔚蓝的天际，
它恬静的星星因为能看见你而高兴。

我不爱你！——然而,我不知为什么,
在我看来,不论你做的什么似乎还是做得好的:
　　我常在孤寂中叹息,
那些我真爱慕的人都不能胜过你!

我不爱你！——然而,当你一旦离开,
逗留在我耳际的你那音乐般的回荡声调,
　　被那些亲密言谈者的声音所打断替代,
我也由衷恨恼。

我不爱你！——然而你那善于传情的双眼,
带着深沉、明亮和最富表情的蔚蓝,
　　升起在我与午夜天空之间,
出现的次数比我曾熟悉的眼睛更频繁。
　　我知道我不爱你！然而,哎哟!
别人很难相信我坦率的心腹之言;
　　而且我常瞥见他们微笑走过,
因为他们看到我正在凝视着你所在的地点。

(秦希廉译)

第四章参考译文

1) 致他的娇羞女友

安德鲁·马维尔

　　我们如有足够的天地和时间,
你这娇羞,小姐,就算不得什么罪愆。
我们可以坐下来,考虑向哪方
去散步,消磨这漫长的恋爱时光。
你可以在印度的恒河岸边
寻找红宝石,我可以在亨伯之畔
望潮哀叹。我可以在洪水
未到之前十年,爱上了你,
你也可以拒绝,如果你高兴,
直到犹太人皈依基督正宗。
我的植物般的爱情可以发展,
发展得比那些帝国还寥廓,还缓慢。

181

我要用一百个年头来赞美
你的眼睛,凝视你的娥眉;
用二百年来膜拜你的酥胸,
其余部分要用三万个春冬。
每一部分至少要一个时代,
最后的时代才把你的心展开。
只有这样的气派,小姐,才配你,
我的爱的代价也不应比这还低。

　　但是在我背后我总听到
时间的战车插翅飞奔,逼近了;
而在那前方,在我们面前,却展现
一片永恒的沙漠,寥廓、无垠。
在那里,再也找不到你的美,
在你的汉白玉的寝宫里再也不会
回荡着我的歌声;蛆虫们将要
染指于你长期保存的贞操,
你那古怪的荣誉将化作尘埃,
而我的情欲也将变成一堆灰。
坟墓固然是很隐蔽的去处,也很好,
但是我看谁也没在那儿拥抱。

　　因此啊,趁那青春的光采还留驻
在你的玉肤,像那清晨的露珠,
趁你的灵魂从你全身的毛孔
还肯于喷吐热情,像烈火的汹涌,
让我们趁此可能的时机戏耍吧,
像一对食肉的猛禽一样嬉狎,
与其受时间慢吞吞地咀嚼而枯凋,
不如把我们的时间立刻吞掉。
让我们把我们全身的气力,把所有
我们的甜蜜的爱情揉成一球,
通过粗暴的厮打把我们的欢乐
从生活的两扇铁门中间扯过。
这样,我们虽不能使我们的太阳
停止不动,却能让它奔忙。

(杨周翰译)

2) 干吗脸色白里泛青

约翰·萨克林

干吗脸色白里泛青,深情的爱人?
　　请问干吗脸色泛青?
要是容光焕发的你不能把她打动,
　　满脸病容难道能行?
　　请问干吗脸色泛青?

干吗这样死气沉沉,年轻的罪人?
　　请问干吗默不作声?
要是美言妙语的你不能把她吸引,
　　一声不吭难道能行?
　　请问干吗默不作声?

算了,别丢人! 这不能使她动心;
　　这不可能叫她答应。
要是她不能出自本意地说爱谈情;
　　任你怎样都是不行:
　　让她见鬼去了干净!

（黄杲炘译）

第五章参考译文

1) 十四行诗　　第 66 首

威廉·莎士比亚

我呼唤死亡, 因为恨这一切现象;
譬如,我见到贤能生来就当乞丐,
平庸之辈却穿戴得富丽堂皇,
忠贞不渝,却不幸被人出卖,
珍贵的荣誉受辱,位置错放,
贞洁的美德,被人强逼为娼,
正义受冤屈,完美脸上无光,
身强力壮被跛足的权势弄残,
艺术被当权者压得嘴严舌短,
傻瓜摆起博士架势统制技艺,

朴素的真理被称为头脑简单，
善者当俘虏去伺候罪恶官吏，
　　我厌倦了这一切，真想离开人寰，
　　只是我死后，我爱就要孤孤单单。

（何功杰译）

2) 冲激，冲激，冲激

阿尔弗雷德·丁尼生

冲激，冲激，冲激，
　　大海呀，冲击灰而冷的岩石！
我但愿我的舌端能说出
　　我内心涌起的情思。

多幸福啊，那渔家童子
　　在和妹妹嬉戏、叫嚷！
多幸福啊，那少年水手
　　唱着歌在海湾里荡桨！

还有庄严的船舶，一艘艘
　　驶归山下它们的港口；
但我只求听到那沉寂了的嗓音，
　　触到那只消逝了的手！

冲激，冲激，冲激，
　　大海呀，在岩石脚下崩裂！
可是温柔美好的日子死了，
　　与我已从此永诀。

（飞白译）

第六章参考译文

1) 伦敦

威廉·布莱克

我走过每条独占的街道，
徘徊在独占的泰晤士河边，
我看见每个过往的行人

有一张衰弱、痛苦的脸。

每个人的每声叫喊，
每个婴孩害怕的号叫，
每句话，每条禁令，
都响着心灵铸成的镣铐。

多少扫烟囱孩子的喊叫
震惊了一座座熏黑的教堂，
不幸士兵的长叹
像鲜血流下了宫墙。

最怕是深夜的街头
又听年轻妓女的诅咒！
它冻住了初生儿的眼泪，
又带来瘟疫，使婚车变成灵柩。

（王佐良译）

2) 啊，船长！我的船长！

瓦尔特·惠特曼

啊，船长！我的船长！可怕的航程已完成；
这船历尽风险，企求的目标已达成。
港口在望，钟声响，人们在欢欣。
千万双眼睛注视着船——平稳，勇敢，坚定。
　　但是痛心啊！痛心！痛心！
　　　瞧一滴滴鲜红的血！
　　　甲板上躺着我的船长，
　　　　他倒下去，冰冷，永别。

啊，船长！我的船长！起来吧，倾听钟声；
起来吧，号角为您长鸣，旌旗为您高悬；
迎着您，多少花束花圈——候着您，千万人蜂拥岸边；
他们向您高呼，拥来挤去，仰起殷切的脸；
　　啊，船长！亲爱的父亲！
　　　我的手臂托着您的头！
　　　莫非是一场梦：在甲板上
　　　　您倒下去，冰冷，永别。

我的船长不作声,嘴唇惨白,毫不动弹;
我的父亲没感到我的手臂,没有脉搏,没有遗言;
船舶抛锚停下,平安抵达;航程终了;
历经艰险返航,夺得胜利目标。

　　啊,岸上钟声齐鸣,啊,人们一片欢腾!
　　　　但是,我在甲板上,在船长身旁,
　　　　　　心悲切,步履沉重:
　　　　　　　　因为他倒下去,冰冷,永别。

（杨霖译,孙梁校）

第七章参考译文

1）夜莺颂

约翰·济慈

1

我的心在痛,困盹和麻木
　　刺进了感官,有如饮过毒鸩,
又像是刚刚把鸦片吞服,
　　于是向着列斯忘川下沉;
并不是我嫉妒你的好运,
　　而是你的快乐使我太欢欣——
　　　　因为在林间嘹亮的天地里,
　　　　　　你呵,轻翅的仙灵,
你躲进山毛榉的葱绿和荫影,
　　放开了歌喉,歌唱着夏季。

2

唉,要是有一口酒! 那冷藏
　　在地下多年的清醇饮料,
一尝就令人想起绿色之邦,
　　想起花神、恋歌、阳光和舞蹈!
要是有一杯南国的温暖
　　充满了鲜红的灵感之泉,
　　　　杯沿明灭着珍珠的泡沫,
　　　　　　给嘴唇染上紫斑;
哦,我要一饮而悄然离开尘寰,

和你同去幽暗的林中隐没:

3

远远地,远远隐没,让我忘掉
　　你在树叶间从不知道的一切,
忘记这疲劳、热病和焦躁,
　　这使人对坐而悲叹的世界;
在这里,青春苍白、消瘦、死亡,
　　而"瘫痪"有几根白发在摇摆;
　　　　在这里,稍一思索就充满了
　　　　　　忧伤和灰眼的绝望,
而"美"保持不住明眸的光彩,
　　新生的爱情活不到明天就枯凋。

4

去吧! 去吧! 我要朝你飞去,
　　不用和酒神坐文豹的车驾,
我要展开诗歌的无形羽翼,
　　尽管这头脑已经困顿、疲乏;
去了! 呵,我已经和你同往!
　　夜这般温柔,月后正登上宝座,
　　　　周围是侍卫她的一群星星;
　　　　　　但这儿却不甚明亮,
除了有一线天光,被微风带过
　　葱绿的幽暗和藓苔的曲径。

5

我看不出是哪种花在脚旁,
　　什么清香的花挂在树枝上;
在温馨的幽暗里,我只能猜想
　　这个时令该把哪种芬芳
赋予这果树、林莽和草丛,
　　这白枳花和田野的玫瑰,
　　　　这绿叶堆中易谢的紫罗兰,
　　　　　　还有五月中旬的娇宠,
这缀满了露酒的麝香蔷薇,

它成了夏夜蚊蚋的嗡营的港湾。

6

我在黑暗里倾听;呵,多少次
　我几乎爱上了静谧的死亡,
我在诗思里用尽了好的言辞,
　求他把我的一息散入空茫;
而现在,哦,死更是多么富丽:
　在午夜里溘然魂离人间,
　　当你正倾泻着你的心怀
　　　发出这般的狂喜!
你仍将歌唱,但我却不再听见——
　你的葬歌只能唱给泥草一块。

7

永生的鸟呵,你不会死去!
　饥饿的世代无法将你蹂躏;
今夜,我偶然听到的歌曲
　曾使古代的帝王和村夫喜悦
或许这同样的歌也曾激荡
　露丝忧郁的心,使她不禁落泪,
　　站在异邦的谷田里想着家;
　　　就是这声音常常
在失掉了的仙域里引动窗扉:
　一个美女望着大海险恶的浪花。

8

呵,失掉了! 这句话好比一声钟
　使我猛省到我站脚的地方!
别了! 幻想,这骗人的妖童
　不能老耍弄它盛传的伎俩。
别了! 别了! 你怨诉的歌声
　流过草坪,越过幽静的溪水,
　　溜上山坡;而此时,它正深深
　　　埋在附近的豁谷中:
噫,这是个幻觉,还是梦寐?

那歌声去了:——我是睡? 是醒?

(穆旦译)

2) 栖息的鹰

台德·休斯

我栖于树顶,紧闭着双眼。
一动不动,从我钩状的头和
钩状的爪之间没有空幻的梦:
或在睡眠中排练捕杀的绝技,吃掉猎物。

高踞树端多么方便!
空气的浮力和太阳的光线
都对我有利;
大地仰面躺着任我巡视。

我的两爪抠住粗粝的树皮。
需用整个造物的力量
创造出我的爪子、我的每根羽毛;
我正将造物攥在爪中,

或凌空飞起,绕着它缓缓盘旋——
我能随意捕杀因为它完全属于我。
在我的身上用不着诡辩术:
我的方式是扯掉脑袋——

分配死亡。
我飞行之路直接
穿越活者的骨肉。
无需为我的权力论证:

太阳在我后面。
自我诞生后一切均无改变。
我的眼睛不允许有任何改变。
我要永远保持这种状态。

(顾子欣译)

189

第八章参考译文

1) 当你老了

威廉·白泰勒·叶芝

当你老了,头白了,睡意昏沉,
炉火旁打盹,请取下这部诗歌,
慢慢读,回想你过去眼神的柔和,
回想它们昔日浓重的阴影;

多少人爱你青春欢畅的时辰,
爱慕你的美丽,假意或真心,
只有一个人爱你那朝圣者的灵魂,
爱你衰老了的脸上痛苦的皱纹;

垂下头来,在红光闪耀的炉子旁,
凄然地轻轻诉说那爱情的消逝,
在头顶的山上它缓缓踱着步子,
在一群星星中间隐藏着脸庞。

（袁可嘉译）

2) 爱情的奥秘

威廉·布莱克

千万别想把爱情倾诉,
　　爱情只能深藏在心里;
因为,那柔风的吹拂,
　　无声无息,无形无迹。

我把我的爱告诉了她,
　　把整个心迹向她表白:
我颤抖、冰冷、害怕,
　　可她呀,她竟然走开!

她刚刚从我这儿离去,
　　一位过路人经过身旁;
无声无息又无形无迹——
　　凭一声叹息被她爱上。

（黄杲炘译）

第九章参考译文

1) 我的心呀在高原

罗伯特·彭斯

我的心呀在高原,这儿没有我的心,
我的心呀在高原,追赶着鹿群,
追赶着野鹿,跟踪着小鹿,
我的心呀在高原,别处没有我的心!

再会吧,高原! 再会吧,北方!
你是品德的国家,壮士的故乡!
不管我在哪儿游荡,到哪儿流浪,
高原的群山我永不相忘!

再会吧,白雪皑皑的高山!
再会吧,绿色的山谷同河滩!
再会吧,高耸的大树,无尽的林涛!
再会吧,汹涌的急流,雷鸣的浪潮!

我的心呀在高原,这儿没有我的心,
我的心呀在高原,追赶着鹿群,
追赶着野鹿,跟踪着小鹿,
我的心呀在高原,别处没有我的心!

(王佐良译)

2) 我曾在海外的异乡漫游

威廉·华斯华兹

我曾在海外的异乡漫游,
　　处身于陌生人之中;
英格兰啊! 只是到那时候,
　　我明白了爱你之深。

那忧郁的梦已一去不回!
　　　我不愿再次离开你——
不愿再离开你海岸,因为,
　　看来我越来越爱你。

我曾感到我向往的欢乐——
    在你的山峦岗岭间；
我珍爱的她曾摇着纺车——
    傍着家乡的炉火边。

白天托出了，黑夜又藏起
    露西流连过的亭榭；
而露西最后眺望的土地
    就是你青青的田野。

（黄杲炘译）

第十章参考译文

1) 初读贾蒲曼所译荷马有感

约翰·济慈

我曾游历过许多黄金的国度，
    也曾在不少城邦和王国浏览；
    并曾到西方群岛四处盘桓，
在那里诗人们都向阿婆罗臣服。
我常常听说有片广阔的疆土，
    是由浓眉的荷马统治的领地；
    但我从未呼吸过那清纯之气，
直到听见贾蒲曼勇敢的表述。
我于是感到自己像个观象者，
    发觉新的星座在视野中闪现；
或如柯尔泰正以鹰目向着
    太平洋眺望——而他的所有同伴
也面面相觑，做着奇特的臆测——
    凝神屏息，站在达连湾的峰巅。

（顾子欣译）

2) 理查·科利

埃德温·阿灵顿·罗宾森

每当理查·科利来到城里，

我们站在路边把他瞧：
他从头到脚都是个绅士，
　　眉清目秀，身材苗条。

他的穿着素雅大方，
　　谈起话来通情达理；
说"早安"时却让人慌张，
　　走在路上神采奕奕。

他家财万贯赛过皇帝，
　　风姿潇洒，富有教养；
总之，他拥有的一切东西，
　　使我们渴望能像他一样。

我们干着活，把光明等待，
　　没有肉吃，面包也不新鲜；
而理查·科利在一个宁静的夏夜，
　　回家用一颗子弹把脑瓜打穿。

（顾子欣译）

第十一章参考译文

1) 蛇

西奥多·罗瑞克

我看见一条新蛇
从斑驳的荫影中滑出
软绵绵地挂在石头上：
嘴扁扁的，探出舌头
悬停在，寂静的空中。

它转过身来，悄然离去，
影子慢慢蜷曲成一半
忽一闪身不见了踪影。

我冷凝的血液开始回暖。
我渴望化身成为那尤物，
蜕变为纯粹而美的形体。

也许有一天,便会如此。

（张保红译）

2) 致蛇

丹尼斯·勒夫托夫

绿蛇,我把你挂在脖子上
手摸你冰凉、脉跳的喉头
　　　你朝我嘶鸣,亮起利剑
似的金鳞,我已感到
　　　你压在我肩上的重量,
你干干的身躯似银元低语
　　　我的耳朵听得清清楚楚——

绿蛇——我向自己的好友起誓
　　　你绝无害处！但又确实
没把握,没希望,只是渴望
　　　拥有你,因为那快乐
　　　　　　　会激起
一长串幸福的涟漪,像树叶婆娑
你隐身的方式
像青草与光影,我笑盈盈
我见了鬼,我回家时在
暗无日光的早晨。

（张保红译）

第十二章参考译文

1) 药

艾莉丝·沃克

　奶奶与我
　病重的
　　　爷
爷睡在一起这样
她可给他

整个晚上
拿药来
止住
　　病痛

　　在
　　早晨
　　我
　　傻乎乎地
　　叫醒
　　他们

她双眼
看着我
从爷爷
枯槁的
胳
　　膊下

那
药
都
在
她长长的
　　未能
　　　梳一梳的
　　　　头发里。

　　　　　（张保红译）

2) 艺术家

威廉·卡洛斯·威廉斯

T 先生
　　头顶秃
　　　　穿着脏背心
脑瓜的头发
　　四周支棱着
　　　踮着脚尖

后跟并立
　　手臂优雅地
　　　　才一会
盘绕过头顶。
　　随后转圈儿
　　　　跳了一跳
跃入空中
　　用这动作
　　　　完美地摆出
那舞蹈身姿。
　　我母亲
　　　　大吃一惊
她坐在
　　病号椅上
　　　　看得入神。
哇塞！她最后高呼
　　拍手鼓掌。
　　　　他的妻子
从厨房出来：
　　怎么啦？她问
　　　　但是这秀已结束。

（张保红译）

第十三章参考译文

1) 学校放学了

威廉·亨利·戴维斯

女孩尖叫，
　男孩咆哮；
狗儿齐吠，
　学校放学了→

猫咪奔突，
　走马闪避；
群鸟急飞，
　遁入树地。

小儿惊醒
　　睁大眼睛；
路上游人，
　　绕道而行。

年迈老人，
　　蹒跚至家；
快活宝贝，
　　欢迎回啦。

　　　　（张保红译）

2）大海

　　　　詹姆士·斯蒂芬斯

幽长、翻滚，
奔腾不停，
跌入谷底
卷起绿波：

波浪宽，
涌不断，
绿冰带
缓飘落，

阵阵寒气，
向前泼——
冰冷转瞬过，
海静谧、水岑寂。

海静谧、水岑寂……

　　　　（张保红译）

第十四章参考译文

1）雪花

　　　　亨利·瓦兹华斯·朗费罗

挣脱天空的怀抱，

冲出重重云彩的罗衣，
飞过棕色、光秃的林梢，
　掠过荒芜的庄稼地，
　　轻盈徐缓，悄无声息
　　雪花飘然而至。

仿佛我们朦胧的幻想
　突然化为神的旨意，
仿佛心中百结的愁肠
　都在苍天的脸色里，
　　烦恼的苍天在昭示
　　它所感受到的悲戚。

这是写在天空的诗，
　音节无声，节奏徐缓；
这是永诀的秘密，
　　长久郁结在胸间，
　　此刻正低诉宣泄
向着树林和田野。

（张保红译）

2）蟑螂

约翰·瑞文

一蟑螂
昂首阔
步我卧室
地板上，
那样子
没法说，
或许像骚
妓女，
我若不
掐灭它,让
它活着，
我信它会
冲我走来

搂着我
热舞！

　　　　（张保红译）

第十五章参考译文

1）想从前我们俩分手

　　　　　乔治·戈登·拜伦

想从前我们俩分手，
　　默默无言地流着泪，
预感到多年的隔离，
　　我们忍不住心碎；
你的脸冰凉、发白，
　　你的吻更似冷冰，
呵，那一刻正预兆了
　　我今日的悲痛。

清早凝结着寒露，
　　冷彻了我的额角，
那种感觉仿佛是
　　对我此刻的警告。
你的誓言全破碎了，
　　你的行为如此轻浮：
人家提起你的名字，
　　我听了也感到羞辱。

他们当着我讲到你，
　　一声声有如丧钟；
我的全身一阵颤栗——
　　为什么对你如此情重？
没有人知道我熟识你，
　　呵，熟识得太过了——
我将长久、长久地悔恨，
　　这深处难以为外人道。

你我秘密地相会，

我又默默地悲伤，
你竟然把我欺骗，
　你的心终于遗忘。
如果很多年以后，
　我们又偶然会面，
我将要怎样招呼你?
　只有含着泪,默默无言。

（穆旦译）

2) 内帕斯的女郎

华特·司各特

恋人的眼睛啊最犀利，
　　恋人的耳朵最灵敏；
爱,在生命最后一息,
　　能给予片刻的欢欣。
玛丽病在深闺已很久,
　　日渐消瘦只因伤悲；
此刻坐在内帕斯城楼,
　　等候她的爱人回归。

她的明眸变得深陷暗淡,
　　朝思暮想身体日瘦；
透过夜晚闪烁的烛光,
　　你可见她消瘦的手,
病态的烧热潮红
　　阵阵从她脸上掠过；
阵阵灰白,越来越浓,
　　侍女们想她已日子不多。

可她仍有最敏锐的视力,
　　听觉也似乎最灵；
管家犬还未把耳朵竖起,
　　爱人的马蹄声她已听清；
远处身影依稀还看不明白,
　　她就知道并招手欢迎；
她将身子探出城垛外,

恨不得长翅去把他接迎。

他来了,又去了,随便看一眼,
　　与看一个陌生人无异;
她那急切的欢迎声颤抖着
　　消失在腾跃的马蹄声里——
空荡荡的城堡大拱门里,
　　回想着细微的低语声音,
却不能辨出那微弱的呻吟,
　　发自一颗破碎女儿的心际。

　　　　　　　　（何功杰译）

参考文献

Barber, Charles. *Poetry in English — An Introduction*. London: Macmillan, 1985.

Brooks, Cleanth, & Robert P. Warren. *Understanding Poetry*. Beijing: Foreign Language Teaching and Research Press, 2004.

Gill, Richard. *Mastering English Literature*. London: Macmillan Education Ltd., 1985.

Kennedy, Richard. S. *Dreams in the Mirror: A Biography of E. E. Cummings*. New York: Liveright, 1980: 463.

Korg, Jacob. *The Force of Few Words — An Introduction to Poetry*. New York: Holt, Rinehart and Winston, Inc., 1966.

Miller, Ruth & Robert A. Greenberg. *Poetry — An Introduction*. New York: St. Martin's Press, 1981.

Palgrave, F. Turner. *The Golden Treasury*. England: Clays Ltd, St Ives plc., 1994.

Peixian, Lu. *A Student's Edition of Milton* (*I &II*). Beijing: The Commercial Press, 1996.

Perrine, Laurence. *Sound and Sense*. Canada: Academic Press, 1963.

Simpson, Louis. *An Introduction to Poetry*. New York: St. Martin's Press, 1975.

常耀信. 美国文学简史. 天津:南开大学出版社,1990.

曹雪芹、高　鹗. 红楼梦. 北京:人民文学出版社,1996.

崔少元. 文艺复兴·及时行乐·英国诗歌. 名作欣赏,1998(3).

飞　白. 世界诗库(第2卷). 广州:花城出版社,1994.

丰华瞻. 中西诗歌比较. 北京:生活·读书·新知三联书店,1987.

辜正坤. 中西诗鉴赏与翻译. 长沙:湖南人民出版社,1998.

顾子欣编译. 英诗300首. 北京:国际文化出版公司,1996.

郭沫若译. 英诗译稿. 上海:上海译文出版社,1981.

郭沫若. 论节奏. 中国现代诗论(上编). 广州:花城出版社,1985.

何功杰. 英美名诗品读. 上海:上海交通大学出版社,2002.

胡家峦. 英语诗歌精品. 北京:北京大学出版社,1996.

胡家峦. 英美诗歌名篇详注. 北京:中国人民大学出版社,2008.

黄杲炘译. 英国抒情诗100首(英汉对照). 上海:上海译文出版社,1985.

黄杲炘. 英诗汉译学. 上海:上海外语教育出版社,2007.

黄　龙. 翻译艺术教程. 南京:南京大学出版社,1988.

姜金元. 夜音谛听——中国古典诗歌中的蟋蟀意象. 理论月刊,2007(5).

金启华. 诗经全译. 南京:江苏古籍出版社,1996.

莱　辛. 拉奥孔. 朱光潜译. 北京:人民文学出版社,1979.

李文俊选译. 英语短篇小说精选读本. 北京:中国国际广播出版社,2007.

李元洛. 红紫芳菲——诗词经典导读. 北京:华文出版社,2009.

刘炳善. 英国文学简史. 上海:上海外语教育出版社,1989.

刘　洁. 唐诗审美十论. 北京:民族出版社,2002.

刘守兰. 英美名诗解读. 上海:上海外语教育出版社,2003.

刘熙载. 艺概. 上海:上海古籍出版社,1978.

鲁道夫·阿恩海姆. 艺术与视知觉. 滕守尧等译. 成都:四川人民出版社,2001.

茅于美. 中西诗歌比较研究. 北京:中国人民大学出版社,1987.

穆旦译. 拜伦·雪莱·济慈抒情诗精选集. 北京:当代世界出版社,2007.

秦希廉编译. 英语短诗精选(英汉对照). 上海:知识出版社,1992.

袁可嘉. 现代派论·英美诗论. 北京:中国社会科学出版社,1985.

孙梁编选. 英美名诗一百首. 北京:中国对外翻译出版公司,1987.

谭天健等译. 英美抒情短诗选(英汉对照本). 西安:西北大学出版社,1990.

唐圭璋等. 唐宋词鉴赏辞典. 上海:上海辞书出版社,1988.

屠岸选译. 英国历代诗歌选(上下册). 南京:译林出版社,2007.

王　珂. 百年新诗诗体建设研究. 上海:上海三联书店,2004.

王耀辉. 文学文本解读. 武汉:华中师范大学出版社,1999.

王　寅. 语义理论与语言教学. 上海:上海外语教育出版社,2003.

王泽龙. 中国现代诗歌意象论. 北京:中国社会科学出版社,2008.

王佐良译. 英国诗文选译集. 北京:外语教学与研究出版社,1980.

王佐良等. 英国文学名篇选注. 北京:商务印书馆,1989.

王佐良. 英国诗史. 南京:译林出版社,1997.

吴　笛. 论东西方诗歌中的"及时行乐"主题. 外国文学研究,2002(4).

武新玉. 从主体性意象叠加到客体性意象并置——论威廉斯对美国意象派诗歌的发展. 外国文学研究,2010(1).

萧涤非等. 唐诗鉴赏辞典. 上海:上海辞书出版社,1991.

徐行言. 中西文化比较. 北京:北京大学出版社,2004.

许渊冲. 中诗英韵探胜——从《诗经》到《西厢记》. 北京:北京大学出版社,1992.

杨德豫译. 华兹华斯抒情诗选. 长沙:湖南文艺出版社,1996.

杨仲义. 汉语诗歌文化学. 北京:学苑出版社,2008.

郁　沅. 心物感应与情景交融. 南昌:百花洲文艺出版社,2006.

曾祖荫. 中国古代美学范畴. 武汉:华中工学院出版社,1986.

张保红. 汉英诗歌翻译与比较研究. 武汉:中国地质大学出版社,2003.

张保红. 文学翻译. 北京:外语教学与研究出版社,2011.

张德禄. 语言的功能与文体. 北京:高等教育出版社,2006.

赵毅衡. 远游的诗神. 成都:四川人民出版社,1988.

钟良弼. 从"蟋蟀"和"杜鹃"看词语的文化传统. 外语教学与研究,1991(1).

钟 玲. 美国诗与中国梦——美国现代诗里的中国文化模式. 桂林:广西师范大学出版社,2003.

朱光潜. 诗论. 合肥:安徽教育出版社,1997.

后记

读诗、诵诗、评诗、译诗是自己大学毕业后培养起来的爱好，每天诵读两三首小诗，再配以音乐，有如渴饮几盅美酒，提神醒脑，怡情惬意，回味无穷，给今天浮躁环境中定力不够的我增添了一抹亮色与意趣。耳濡目染，习得既久，便有信手涂鸦的冲动。四年弹指一挥间，集得面前这部小稿。手持写就的书稿，开始叩问出版之门，九叩十不开，当下的热情开始消散，书稿也就束之高阁了。时光荏苒，天道酬勤。当初的书稿后经评审，有幸获得广东省"211"工程三期重点学科建设项目"全球化背景下的外国语言文学研究"资助出版，这给了我极大的鼓舞与前进的动力。经过几次审稿会的洗礼，同行专家提出了诸多宝贵意见，使书稿得以有机会一步一步地不断完善与提高。文稿中凝聚着前辈专家学者的真知灼见，理所当然应该得以铭记与诚谢。

首先要特别感谢的是徐真华教授高屋建瓴的指导，没有徐先生尽心尽责地组织领导与积极高效地推动，这部书稿，连带同事们的其他书稿，恐怕还会待字闺中，"中夜起长叹"。其次要感谢高级翻译学院院长平洪教授，平教授的意见切实而中肯，几次过问修订情况，关切之情与爱护之意令人动容与铭感。最后还需特书一笔的是扶掖后学、不遗余力的师长余东教授，余教授学艺精进，思维敏锐，眼光独到，观点透辟，为人风趣，深得同行推崇与尊敬。他既对书稿的优缺点提出了一整套建设性的意见与改进方法，还在百忙之中赐序于我，使小书大为增色。余教授热情洋溢的推介之辞于我既是莫大的鼓舞，更是永远的激励与鞭策。真诚地感谢他的良苦用心！

文责自负，自古以来是写书作文的传统。文稿质量的高下，同行专家意见吸纳与融会的得失成败，责任全在我本人。写作这本小书只是中英诗歌对比与翻译研究方面的一个初步尝试，书中所述可能会存在这样或那样的不足，甚至是错讹，祈望广大读者与学界前辈、同行不吝赐教，批评指正。

张保红

2011 年 7 月 10 日于广州